Die Scherben von Nirma

Eine neue Welt

Das Buch:

Unerwartet erhalten George, Charlie, Fatma, Madu und Sying auf der Erde Besuch von ihren nirmanischen Freunden Ehawee und Fred. Erneut müssen sie die fantastische Welt Nirma, auf der sie vor einem Jahr ein unglaubliches Abenteuer erlebt haben, vor dem Untergang retten. Die einzige Chance dazu soll sich auf Zanano, dem Schwesterplaneten Nirmas, befinden. Doch die unbekannte Welt hat viele Geheimnisse. Was bedeutet der Konflikt zwischen hellen und dunklen Zananern für die Freunde? Was verbirgt sich in der Verbotenen Zone? Kann das Orakel den entscheidenden Hinweis liefern? Am Ende ist klar: Um ihr Ziel zu erreichen, müssen sie in die Zentrale der Dunklen, die Residenz.

Die Autorin

Alena N. Beek, geb. 1974, lebt mit ihrem Mann und ihren zwei Kindern in Mönchengladbach-Wickrath. Ursprünglich wollte sie die spannende Abenteuer- und Fantasiegeschichte nur für ihre Kinder schreiben. Erst später kam der Gedanke an eine Veröffentlichung.

Alena N. Beek

Die Scherben von Nirma

Eine neue Welt

Bibliografische Information der Deutschen Nationalbibliothek:
Die Deutsche Nationalbibliothek verzeichnet diese Publikation in der Deutschen Nationalbibliografie; detaillierte bibliografische Daten sind im Internet über http://dnb.dnb.de abrufbar.

Herstellung und Verlag: BoD – Books on Demand, Norderstedt

ISBN: 978-3-7557-2605-0

Für meinen Mann!
Danke, dass du so vieles möglich machst!

Folgende Bände sind bereits erschienen:

1. Die Scherben von Nirma/Die Suche
2. Die Scherben von Nirma/Die Entscheidung
3. Die Scherben von Nirma/Eine neue Welt

Die Bände »Die Suche« und »Die Entscheidung« sind zuerst unter den Titeln »Die Scherben des Schicksals/Die Suche« und »Die Scherben des Schicksals/Die Entscheidung« mit anderen Covern erschienen. Mit der Veröffentlichung des dritten Bandes wurden sie umbenannt.

Demnächst:

Die Scherben von Nirma/Die Spiele von Zanano

Prolog

Gerzin schaute besorgt aus dem Fenster seines Turms. So gerne wollte er sich einbilden, dass noch alles grün und lebendig auf Nirma war. Er konnte kaum glauben, dass das erst zwei Tage her war. Zwei Tage, als niemand eine Ahnung von dem bevorstehenden Unheil hatte.

Traurig blickte er auf das kleine Stück Wiese direkt vor dem Turm. Dieses grüne Büschel war das letzte Überbleibsel des einstigen Nirmas. Hob er seinen Blick nur ein wenig, zeigte sich ihm ein ganz anderes Bild: Eine riesige Sumpflandschaft, die das meiste Leben verschlungen hatte, erstreckte sich über den gesamten Planeten bis zu seinem Turm. Dieser war der letzte Platz des alten Nirma!

Und auch diesen gab es nur noch, weil er eine telepathische Warnung von Aria erhalten hatte. Dank dieser Nachricht und Arias Stern, den sie ihm geschickt hatte, konnte er im letzten Moment einen Schutzwall hochziehen und diesen Turm retten.

Doch lange würde er diesen Wall nicht mehr aufrechterhalten können. Zu stark waren die zerstörerischen Kräfte, die auf ihn einwirkten. Zu groß war die dunkle Macht, die dahinterstand. Eine uralte Kraft, an deren Wiedererwachen er die Schuld trug. So sehr Gerzin die Verantwortung von sich schieben wollte, wusste er, dass sein Verhalten die Ursache dafür gewesen war. Dabei hatte er es nur gut gemeint. Als Weiser von Nirma sollte er seine Welt doch beschützen und nicht für ihren Untergang verantwortlich sein. Er spürte deutlich die Risse, die den Schutzwall durchzogen.

Sie wurden immer größer. Er würde nicht mehr lange standhalten.

»Es wird Zeit, Gerzin!«, drang Ehawees Stimme an sein Ohr, fast so, als hätte sie seine Gedanken gehört. Obwohl sie sanft sprach, zuckte Gerzin zusammen. Kurz schloss er die Augen und atmete tief durch, bevor er sich zu seiner Assistentin umdrehte. Die Arborianerin, die aus dem Mystix-Wald auf Nirma stammte, war seit einigen Monaten seine Gehilfin.

Wieder erstaunte es ihn, wie sehr sie sich im vergangenen Jahr verändert hatte. Nicht nur körperlich war unverkennbar, dass Ehawee langsam zu einer jungen Frau heranwuchs. Auch in ihrem Gesicht und in ihren Augen spiegelte sich eine gewisse Ernsthaftigkeit wider. Das Wissen um uralte Geheimnisse, andere Welten und nicht zuletzt die vergangenen beiden Tage hatten ihre Spuren hinterlassen. Dabei wusste sie erst einen Bruchteil der Dinge, die er ihr beibringen wollte. Doch das musste warten. Ob er je die Gelegenheit dazu bekommen würde, hing davon ab, ob Ehawees Mission erfolgreich war. Aber sie hatte recht, die Zeit drängte jetzt. Er öffnete das Portal in eine fremde Welt — genau wie vor einem Jahr.

»Es ist schon komisch«, wandte Gerzin sich an Ehawee. »Als ich dieses Portal das letzte Mal geöffnet habe, bedeutete dies unsere letzte Hoffnung. Und nun ist es schon wieder so. Auch wenn die Gefahr diesmal eine ganz andere ist, geht es erneut um die Rettung unserer Welt.« Er räusperte sich nervös. »Hast du die Tasche? Weißt du auch genau, was zu tun ist?«

Wäre die Lage nicht so ernst gewesen, hätte Ehawee genervt mit den Augen gerollt. Schließlich hatten sie die vergangenen Stunden nichts anderes getan, als den Plan immer und immer wieder durchzusprechen. Sie hätte ihn nicht mehr vergessen können, selbst wenn sie es gewollt hätte.

Stattdessen begnügte sie sich mit einem kurzen: »Ich weiß Bescheid und ich werde es schaffen.«

Ein protestierendes Geräusch aus ihrer Tasche ließ sie ihre Worte sofort korrigieren. »Entschuldige, Fred. Ich meine natürlich, wir werden es schaffen.« Dabei knuffte sie leicht gegen die Tasche, aus der Fred: »Das will ich auch hoffen«, brummelte.

Schwungvoll setzte sie sich auf den Rand des Beckens. »Und du willst wirklich nicht mitkommen?«

Jetzt war es an Gerzin zu seufzen. »Das haben wir doch schon diskutiert. Damit wir das Unheil nicht noch in eine andere Welt bringen, muss ich das Portal direkt nach euch vollständig verschließen. Und das kann ich nur von hier aus.«

Er nahm seinen Stern ab und reichte ihn der Arborianerin, die abwehrend die Hände hob. »Den Stern kann ich nicht annehmen, dann bricht der Schutzwall sofort zusammen.«

»Ob das jetzt, in wenigen Minuten oder morgen passiert, spielt keine Rolle mehr. Aber euch wird er gute Dienste leisten und bei eurer schwierigen Aufgabe helfen.«

Ehawee öffnete den Mund, schloss ihn dann aber wieder, ohne dass ein Laut über ihre Lippen gekommen war. Der Weise von Nirma hatte recht. Daher neigte sie ihren Kopf ein wenig nach vorn und ließ sich den Stern von ihm umhängen. »Wir werden uns wiedersehen.« Sie blickte Gerzin ein letztes Mal fest in die Augen, als sie ihre Worte wie einen Schwur klingen ließ. Dann glitt sie, ihre Tasche an sich gedrückt, in den Wirbel des Portals. Im selben Moment, in dem sie aus dem Blickfeld des alten Mannes verschwand, ertönte ein lautes Krachen. Der Schutzwall brach donnernd zusammen. Gerzin konnte das Portal gerade noch versiegeln, als der Schlamm über ihn hereinbrach. Unter dem Lachen der Sumpfhexe verschlang er den Weisen und den Turm. Die letzte Festung des alten Nirmas.

Spannungen

Hey George, du solltest vielleicht als Levitaner gehen. Ich hätte da noch ein todschickes neongelbes Hemd und eine knallrote Hose. Nicht zu vergessen, ein paar Federn als Kopfbedeckung.« Madu lachte laut auf bei der Vorstellung und kugelte sich, den Bauch haltend, von einer Seite des Bettes zur anderen. Dabei blitzten seine strahlendweißen Zähne auf.

Zu jedem anderen Zeitpunkt hätte George bei der Anspielung auf sein farbenfrohes Outfit bei den Levitanern in Madus Lachen eingestimmt. Im Moment jedoch hätte seine Stimmung nicht weiter davon entfernt sein können. Missmutig warf er sein Halloweenkostüm auf sein Bett und starrte düster vor sich hin. Er hatte keine Lust auf blöde Witze, Verkleidungen oder diese dämliche Halloweenparty.

»Ich brauche kein Kostüm, weil ich nicht zu der Party gehe.« In seiner Stimme schwangen Wut und Traurigkeit mit.

»Ach komm schon. Das wird bestimmt lustig«, versuchte Madu seinen Freund aufzumuntern. Im Gegensatz zu diesem freute Madu sich riesig. »Es ist meine erste und wahrscheinlich auch einzige Halloweenfeier. Schließlich bin ich nur für ein Austauschsemester in England. Bitte, George, gib dir einen Ruck.«

»Es tut mir leid, Madu, aber … es ist nur … ich wünschte, mit Charlie und mir wäre wieder alles in Ordnung.«

Charlie machte ebenfalls ein Austauschsemester an seiner Schule in der Nähe von London. So war der Kontakt zwischen ihnen und auch zu Fatma und Sying viel einfacher geworden. Von England aus konnten sie regelmäßig mit Fatma, die sich mittlerweile mit ihrer Familie als Flüchtling in Deutschland aufhielt, skypen. Selbst mit Sying, der mit seinem Zirkus durch viele Länder reiste, konnten sie sich häufig austauschen. Glücklicherweise war ihnen die Fähigkeit, einander zu verstehen, nach ihrer Rückkehr zur Erde erhalten geblieben.

Die fünf Teenager hatten sich im vergangenen Jahr unter abenteuerlichen Umständen kennengelernt. Nachdem jeder von ihnen eine Scherbe gefunden hatte, waren sie auf der fantastischen Welt Nirma gelandet, die sie vor dem Untergang retten mussten. Dabei mussten sie lernen, als Team zusammenzuarbeiten und sich gegenseitig zu vertrauen. Das war gar nicht so leicht gewesen, da sie nicht nur ein paar Jahre Altersunterschied untereinander, sondern auch kulturelle Unterschiede überwinden mussten. Ihr jeweiliger bisheriger Lebensweg war aus verschiedenen Gründen nicht einfach gewesen, sodass ihnen besonders Vertrauen nicht leichtfiel.

So hatte der fünfzehnjährige George aus England, obwohl er der Sohn eines Lords war, unter Mobbing zu leiden und keine Freunde. Die dreizehnjährige Charlie aus Amerika war nach dem Tod ihrer Eltern obdachlos geworden, während die gleichaltrige Fatma aus dem Mittleren Osten als Flüchtling in einem Auffanglager unterkam. Der elfjährige Sying aus China verlor wegen einer Augenerkrankung langsam sein Sehvermögen und der elfjährige Madu aus Afrika lebte nach dem Tod seiner Eltern in einem Kinderdorf.

Doch trotz ihrer Unterschiede hatten sie gelernt, sich aufeinander zu verlassen, und waren enge Freunde geworden. So hatten sie mithilfe ihrer nirmanischen Verbündeten Nirma retten können. Der Zusammenhalt zwischen ihnen war auch nach ihrer Rückkehr zur Erde geblieben. Bis vor drei Tagen war alles perfekt. Und dann das!

»Ich verstehe nur nicht, warum sie so einfach mit mir Schluss macht. Da haben wir so viel miteinander erlebt, vor allem auf Nirma, und dann wirft sie wegen einer so unbedeutenden Kleinigkeit alles weg.« George setzte sein typisches – wie Madu es heimlich nannte – arrogantes, englisches Snobgesicht auf, während er sich eine Locke seiner etwas zu langen Haare aus der Stirn strich.

»Na ja, so unbedeutend war der Kuss mit Anne für Charlie wahrscheinlich nicht.« Madu blickte seinen Freund mitfühlend an. Er wollte ihm so gerne helfen, aber er konnte Charlie verstehen. Leider erkannte George nicht, wo das Problem lag.

»Ich habe sie nicht geküsst«, protestierte George. Unzählige Male hatte er diesen Satz schon zu Madu gesagt. »Anne hat mich geküsst. Sie ist neben mir gestolpert, ich habe sie aufgefangen und dann hat sie mich geküsst. Genau in dem Moment, als Charlie um die Ecke gebogen ist. Das war einfach Pech. Sie gibt mir überhaupt keine Gelegenheit, die Sache richtigzustellen.« George ließ sich rücklings auf sein Bett fallen. Er vergrub sein Gesicht in den Händen. Er konnte nicht glauben, wie es so weit kommen konnte.

»Gerade deswegen musst du zur Halloweenparty gehen. Sie wird bestimmt auch da sein und dann kannst du die ganze Sache klären. Außerdem«, fügte Madu grinsend hinzu, »wäre es wirklich schade um unsere Verkleidungen.« George dachte nach. Madus Argumente waren nicht schlecht. Sie hatten alle drei viel Mühe auf ihre Kostüme verwandt und sie sogar selbst genäht. Charlie wollte als Arborianerin, Madu als Yetide und er selbst als Feuertroll gehen. Sie hatten diese Völker und ihre unterschiedlichen

Lebensarten auf Nirma kennengelernt. Für ihre Freunde hier in England waren sie jedoch nur Fantasiewesen.

»Es ist wahrscheinlich wirklich die beste Gelegenheit mit ihr zu sprechen. Ich komme mit. Aber vorher gehe ich frische Luft schnappen und überlege mir, was ich zu ihr sage.« Er stand auf, schnappte sich sein Kostüm und war fast durch die Tür. »Wir treffen uns auf der Party.«

»Charlie, du siehst toll aus! Was bist du? Eine Elfe? Dann sind deine Ohren noch nicht richtig. Du freust dich bestimmt schon so auf die Party.« Samantha, mit der Charlie sich in ihrem Austauschsemester ein Zimmer teilte, plapperte wie immer unbekümmert darauf los, ohne Charlies tatsächliche Stimmung wahrzunehmen. Ihre Mitbewohnerin war zwar sehr nett, aber ziemlich oberflächlich. Sie sah nur das, was sie sehen wollte, vor allem wenn es um sie selbst ging.

Im Moment bin ich für diese Eigenschaft äußerst dankbar, dachte Charlie. So muss ich wenigstens keine Erklärungen zu George und mir abgeben oder irgendwelche Lügen erfinden. Ihre Stimmung war auf dem Nullpunkt, dem absoluten Nullpunkt, also ungefähr bei minus 270 Grad oder so. Die Aussicht, George auf der Halloweenparty zu begegnen, machte die Sache nicht besser. Andererseits kann ich ihm nicht für den Rest meines Lebens aus dem Weg gehen. Charlie schluchzte leise, während sie Samantha im Hintergrund weiterreden hörte. Kaum zu glauben, dass ich extra ein Auslandssemester mache, nur um in seiner Nähe zu sein. Und dann macht er so etwas. Dabei waren die letzten Wochen doch so schön.

Georges Auftreten hatte sich durch seinen Aufenthalt auf Nirma verändert. Er wirkte auf andere jetzt selbstbewusster und freundlicher, so dass er neue Freunde gewonnen hatte, was gut war. Darunter gab es leider viele weibliche Fans, was wiederum schlecht war. Doch ich hätte nie gedacht, dass er mich betrügen würde. Wenn ich diesen Kuss nicht mit meinen eigenen Augen gesehen hätte. Wie konnte er nur?

England

Als Ehawee erwachte, spürte sie harten, kalten Steinboden unter sich. Benommen öffnete sie ihre Augen. Wenn die Lichtverhältnisse auf der Erde denen auf Nirma entsprachen, musste gerade Morgendämmerung sein. Müde rollte sie sich auf die Seite. Es gelang ihr, den harten Untergrund zu ignorieren und erneut einzuschlafen.

Fred hingegen wuselte bereits herum. Es reichte ihm. Nicht nur, dass er jetzt schon relativ viel Zeit in dieser ungemütlichen Tasche verbracht hatte. Auf dem Weg durch das Portal war er so durchgerüttelt worden, dass er froh war, nichts gefrühstückt zu haben. Nachdem die Lage sich beruhigt und sie offensichtlich ihr Ziel erreicht hatten, hatte er darauf gewartet, dass Ehawee ihn herausholte. Doch nichts geschah.

»Alles muss man selbst machen«, murmelte er ungehalten auf seinem mühsamen Weg aus der Tasche, denn die war vollgepackt und gut verschlossen. Nach einigen Versuchen konnte er sich endlich durch eine kleine Lücke hinausquetschen. Ehawee und er befanden sich auf einem größeren Steintisch, der von imposanten Steinen umgeben war. Seine Freundin schlief tief und fest.

Das muss ich zuerst ändern, dachte Fred und kniff ihr mit seinen kleinen Händen in den Arm und in den Bauch. Als dies nicht den gewünschten Erfolg brachte, kletterte er zu Ehawees Kopf, beugte sich über ihr Ohr und schrie mit aller Kraft: »Aufwachen, wir sind da!«, hinein. Die Reaktion erfolgte augenblicklich. Die Nirmanerin schoss in die Höhe. Sie bewegte sich so ruckartig, dass Fred das Gleichgewicht verlor und durch die Luft katapultiert wurde. Im letzten Moment konnte er einen von Ehawees grünlichen Rasterzöpfen greifen und baumelte jetzt daran hin und her.

Benommen rieb sich seine Freundin das Gesicht und sah sich um, während die Sonnenstrahlen ihr Gesicht wärmten. Eine gelbe Sonne, erkannte Ehawee. Auch wenn ihre Freunde ihr davon erzählt hatten, war es doch etwas anderes, sie mit eigenen Augen zu sehen. Wie anders sie im Vergleich zu unserer grünen Sonne aussieht, überlegte sie fasziniert. Aber das heißt, dass Fred und ich es tatsächlich zur Erde geschafft haben.

Mit neuer Energie sprang sie vom Stein und Fred, der sich mittlerweile auf ihre Schulter gesetzt hatte, musste sich erneut gut festhalten.

»Wir müssen so schnell wie möglich herausfinden, wo wir genau sind.«

Nicht weit entfernt verlief eine große Straße, auf der einige Menschen zielstrebig in Richtung der Steine wanderten. Ehawee ging ihnen entgegen und stoppte vor einem älteren Paar.

»Möge die Sonne euch immer leuchten«, begrüßte sie sie. Die Menschen starrten sie verwirrt an. »Äh, dir auch. Bist du nicht etwas früh dran für Halloween?«

»Wie bitte?« Jetzt wusste Ehawee nicht, was gemeint war. Der Mann zeigte auf ihre grüne Haut. Mist, ich habe vergessen, mich einzucremen, fiel ihr plötzlich auf. Ich bin fünf Minuten auf der Erde und falle schon auf. »Könnt ihr mir bitte sagen, ob sich einer dieser Orte hier in der Nähe befindet?« Sie reichte den beiden einen Zettel, auf den Charlie damals ihre Adressen notiert hatte.

»Afrika, China?«, fragte die Frau mit schriller Stimme und blickte ihren Mann verärgert an. »Das Mädchen will uns doch veralbern, oder es hat zu viel getrunken. Komm, wir gehen.«

Damit ließen sie Ehawee stehen. Bei einer Gruppe in ihrem Alter wagte sie einen neuen Versuch. Eine Jugendliche hielt an und musterte sie interessiert.

»Hey, cooles Kostüm!«, sagte diese. »Und die Puppe auf deiner Schulter, die sich bewegt und spricht, finde ich super.«

»Puppe? Puppe?!«, empörte Fred sich.

»Mega! Sie kann ja Worte nachsprechen. Wo hast du sie gekauft?«

Oh je, jemanden wie Fred gibt es hier ja nicht. Wie konnte ich das nur vergessen? Das müssen die Nachwirkungen von der Reise hierher sein. Über ihre eigene Gedankenlosigkeit schüttelte die Arborianerin den Kopf, dass ihre grünen Zöpfe nur so flogen.

Hastig steckte sie den kleinen Pilz, der sich schon wieder lauthals beschweren wollte, in ihre Tasche. »Ich weiß nicht, wo es ihn gibt. Ich habe ihn geschenkt bekommen«, versuchte Ehawee die Situation zu retten. »Aber könntest du mir eine Frage beantworten? Auch wenn sie dir komisch vorkommt?«

Das Mädchen nickte und Ehawee reichte ihr den Zettel mit den Adressen. »Sind diese Orte weit weg?« Als ihr Gegenüber sie daraufhin seltsam musterte, schob sie: »Bitte, es ist wirklich wichtig«, hinterher.

»Du bist echt schräg. Die Schule hier liegt in der Nähe von London. Mit dem Auto bist du in zwei Stunden da.«

»Auto?« Verständnislos sah die Nirmanerin die Unbekannte an, die ihre Frage zum Glück anders interpretierte.

»Wenn du keins hast, kannst du den Bus nehmen oder laufen, aber dann bist du ewig da lang unterwegs.« Sie zeigte mit der Hand in Richtung des Sonnenaufgangs auf einen unbestimmten Punkt in der Ferne.

»Vielen Dank.« Ehawee ging auf die Straße zu.

Dann wollen wir doch mal herausfinden, was ein Auto oder ein Bus ist. Denn alles, was Zeit spart, ist gut, dachte sie. Voller Tatendrang lief sie los.

»Jetzt komm schon, Fred! Hör auf zu schmollen«, sagte Ehawee zum gefühlt hundertsten Mal und schaute genervt in ihre Tasche. Dort saß der kleine Pilz mit verschränkten Armen in einer Ecke und sah sie sauer an.

»Du hast mich einfach in die Tasche gesteckt und so getan, als wäre ich eine Puppe.«

»Du weißt, dass wir nicht auffallen dürfen. Und hier gibt es nun einmal keine Wesen wie dich. Das haben unsere Freunde von der Erde uns oft genug erzählt.«

»Aber Menschen mit grüner Haut, die gibt es hier, oder was?«

Ertappt wand Ehawee sich ein wenig. »Nein, natürlich nicht. Aber ich glaube, die Menschen denken, ich sei verkleidet und nicht aus einer anderen Welt. Daher lasse ich es erst einmal so, bis wir George gefunden haben.«

»Also gut, Schwamm drüber«, sagte Fred und spähte über den Taschenrand. »Ich würde zu dem großen Platz da vorne mit den seltsamen Kutschen ohne Dongs und anderen Tiere gehen.«

Ehawees Blick folgte seinem ausgestreckten Finger. Sie beobachtete, wie die Gefährte auf den Platz einbogen und anhielten oder ihn verließen und in unglaublicher Geschwindigkeit davonfuhren. Rasch überquerte sie die breite Straße und betrachtete alles aus der Nähe. Ein Mann stand vor einer der größeren Kutschen, auf der Ehawee das Wort Bus entziffern konnte, und rief: »Abfahrt nach Epsom in fünf Minuten. Alle einsteigen!«

Das ist der Ort, wo George sich aufhält, registrierte Ehawee sofort. Die Gelegenheit darf ich nicht verstreichen lassen. Aber wie können Fred und ich mitfahren?

Nur die vordere Tür war geöffnet, und der Busfahrer ließ sich von jedem Passagier etwas vorzeigen. Ohne zu wissen, was dieses viereckige Stück Plastik genau ist, hatte sie keine Ahnung, woher sie so etwas bekommen sollte. Sie ging um den Bus herum. Auf der anderen Seite befand sich ein offenstehender Gepäckraum mit einigen Koffern und Taschen. Ohne lange nachzudenken, kletterte Ehawee hinein und versteckte sich dahinter. Nur wenig später wurde die Tür geschlossen, der Bus fuhr los und Ehawee und Fred saßen im Dunkeln.

»Endlich, wir sind da«, stöhnte Fred.

»Das hast du bisher jedes Mal gesagt, wenn wir gehalten haben. Nur ist dieser Bus immer weitergefahren.« Ehawee rieb sich ihre schmerzende Schulter. Ihre Reise war äußerst unkomfortabel gewesen. So nah über der Straße hatten sie jede Bodenwelle und jedes Schlagloch deutlich gespürt und in den Kurven mussten sie sich vor dem rutschenden Gepäck in Acht nehmen. Und dann war da diese Kälte. Da dieser Bereich nicht geheizt wurde, schlotterten die beiden um die Wette.

Doch diesmal lag Fred mit seiner Einschätzung richtig. An den Geräuschen erkannten sie, dass die Passagiere diesmal wirklich ausstiegen. Rasch kletterte der kleine Pilz wieder in Ehawees Tasche, die sie fest umklammerte. Nur wenig später wurde die Tür zum Gepäckraum geöffnet.

Nachdem ein Mann die ersten beiden Taschen herausgenommen hatte, war der Weg nach draußen frei. Unter den verblüfften Blicken der Fahrgäste stieg Ehawee aus. Die unerwartete Helligkeit ließ ihre Augen tränen. Sie musste ein paar Mal blinzeln, um wieder deutlich sehen zu können

»Ah, die Erde!«, konnte sie sich bei den entgeisterten Gesichtern nicht verkneifen, bevor sie schnell davonlief. Die erbosten Rufe, die hinter ihr erklangen, hörte sie kaum.

Überraschender Besuch

ier muss es sein«, flüsterte Ehawee Fred zu. Sie hatte sich bis zu dem imposanten Gebäude, an dem in großen Buchstaben »King George School« stand, durchgefragt. Nun befanden sie sich in dem angrenzenden Garten, um ihr weiteres Vorgehen zu planen.

»Wir müssen in das Gebäude hinein«, sagte Ehawee. Sie drehte sich schwungvoll um und rannte direkt in jemanden hinein.

»Aua!« Der Schmerzenslaut entfuhr Ehawee, ehe sie es verhindern konnte. Schon wollte sie sich bei ihrem Gegenüber beschweren, als sie vor Schreck erstarrte. Keinen Meter entfernt war ein Feuertroll. Sie konnte es kaum glauben. Ihre Freunde hatten ihr doch glaubhaft versichert, dass es auf der Erde nur normale Menschen gab. Allerdings hatten sie dies mit der Einschränkung »mehr oder weniger« versehen, was auch immer das heißen sollte.

Trotzdem stand sie jetzt vor einem ausgewachsenen Feuertroll, mit dem nicht zu spaßen war. Sie war schon in Kampfstellung, als der dieser tatsächlich erstaunt ihren Namen rief.

Woher zum Teufel kennt der meinen Namen?, dachte Ehawee, als sich ihr Fluchtinstinkt meldete. Ohne darüber nachzudenken, machte sie auf dem Absatz kehrt und rannte den Weg zurück, den sie gekommen war. Ihre Hoffnung, dass der Troll kein weiteres Interesse an ihr zeigte, erfüllte sich leider nicht. Im Gegenteil, er verfolgte sie und holte auf! Angestrengt biss sie die Zähne zusammen und mobilisierte ihre letzten Kräfte. Sie ignorierte die empörten

Rufe von Fred, der keine Ahnung hatte, was außerhalb der Tasche vor sich ging und nur die Auswirkungen des Fluchtversuchs zu spüren bekam.

George war derweil nicht weniger fassungslos. Er hatte sie sofort erkannt. Doch ehe er eine Gelegenheit hatte, sich ihr zu erkennen zu geben, lief sie schon vor ihm weg.

Was macht sie hier? Und warum kann sie so schnell rennen? Die Fragen überschlugen sich in seinem Kopf, während er sie verfolgte. Unter seinem Kostüm wurde es unerträglich heiß und er keuchte. Dass sie ihn in dem Kostüm nicht erkannt hatte und ihn stattdessen für einen echten Feuertroll hielt, hatte er relativ schnell realisiert. Abgesehen davon, dass er sie beruhigen und erfahren wollte, warum und wie sie zur Erde gekommen war, musste er sie unbedingt erreichen, bevor sie sich als Alien outete. Zugegebenermaßen hätte sie sich keinen besseren Zeitpunkt für ihr Erscheinen aussuchen können als heute an Halloween. An jedem anderen Tag hätte sie vermutlich schon längst für einen mittleren Aufruhr gesorgt.

Plötzlich bog Ehawee in einen Weg ab, der in ein Heckenlabyrinth führte.

Perfekt, dachte George. Darin kenne ich mich hervorragend aus. Und wenn ich mich nicht täusche, hat sie exakt den Weg eingeschlagen, der in einer Sackgasse mündet.

Schweratmend verlangsamte er sein Tempo und betrat das Labyrinth. Eine letzte Kurve und dann musste sie da sein. Mit den Worten: »Ehawee, ich bin's, George«, bog er um die Ecke. Er sah noch etwas auf seinen Kopf zurasen, dann wurde es schon dunkel um ihn ...

»Los, wach schon auf, George! Komm schon, so fest war der Schlag nun auch wieder nicht.« Ehawee tätschelte leicht seine Wangen, während Fred neben ihr auf dem Boden stand und sie vorwurfsvoll ansah. »Was hast du da nur angestellt? Man erkennt doch eindeutig, dass es George ist.«

»Jetzt schon, weil seine Maske durch den Schlag verrutscht ist und man teilweise sein Gesicht sieht. Und seine Worte habe ich leider erst realisiert, als er schon zu Boden ging.«

Freds Antwort wurde durch ein Stöhnen von George unterbrochen, der langsam wieder zu sich kam. Sie halfen ihm sich hinzusetzen. Vorsichtig betastete er seinen Kopf. »Daran werde ich wohl noch länger Freude haben«, murmelte er.

»Es tut mir leid«, sagte Ehawee zerknirscht. »Aber ich habe hier nicht mit einem Feuertroll gerechnet.«

Bei diesen Worten sah George sie und Fred zum ersten Mal richtig an. »Ihr seid es wirklich, oder? Ich meine, ihr seid nicht irgendeine Halluzination oder meinem Wunsch entsprungen euch wiederzusehen?«

»Wenn dem so wäre, würde dir wohl kaum der Schädel brummen«, entgegnete Ehawee trocken.

Im nächsten Augenblick fiel George ihr um den Hals und drückte sie fest. Dann nahm er den kleinen Pilz hoch und begrüßte ihn genauso freudig.

»Das ist so toll, dass ihr hier seid. Wir wussten nicht, ob wir euch wiedersehen werden. Die anderen werden begeistert sein!« Dann stutzte er und runzelte die Stirn. »Aber warum seid ihr überhaupt hier?«

Als er in ihre Gesichter sah, war George sich nicht sicher, ob er die Antwort hören wollte.

Nirmas Untergang

Ehawee und Fred blickten ernst und traurig drein, was George sofort in Alarmbereitschaft versetzte. Natürlich kommen die beiden nicht einfach so auf einen kleinen Besuch und einen Plausch vorbei, schalt George sich selbst. Dafür ist der Weg hierhin zu ungewiss und zu gefährlich. Sie müssen einen triftigen Grund haben und bestimmt keinen fröhlichen, um eine interplanetare Reise zu unternehmen. Fragend schaute er seine beiden Freunde an.

Wie auf ein geheimes Zeichen redeten die beiden Nirmaner gleichzeitig los und gestikulierten dabei wild. George hatte einige Schwierigkeiten ihnen zu folgen, doch was er sich so nach und nach zusammenreimte, löste großes Entsetzen bei ihm aus. Er hob beide Hände und unterbrach damit den Redeschwall der zwei.

»Ich kann es nicht glauben. Nirma wurde vernichtet? Das ist unfassbar!« Er schüttelte vor Ungläubigkeit immer wieder den Kopf. »Wir sollten schnell Charlie und Madu suchen und ihnen alles erzählen. Gemeinsam finden wir bestimmt eine Möglichkeit, euch zu helfen.«

Erfreut sah Ehawee ihn an. »Die beiden sind auch hier? Wie schön. Ich freue mich schon darauf, sie wiederzusehen. Aber, George, kann ich denn so mitkommen?« Sie zeigte an sich herunter.

»Wenigstens das ist kein Problem. Heute ist Halloween, da sind die meisten verkleidet. Aber Fred können wir so nicht erklären.« Er sah den kleinen Kerl auffordernd an. »Schon gut, ich gehe freiwillig in die Tasche«, brummte

Fred und ließ sich widerstandslos von Ehawee in die Tasche stecken. Eine missbilligende Grimasse konnte er sich dabei jedoch nicht verkneifen.

Während sie den Garten durchquerten, begegneten ihnen weitere kostümierte Schüler. Die Nirmanerin konnte nicht verhindern, bei besonders gruseligen Gestalten zusammenzuzucken, obwohl George ihr unterwegs den Grund für sein Outfit und den Halloweenbrauch erklärte.

Auf einmal blieb er stehen und sah Ehawee fragend an. »Wie seid ihr ausgerechnet in England gelandet? Die Erde ist groß. Ihr hättet theoretisch auch mitten im südamerikanischen Dschungel oder in Alaska ankommen können.«

»Hätten wir nicht. Es sei denn, die meisten aus eurer Gruppe hätten sich dort mit den nirmanischen Steinen, die ihr zum Abschied erhalten habt, aufgehalten. Das Portal versucht automatisch eine Verbindung zu nirmanischen Artefakten aufzubauen oder möglichst in ihre Nähe zu kommen. Da eure Steine am neuesten sind, ist deren Signal am stärksten. Dieser komische Steinkreis, in dem ich aufgewacht bin, war dazu wahrscheinlich der nächste Ausgang.«

»Steinkreis ...? Sag bloß, du bist in Stonehenge angekommen?«

Doch Ehawee hob nur die Schultern.

Krawoom! Mit einem lauten Krachen flog eine Vase gegen die Tür und zerbrach in tausend Scherben. Georges erster Versuch, in Charlies Zimmer zu gelangen, war kläglich gescheitert. Sobald sie seinen Kopf gesehen hatte, den er vorsichtig durch den Türspalt gesteckt hatte, ergriff Charlie den erstbesten Gegenstand neben sich und warf ihn blitzschnell in seine Richtung.

»Was sollte das denn?«, fragte Ehawee überrascht.

»Vielleicht begrüßt man sich auf der Erde so«, mutmaßte Fred, der in ihrer Hand saß und alles beobachtet hatte.

Madu, den sie in seinem Zimmer abgeholt hatten, kicherte.

»Äh nein. Charlie ist sauer auf mich. Das ist eine längere Geschichte und jetzt nicht so wichtig. Vielleicht solltest du besser vorgehen.« Mit diesen Worten ließ George Madu den Vortritt.

Dieser holte ein weißes Tuch aus seiner Tasche und hielt es winkend ins Zimmer. »Ich bin es Madu und ich komme in Frieden.«

Nichts passierte. Langsam öffnete er die Tür und sah sich einer erbosten Charlie gegenüber, die sich wieder mit einer Schale bewaffnet hatte. »Madu, du solltest nicht für George den Boten spiel ...« Charlie verstummte abrupt, als sie hinter ihrem afrikanischen Freund jemand anderes bemerkte, mit dem sie gar nicht gerechnet hatte. »Ehawee? Fred? Das gibt es doch gar nicht!«

Freudestrahlend fielen sich die Freundinnen in die Arme. Charlie freute sich so sehr über den unerwarteten Besuch, dass sogar George gefahrlos ihr Zimmer betreten konnte.

»Was macht ihr hier?«, fragte sie schließlich, nachdem sie Fred ausgiebig begrüßt hatte.

Als alle schwiegen, schaute sie unsicher zu George. »Bevor uns Ehawee und Fred das erzählen, sollten wir versuchen, Fatma und Sying zu erreichen. Dann müssen sie nicht alles wiederholen.«

Es dauerte ein wenig, aber dann war zumindest Fatma über Skype zugeschaltet. Sying hatte auf ihre Kontaktversuche leider nicht reagiert. Das war nicht verwunderlich, da er oft eine Zirkusvorstellung oder Training hatte.

Sie saßen auf Charlies Bett, den Computer vor sich auf einem Stuhl. Die beiden Nirmaner kannten keine Computer und waren völlig fasziniert. Vor allem Fred lief immer wieder im Kreis und versuchte, Fatma hinter dem Bildschirm zu finden.

»Das Jahr nach eurem Besuch war großartig auf Nirma«, begann Ehawee ihre Geschichte. »Wir zwei sind Gerzins Assistenten geworden und haben unglaublich viel gelernt. Nirma ist nach Brelors Tod aufgeblüht, die dunklen Bereiche sind verschwunden und mit ihnen die Kreaturen, die dort gehaust haben. Wir haben uns endlich wieder sicher gefühlt.«

»Zu sicher«, warf Fred ein. »Denn im Geheimen hat jemand einen Plan ausgeheckt, den wir nur zu gerne vergessen haben – die Sumpfhexe.«

An ihre Begegnung mit der uralten Hexe, deren Machenschaften sie mit Glück überlebt hatten, erinnerten sich die Freunde deutlich. Zwar hatte die Hexe sie zu dem Versteck der letzten Scherbe geführt, doch konnte sie dadurch ihrer langen Gefangenschaft entfliehen. Bis zur Rückkehr der Freunde zur Erde waren weder sie noch Raspe, der Brelor unterstützt hatte und ebenfalls entkommen konnte, gefunden worden. Seitdem hatten sich alle davor gefürchtet, dass sich die beiden fürchterlich an den Nirmanern rächen würden.

Ehawee sprach weiter: »Die Sumpfhexe hat das Jahr genutzt, um an den Elementenwürfel zu gelangen. Damit hat sie ganz Nirma in den vergangenen zwei Tagen in eine Sumpflandschaft verwandelt! Schlammwellen haben alles überflutet und weggespült. Selbst das Meer gibt es nicht mehr. Es geschah alles so schnell, dass es schon zu spät war, als wir die Katastrophe realisierten. Gerzin konnte nur noch Fred und mich im letzten Augenblick zur Erde schicken.«

Die Freunde schluckten und dachten an das bunte und fröhliche Nirma, an die Marianer und die anderen Völker, die so gastfreundlich zu ihnen gewesen waren. Das alles sollte nicht mehr existieren?

»Was ist denn der Elementenwürfel?«, fragte Madu nicht sicher, ob er das so genau wissen wollte.

»Eine ganz furchtbare Waffe, mit der man Landschaften komplett verändern kann«, erklärte Ehawee mit Tränen in den Augen. »Der Würfel kann zum Beispiel Meere zu Eis erstarren, Gebirge unter Sand verschwinden lassen oder eben einen ganzen Planeten mit Schlamm überziehen.« Zum Schluss war ihre Stimme nur noch ein Flüstern.

»Wo war denn der Elementenwürfel? Warum wollte Brelor ihn nicht, wenn er so eine mächtige Waffe ist?«, wollte George wissen.

»Brelor hätte ihn sicher gern in die Finger bekommen. Doch der Elementenwürfel existierte außerhalb seiner Reichweite. Eben weil er so gefährlich ist, wurde er vor langer Zeit von dem Weisen und den Hütern ein Stück in die Zukunft geschickt, damit er unerreichbar ist und nie benutzt werden kann. Das dachten wir jedenfalls.« Ehawee zuckte verzweifelt mit den Schultern.

Fatma meldete sich über den PC. »Aber wie konnte die Sumpfhexe ihn dann erreichen?«

Diese Frage bereitete Ehawee einiges Unbehagen. »Nun, es ist so. Die Natur, das Universum – was auch immer ihr wollt – braucht immer einen Ausgleich. Gibt es irgendwo Regen, scheint an einer anderen Stelle die Sonne; geschieht etwas Böses, passiert an anderer Stelle etwas Gutes und ...« Ehawee druckste ein wenig herum. »Naja, wenn man mit der Zeit spielt, zum Beispiel Richtung Vergangenheit, dann öffnet sich ein Fenster in der Zukunft.«

»Aber wo ...?«, setzte Madu an, wurde jedoch sofort von Charlie unterbrochen, der Schreckliches dämmerte.

»Oh mein Gott! Ich bin schuld. Gerzin hat mich in die Vergangenheit geschickt, damit ich meine Eltern retten kann.« Entsetzt sah sie Ehawee und Fred an. In ihren Augen erkannte sie, dass sie recht hatte.

»Weder du noch Gerzin konnten das voraussehen«, versuchte diese Charlie zu beruhigen.

»Aber ich bin oft genug gewarnt worden. Alle auf Nirma haben mir gesagt, dass man nicht mit der Zeit spielen darf. Ich hätte mich nicht darauf einlassen dürfen!« Die amerikanische Jugendliche war verzweifelt. »Wegen mir ist ein ganzer Planet vernichtet worden. Das kann doch nicht möglich sein. Irgendetwas muss ich tun können.« Da sah sie Ehawee an und Hoffnung schimmerte in ihren Augen. »Ihr seid nicht ohne Grund hier. Es gibt eine Möglichkeit Nirma zu retten, oder?«

Als die zwei nickten, fragte George: »Was müssen wir tun?«

Wie aus einem Mund antworteten Ehawee und Fred. »Wir müssen wieder mit der Zeit spielen!«

Der tollkühne Plan

E s existiert nur eine Möglichkeit, Nirma zu retten. Aber sie ist gefährlich, fast unmöglich und zeitlich begrenzt.« Ehawees Stimme zitterte leicht. In ihren Worten schwang das gesamte Gefühlschaos mit, das sie empfand. Angst vor einer kaum zu bewältigenden Aufgabe, aber auch die Hoffnung darauf, Nirma retten zu können.

»Egal, ich mache alles, was notwendig ist«, sagte Charlie sofort. Sie war froh darüber, dass sie überhaupt etwas unternehmen konnten.

Die anderen nickten.

Die beiden Nirmaner sahen sich an, bevor die Arborianerin weitersprach: »Das haben wir uns zwar gedacht und gehofft, aber ihr solltet euch erst anhören, was euch erwartet. Wir müssen die einzig existierende Zeitmaschine, von der wir wissen, finden, die Zeit zurückdrehen und die Sumpfhexe aufhalten, bevor sie den Elementenwürfel einsetzt. Dafür haben wir ab heute noch 350 Tage Zeit. Denn man kann mit der Maschine maximal ein Jahr in die Vergangenheit gelangen. Und wir müssen vor dem Moment auf Nirma ankommen, in dem die Sumpfhexe den Würfel bekommt. Das war genau vor fünfzehn Tagen.«

»Und die Maschine ist hier bei uns auf der Erde?« Zweifelnd strich George sich seine Haare aus der Stirn. Er sollte mit seiner Skepsis recht behalten.

»Nein, leider nicht. Nach unseren spärlichen Informationen befindet sie sich auf Zanano, unserem Schwesterplaneten. Ihr habt ihn vor einem Jahr auf dem Wandteppich in Gerzins Turm bestimmt schon gesehen.«

Die Freunde erinnerten sich genau an sein Motiv mit zwei grünen Planeten im Vordergrund, Nirma und vermutlich Zanano, und der blauen Erde im Hintergrund. Zwischen ihnen gab es Portalverbindungen, die durch Schlieren dargestellt waren.

»Was bedeutet nach euren Informationen?«, fragte Fatma skeptisch, der die Einschränkung nicht entgangen war.

»Leider ist der Kontakt nach Zanano schon vor Ewigkeiten abgebrochen. Das Portal von Nirma dorthin ist auch verschlossen. Die Gründe dafür kennen wir leider nicht. Alle Versuche, Kontakt aufzunehmen, sind bisher gescheitert. Aber es gibt ein weiteres Portal, durch das man in diese Welt gelangen kann. Und das befindet sich hier bei euch auf der Erde.«

»Und wo soll das sein?«, erkundigte Madu sich. »Ich wüsste nicht, dass es irgendwo ein Portal gibt, auf dem ›geheimes Portal nach Zanano‹ steht.«

»Wir hatten gehofft, dass ihr uns diese Frage beantworten könnt. Wir haben ein Bild mitgebracht.« Ehawee holte eine Zeichnung aus ihrer Tasche. Sie zeigte ein großes, u-förmiges Gebäude, dessen Dach von zahlreichen Säulen gehalten wurde. Auf den Mauern unterhalb der Säulen waren viele Figuren in den Stein gemeißelt.

»Mich erinnert das an einen Tempel«, meinte Charlie und runzelte nachdenklich die Stirn. »Die Figuren könnten vielleicht römische Helden oder griechische Götter sein.«

»Ich habe keine Ahnung, wo dieser Tempel sein soll«, sagte George. Auch die anderen schüttelten den Kopf. »Aber wir werden es herausfinden.«

Gemeinsam machten sie sich auf die Suche nach diesem Gebäude. Charlie holte ihre alten Geschichtsbücher aus dem Schrank, während Madu und Fatma das Internet durchsuchten. Ehawee und Fred beobachteten fasziniert, wie auf dem Bildschirm Informationen und Bilder auftauchten und genauso schnell wieder verschwanden.

»Ich weiß, wo sich das Portal befindet«, verkündete eine strahlende Fatma nur wenige Stunden später. Die ganze Zeit hatten die Freunde über den Videochat ihre Vermutungen ausgetauscht. »Ich hatte gleich das Gefühl, dass ich das Gebäude schon irgendwo gesehen habe. Aber da Ehawees Zeichnung das Bauwerk in seinem ursprünglichen Umfeld zeigt, habe ich es nicht direkt erkannt.«

»Jetzt mach es nicht so spannend«, rief George aufgeregt. »Was heißt, du hast es schon mal gesehen? Wo müssen wir diesmal hin? In die Antarktis zu den Pinguinen? Nach Machu Picchu in Peru? Oder irgendeine kleine Insel mitten im Pazifischen Ozean?«

»Nichts von alledem«, antwortete Fatma. »Die Abbildung zeigt den Pergamonaltar und der befindet sich ganz in der Nähe von mir, nämlich in Berlin. Genauer gesagt, in einem Museum auf der Museumsinsel.«

»Wie hast du das so schnell herausgefunden?« Madu war erstaunt.

»Ein mit meinem Vater befreundeter Professor bereitet auf der Museumsinsel gerade eine Sonderausstellung mit Kunstobjekten aus dem Mittleren Osten vor. Auch wenn wir in Deutschland noch Flüchtlingsstatus haben, hat er meinen Vater als Berater anstellen können. Er kennt sich sehr gut in diesem Bereich aus. Zuhause lagen daher einige Borschüren, in denen unter anderem auch der Pergamonaltar abgebildet war.«

»Da haben wir endlich einmal Glück gehabt«, freute sich Charlie. »Wir fahren nach Berlin, besuchen die Ausstellung, öffnen das Portal und sind schwuppdiwupp auf Zanano.«

»Äh – ganz so einfach ist es leider nicht«, dämpfte Fatma die Begeisterung ihrer Freundin. »Es gibt bei der Sache einen kleinen Haken.«

George stöhnte. »Ich wusste es!«

Die Freunde sahen Fatma fragend an.

»Das Museum wird momentan renoviert und ist geschlossen. Außerdem hat man den Altar zum Schutz vor den Bauarbeiten in eine metallene Einhausung gesteckt.« Als sie die verständnislosen Blicke der anderen bemerkte, ergänzte sie: »So wird es zumindest in verschiedenen Artikeln beschrieben. Eigentlich sieht es aus wie eine große Metallbox.«

»Wann sind die Arbeiten denn beendet?«, erkundigte sich Madu.

»Ursprünglich sollten sie schon vor einem Jahr abgeschlossen sein, aber jetzt verlängert sich die Renovierung noch mindestens um vier Jahre.«

»Aber so lange können wir nicht warten!« Ehawee war zunächst sehr optimistisch gewesen, weil sie das Portal so schnell gefunden hatten, schneller als gedacht. Sollte ihr die Hoffnung wirklich so bald wieder genommen werden?

»Und was bedeutet das jetzt?« Fred war verwirrt. Ihm schwirrte der kleine Kopf.

George sprach aus, was allen längst klar war. »Dass wir in ein Museum einbrechen müssen.«

Blinde Passagiere

Bevor wir uns Gedanken darüber machen, wie wir in das Museum kommen, sollten wir uns überlegen, wie wir nach Berlin gelangen«, sagte Charlie. »Da wir zum Fliegen, für den Zug oder für die Fähre nach Frankreich Pässe brauchen, fallen diese Möglichkeiten weg. Was machen denn deine Führerscheinkünste, George?«

»Sag mal, spinnst du?« George konnte es nicht fassen. Endlich redete Charlie wieder mit ihm und dann kam so etwas. »Ich kann zwar schon ganz gut fahren, aber auf dem Festland herrscht Rechtsverkehr. Das ist etwas ganz anderes. Außerdem werden wir kontrolliert, wenn wir im Auto unterwegs sind. Das wir übrigens nicht haben.«

Charlie musste zugeben, dass diese Idee nicht eine ihrer besten gewesen war.

Einige Minuten war es still, als sie nachdachten.

Ehawee versuchte, die neuen Informationen zu verarbeiten. Fliegen? Pässe? Das scheint eine komische Welt zu sein, auf der man nicht einfach so an einen anderen Ort gelangen kann. Auf Nirma kann man jederzeit überall hingehen, wohin man möchte. Konnte, verbesserte sie sich traurig.

»Es gibt vielleicht eine Möglichkeit.« Georges Stimme klang aufgeregt. »Madu, du kommst am besten mit mir mit. Ich muss etwas überprüfen.«

»Worum geht es denn?«, fragte Charlie, doch die beiden Jungs hatten das Zimmer schon verlassen. »Hat man Töne?«, regte sie sich auf. »Ohne weitere Erklärung hauen die zwei einfach ab und lassen uns hier blöd stehen.«

»Kann es sein, dass du ein wenig sauer auf George bist?«, fühlte Ehawee vorsichtig vor und schaute bedeutungsvoll auf den Papierkorb, in dem sich die Scherben der Vase befanden.

»Sauer ist gar kein Ausdruck«, meine Fatma. Charlie hatte sie direkt angerufen, als sie George auf frischer Tat ertappt hatte. Sie konnte ihre beste Freundin gut verstehen.

Diese erzählte nun der Nirmanerin, was passiert war.

»Das hört sich nicht so schön an«, musste Ehawee zugeben. »Aber wenn ich bedenke, wie vernarrt er in dich ist, sagt er vielleicht die Wahrheit und konnte wirklich nichts dafür.«

Charlie brummte etwas Unverständliches. Sie wollte im Moment einfach keine Entschuldigungen hören.

»Wir müssen uns noch Gedanken über Ehawees Aussehen machen«, wechselte Fatma das Thema. Die Rettung Nirmas war zunächst dringender. »Heute geht ihre grüne Hautfarbe durch, aber ab morgen wird sie damit auffallen. Das müssen wir unbedingt verhindern.«

»Darüber müsst ihr euch keine Sorgen machen. In diesem Punkt hat Gerzin vorgesorgt.« Ehawee zog eine Dose aus ihrer Tasche.

Nachdem sie den Deckel abgenommen hatte, blickte Charlie hinein. »Eine Creme und mehrere grüne Kapseln«, beschrieb sie Fatma den Inhalt.

Ehawee klärte ihre Freundinnen auf: »Die Kapseln sind für euch, wenn wir auf Zanano sind. Damit sollte selbst Madu eine grüne Hautfarbe erhalten, die nicht abblättert. Gerzin hat glücklicherweise angefangen, daran zu forschen und die Kapseln schon vor Monaten hergestellt. Für mich blieb dagegen nur Zeit, eine Creme in eurer Hautfarbe anzufertigen. Aber für ein paar Tage sollte sie reichen.«

Charlie nickte zufrieden. Es war tatsächlich weise von Gerzin, weiter daran zu arbeiten, dass sie ihre Hautfarbe anpassen konnten. Nach einem Blick auf ihre Uhr fragte sie: »Wo bleiben George und Madu nur?«

In dem Moment gab ihr Handy ein Piepton von sich. Aufgeregt griff sie danach und überflog den Text auf dem Display. Ehawee, Fred und Fatma beobachteten ihre Freundin erwartungsvoll. Da sprang sie so überraschend auf, dass Fred vor Schreck von der Tasche purzelte.

»Das ist ja wieder typisch«, murmelte Charlie. Erst meldeten George und Madu sich stundenlang nicht, und dann schickten sie ihr eine Nachricht, dass sie eine Möglichkeit gefunden hatten, nach Berlin zu kommen. Aber nur wenn sie es schafften, in spätestens fünfzehn Minuten im Dorf an der Kirche sein.

In Lichtgeschwindigkeit tauschte Charlie ihr Arborianerinnenkostüm gegen Jeans und Pullover, griff ihren Rucksack und ihr Portemonnaie und stürmte mit Ehawee und Fred los. Vor lauter Aufregung hatten sie den PC nicht ausgeschaltet und ließen eine verwirrt dreinblickende Fatma zurück.

Sie schafften den Weg in absoluter Rekordzeit von nur neun Minuten und kamen völlig außer Atem am Treffpunkt an. Es war ziemlich kalt und ihr Atem bildete kleine Wölkchen in der Luft.

Gleichzeitig schlenderten Madu und George um die Ecke. »Oh schön, ihr seid schon da«, sagte Madu. »Wir waren schnell einkaufen.«

»Ihr habt was getan?«, fragte Charlie immer noch japsend.

»Wir haben etwas Proviant für die Fahrt gekauft und T-Shirts, damit wir nicht als Yeti und Feuertroll durch Berlin laufen müssen. Leider war nur ein Touristenladen offen, in dem die Auswahl sehr begrenzt war. Hosen gab es dort leider gar nicht«, bedauerte George.

»Moment mal, nicht so schnell«, sagte Charlie. So langsam hatte sich ihre Atmung wieder normalisiert. »Erzählt, wie kommen wir jetzt nach Berlin?«

»Es gibt hier ein Transportunternehmen, das regelmäßig Ware von London nach Berlin bringt. In ein paar Minuten«, George schaute auf die Uhr, »soll die nächste Fahrt starten. Wir verstecken uns zwischen der Ladung des LKW und sind morgen früh in Berlin.« Madu und George waren stolz auf ihren brillanten Einfall.

»Werden die LKW nicht kontrolliert?«, gab sie zu bedenken.

»Nicht unbedingt. Soweit ich weiß, werden nur Stichproben gemacht. Aber wenn jemand eine bessere Idee hat?«

Hatten sie nicht. Ehawee und Fred hatten die Worte der Freunde zwar vernommen, aber bei Weitem nicht verstanden. Mit LKW und Kontrolle konnten sie genauso viel anfangen, wie zuvor mit Flügen und Pässen. Sie hofften einfach, dass der Plan funktionierte.

Die Freunde schlichen hintereinander auf den Parkplatz der Spedition direkt gegenüber der Kirche. Sie hatten Glück. Die hintere Tür des LKW stand offen und der Fahrer war nirgends zu sehen. Rasch kletterten sie hinein. Auf der Ladefläche stapelte sich die Ladung in mehreren Reihen, dennoch war genug Fläche frei geblieben, dass sie sich dort niederlassen konnten. So weit weg von der Tür wie nur möglich setzten sich die fünf auf den Boden und lehnten sich an die Paletten. Jetzt konnten sie nur noch abwarten.

Als kurz darauf die Tür zugeworfen wurde und der LKW losfuhr, wurden sie auf dem harten Boden ordentlich durchgerüttelt. Außerdem froren sie trotz ihrer Jacken. An

Schlaf war nicht zu denken. Madu und George nutzten die Zeit, sich zumindest teilweise aus ihren Kostümen zu befreien, die neuen T-Shirts überzuziehen und die Schminke aus ihrem Gesicht zu entfernen.

Charlie musste gegen ihren Willen schmunzeln. Oben wie normale Teenager gekleidet, unten Yeti und Feuertroll. Madu trug eine weiße Hose, an die sie in mühevoller Fleißarbeit zahlreiche Wollfäden in der gleichen Farbe genäht hatten. Georges rote Hose bildete mit den angenähten Stoffresten in unterschiedlichen Rottönen einen starken Kontrast dazu.

Die Aufschrift der T-Shirts ließ sie schallend loslachen. Auf Madus Oberteil stand: »Der frühe Vogel kann mich mal!« Es passte hervorragend zu ihm, da er immer am längsten von ihnen schlief. Doch Georges Shirt war mal wieder nicht zu toppen. Auf seiner Brust prangte ein großes rosafarbenes Einhorn, darunter die Worte: »Sei ein Einhorn!«

»Ernsthaft, Jungs?« Charlie schaute die beiden gespielt streng an, während Ehawees und Freds Gesichter ein einziges Fragezeichen waren.

»Wie gesagt, die Auswahl war begrenzt. In meiner Größe gab es nur dieses eine Frauenshirt, da es wohl Lieferprobleme mit den Männersachen gab«, murrte George. Es hätte zwar ein T-Shirt mit der Aufschrift »Treue ist der Mangel an Gelegenheit« gegeben, aber das war in seiner momentanen Lage eine noch schlechtere Wahl gewesen. Damit hätte er seine Chancen bei Charlie endgültig begraben können. Dann doch lieber das Einhorn.

Auf einmal grinste er. »Wir haben noch eins gekauft. Eine Puppe hatte das an und wir konnten nicht widerstehen.« Er zog ein kleines grünes T-Shirt hervor und hielt es Fred hin.

In kleinsten Buchstaben war »Nenn mich Meister« zu lesen. Der Pilz zog es begeistert an und lief mit stolzgeschwellter Brust vor ihnen auf und ab.

Charlie blickte auf ihr Handy. Fatma hatte ihnen eine Nachricht geschickt. Sie hatte Sying endlich erreicht und ihm alles berichtet.

»Sying ist mit seinem Zirkus gerade in Deutschland unterwegs. Morgen ist er sogar für ein paar Tage in Berlin. Das ist ja perfekt.«

»Großartig. Dann sind wir alle zusammen«, stimmte George ihr zu. Kurz trafen sich ihre Blicke, bevor Charlie schnell wegschaute.

Ehawee und Fred waren von den Handys begeistert. Vor allem die Fotofunktion mussten sie immer wieder ausprobieren. Sie machten viele verrückte Bilder, auf denen sie sich über eine App mit Hut, Schnurrbart oder Blumen verschönerten.

»Schluss jetzt«, sagte Charlie energisch und nahm das Handy an sich. »Wir müssen Akku sparen. Die anderen Handys sind schon leer. Wir müssen Fatma anrufen können, sobald wir in Berlin sind.«

»In Ordnung«, stimmte Ehawee etwas widerstrebend zu. »Dann habe ich jetzt Zeit, mich einzucremen.« Sie zog den Tiegel aus der Tasche und schmierte die dunkle, fast schwarze Paste auf ihre sichtbaren Hautstellen. Das Resultat war erstaunlich: Ehawee sah aus wie ein Mensch mit grüngefärbten Haaren.

»Unglaublich«, staunte Madu. »Du siehst vollkommen verändert aus.«

Sie hob ihre Hände und drehte sie immer wieder vor ihrem Gesicht. »Es sieht sehr ungewohnt aus, aber meine Hautfarbe ähnelt nun eurer.« Zum Vergleich hielt sie ihren

Arm neben Charlies. Die Freunde waren zufrieden mit dem Ergebnis.

Auf der restlichen Fahrt erzählten Ehawee und Fred, was im vergangenen Jahr sonst noch auf Nirma passiert ist. Da der Gedanke schmerzte, dass ihre nirmanischen Wegge- fährten tot waren, versiegte das Gespräch. In ihre Erinne- rungen versunken nickten sie nicht zuletzt wegen der mo- notonen Fahrgeräusche immer wieder kurz ein.

Berlin

Nichts wie raus hier!« Madus Worten konnten die anderen nur zustimmen, auch wenn die Fahrt erstaunlich problemlos verlaufen war. Der LKW war glücklicherweise nicht durchsucht worden, und es gab auch keine größeren Staus, soweit sie das beurteilen konnten. Doch die stundenlange Kälte und der Schlafmangel hatten ihre Spuren hinterlassen. Als die Türen geöffnet und die ersten Kisten entladen wurden, sprangen sie in einem unbeobachteten Moment hinaus.

»Ich freue mich so, dass ihr hier seid, obwohl ich mir natürlich andere Umstände gewünscht hätte.« Strahlend umarmte Fatma ihre Freunde und vergaß dabei nicht, Fred fest zu drücken. »Ehawee, dich hätte ich ohne deine grüne Haut fast nicht erkannt.«

»Es ist so schön, dich wiederzusehen. Wollte Sying nicht auch zum Treffpunkt kommen?« Suchend sah sie sich um.

»Sein Zirkus hat auf dem Weg hierher im Stau gestanden. Wegen der Zeitverzögerung muss er jetzt beim Aufbau helfen. Wir treffen ihn aber später auf der Museumsinsel. Wie geht es euch überhaupt?«

»Eigentlich ganz gut«, antwortete Charlie. »Wir sind nur etwas durchgerüttelt und übermüdet. Wir hatten Glück, dass unser LKW nicht kontrolliert wurde und wir unentdeckt von der Ladefläche verschwinden konnten. Aber angenehm war die Fahrt bei der Kälte absolut nicht.«

»Und außerdem sind wir hungrig!«, ergänzte Madu und rieb über seinen Magen, der sich genau in diesem Augenblick mit lauten knurrenden Geräuschen meldete.

Fatma lachte. »Schön, dass sich einige Dinge nicht ändern. Dann gehen wir am besten in ein Café. Während wir dort etwas essen, können wir weitere Pläne schmieden.« Mit einem Blick auf George und Madu fügte sie hinzu: »Gibt es in London einen neuen Modetrend, von dem ich noch nichts gehört habe?«

Die knufften sie daraufhin freundschaftlich in die Seite und lachten.

Die Inneneinrichtung des Cafés war bunt, aber gemütlich. Es war gut besucht und zunächst schien jeder Platz besetzt. Erfreulicherweise brach eine Gruppe bald auf, so dass die Freunde einen schönen Platz in einer Ecke ergattern konnten, der etwas ruhiger war.

Neugierig betrachtete Ehawee die Umgebung und die fremdartigen Eindrücke.

Hier drin fühle ich mich auf jeden Fall wohler als draußen, stellte sie fest. Auch wenn die anderen mir die Funktion von Autos erklärt haben, sind mir so viele auf einmal doch unheimlich. Sie griff nach einer der Flaschen, die auf dem Tisch standen. »Was ist das?«, fragte sie und schwenkte die Flasche leicht von links nach rechts.

»Damit kannst du dein Essen würzen«, erklärte Fatma ihr.

Vorsichtig schraubte die Nirmanerin den Verschluss auf und roch daran. Augenblicklich verzog sie das Gesicht. »Das riecht aber streng.«

»Das ist Essig«, lachte Charlie. »Versuch mal das hier. Das ist Ketchup. Ich bin gespannt, wie dir der schmeckt, da ihr auf Nirma doch keine Tomaten kennt.« Sie schüttete ein wenig Ketchup auf einen Löffel und hielt ihn Ehawee hin. Skeptisch tunkte diese ihren Zeigefinger in die rote Flüssigkeit und leckte ihn zaghaft ab. Ihre Freunde sahen sie erwartungsvoll und gespannt an.

»Das schmeckt wirklich … großartig. Kann ich noch etwas haben?« Sie lachten, als Ehawee sich einen Löffel nach dem nächsten in den Mund schob.

»Gott sei Dank, da kommt unser Essen«, unterbrach George die Probierstunde. »Ich hatte schon die Befürchtung, dass wir Ketchup-Nachschub von den anderen Tischen holen müssen.«

»Quatschkopf! Ich bin gespannt, ob der Rest von eurem Essen auch so gut schmeckt.«

Da ihre nirmanische Besucherin kein irdisches Essen kannte, hatten sie verschiedene Speisen von der Karte bestellt.

Wenig später hatten sie ein leckeres Frühstück vor sich stehen. Hungrig griffen sie zu. Nur Ehawee starrte entsetzt auf ihren Teller.

»Was ist los?«, fragte George. »Das ist wirklich sehr lecker, probiere einfach .«

»Ich kann doch keine Freds essen!«

»Was? Es gibt mich zu essen?«, tönte es erschrocken aus der Tasche, in der Fred sich verstecken musste.

Einen Augenblick starrten sie sich fragend an, bis es ihnen dämmerte. Eins der Gerichte war ein Omelett mit Pilzen. Unglücklicherweise waren einige im ganzen Zustand über das Ei gestreut und sahen damit den nirmanischen Pilzen sehr ähnlich. Nicht umsonst war Madu vor einem Jahr genau darauf hereingefallen. An die aufgebrachte Familie von Fred erinnerte er sich noch genau.

»Das sind keine Freds.« Madu spießte einen Pilz auf und steckte ihn in den Mund. Was zur Beruhigung gedacht war, hatte aber den gegenteiligen Effekt. Vom echten Fred, der vorsichtig ein wenig aus der Tasche herauslugte, erklang ein Quieken und Ehawee wurde noch blasser.

44

»Ich glaube, du solltest eher das probieren«, sagte Charlie hastig und schob ihr Müsli vor Ehawee. Den Teller mit dem Omelett stellte sie einer vorbeilaufenden Kellnerin aufs Tablett.

Zaghaft probierte die Arborianerin ihr neues Essen, an dem sie nichts auszusetzen hatte. Als alle gesättigt waren, konnten sie sich ihrem eigentlichen Anliegen widmen. Sie beugten sich über eine Karte und mehrere Fotos, die Fatma mitgebracht und auf dem Tisch ausgebreitet hatte.

»Das ist das Museum und hier das metallene Gehäuse, in dem sich der Altar befindet.« Nacheinander tippte Fatma die entsprechenden Bilder an. »Der Pergamonaltar wurde unter König Eumenses II. in der ersten Hälfte des 2. Jahrhunderts vor Christus in der Stadt Pergamon errichtet.« Stirnrunzelnd las Fatma weiter. »Wenn ich das richtig verstehe, wurde der ursprüngliche Altar mit gefundenen Originalstücken wieder aufgebaut und mit nachgebildeten Bereichen rekonstruiert und ergänzt.«

»Wir müssen also ein Loch in das Metall schneiden, durch das wir ins Innere klettern können«, überlegte George laut.

»Es gibt leider noch weitere Schwierigkeiten«, sagte Fatma. »Ich habe seit gestern alles gelesen, was ich über den Altar finden konnte. Er ist überall mit Sensoren versehen, die bei kleinsten Änderungen der Temperatur, der Luftfeuchtigkeit oder bei Kontakt Alarm schlagen. Es ist unmöglich, unbemerkt nur in seine Nähe zu kommen.«

»Das ist schlecht«, sprach Madu aus, was sie alle dachten. »Wir müssen doch den Altar nach dem Portal absuchen.« Angestrengt überlegte Charlie. »Wie kommen wir nur in dieses Gehäuse?«

Bedauernd hob Fatma die Schultern. »Ich habe mir den Kopf darüber zerbrochen, aber ich habe keine Ahnung.«

»Und was machen wir, wenn das Originalstück für das Portal nicht vorhanden ist?«, fragte Fred.

Unbehaglich sahen sie sich an. Ehawee sprach aus, was sie unbedingt verhindern mussten. »Dann gibt es für Nirma keine Rettung mehr.«

Der Pergamonaltar

Sying, alter Freund.« Obwohl sie sich freuten, ihn wie angekündigt auf der Museumsinsel zu treffen, war vor allem Madu glücklich, seinem Freund nach so langer Zeit persönlich gegenüberzustehen. »Wir hatten schon Sorge, dass du es nicht rechtzeitig schaffen würdest.«

»Diese Befürchtung hatte ich auch. Ich drücke mich gerade um den weiteren Aufbau. Zum Glück konnte ich mich unbemerkt wegschleichen. Meine Eltern sind so froh darüber, dass meine Augenerkrankung auf wundersame Weise geheilt wurde, dass ich mir im Moment einiges erlauben kann«, grinste der Chinese.

Die Freunde wechselten ein paar vielsagende Blicke. Schließlich waren sie die Einzigen, die wussten, dass hinter Syings Genesung in Wirklichkeit die Macht der nirmanischen Sterne steckte. Bei ihrer Abreise aus Nirma war etwas Sternenstaub in sein Auge gekommen, was dieses dauerhaft geheilt hatte.

Neugierig schauten sie sich das u-förmige Gebäude aus der Nähe an. Sie befanden sich auf dem Platz zwischen dem Nord- und dem Südflügel. An der Kopfseite lagen sowohl der Saal, der den Pergamonaltar beherbergte, als auch der Eingang. Der Nordflügel war eingerüstet und zahlreiche Bauarbeiter gingen ihren Arbeiten nach. Ein großer Kran transportierte schwere Betonplatten über den Saal hinweg auf die andere Seite des Gebäudes. Da es ziemlich windig war, schwang die Ladung besorgniserregend hin und her.

»Ein Teil der Ausstellung ist weiterhin geöffnet, während andere Bereiche, darunter der Saal mit dem Altar, saniert werden und für die Öffentlichkeit geschlossen sind«, las Fatma von einem Informationsblatt ab.

»Wir sollten den zugänglichen Teil besichtigen«, schlug George vor. »Vielleicht können wir von dort etwas von dem Altar beziehungsweise von seiner Metallhülle sehen.«

Sie kauften Tickets und verstauten im Anschluss ihre Taschen in den dafür vorgesehenen Spinden.

Fred schlüpfte kurzerhand in Ehawees Jackentasche. Wenig später betraten sie den ersten Ausstellungsraum. Auch wenn sie aus einem anderen Grund hier waren, mussten sie trotzdem die Exponate bewundern. Besonders Ehawee, die so etwas gar nicht kannte, war begeistert. Mit leisem Bedauern kehrten sie dem Ischtar-Tor, einem der Stadttore von Babylon, sowie dem Markttor von Milet den Rücken und richteten ihre Aufmerksamkeit auf eine Tür, hinter der sich der Pergamonaltar befinden sollte und an der ein Fernseher hing.

»Mist, hier kommen wir nicht weiter«, sagte Charlie und rüttelte an der Tür.

Mangels Alternativen sahen sie sich die Informationen und Bilder an, die der Fernseher auf Knopfdruck abspulte. Während sie ihre nächsten Schritte planten, gab es einen fürchterlichen Krach aus dem Raum hinter der Tür, als wäre etwas Großes herabgestürzt. Laute Stimmen und Rufe waren zu hören. Einige Personen liefen hektisch an ihnen vorbei und ließen sich von einem Wachmann die Tür aufschließen. Bevor sie wieder ins Schloss fallen konnte, stellte Sying seinen Fuß dazwischen, so dass die Freunde einen Blick in den Raum erhaschen konnten.

Der Boden war übersäht von Glassplittern, eine zerbrochene Betonplatte lag neben dem Altar. Offenbar hatte sich eine der Platten aus der Kettenverankerung des Krans gelöst und das Dach des Saals durchschlagen. Glücklicherweise sahen sie keine Verletzten.

»Ich würde mir das zu gern aus der Nähe ansehen«, meinte Charlie. »Aber wahrscheinlich werden wir sofort rausgeschmissen.«

»Kein Problem, ich erledige das.« Schnell sauste Fred durch den Spalt. Er war froh, dass er endlich eine Aufgabe hatte.

Ehawee wollte ihn schon zurückholen, als hinter ihnen eine Stimme ertönte.

»Hey, was macht ihr da?«, fragte ein Wachmann.

Hastig schlossen sie die Tür.

»Äh, gar nichts. Wir waren nur neugierig«, erwiderte Charlie.

Der Wachmann schaute sie durchdringend an und runzelte die Stirn. Dann drehte er sich wortlos um und sprach ein Stück entfernt in sein Funkgerät.

Ob etwas von meiner grünen Haut durchschimmert?, fragte Ehawee sich. Nein, sonst hätten meine Freunde mir etwas gesagt.

»Wir sollten uns die Exponate ansehen, damit wir nicht weiter aufzufallen«, schlug George vor.

Also schlenderten sie so langsam wie möglich durch den Raum. Die Tür hatten sie weiterhin im Blick. Doch niemand öffnete sie. Der Wachmann beäugte sie immer misstrauischer. Sie waren jetzt die einzigen Besucher in diesem Raum.

Fatma fühlte sich unter seinen Blicken zunehmend unwohl. »Wir sollten draußen auf Fred warten. Er wird schon zu uns finden.« Weil weder Madu noch George, Charlie oder Ehawee eine andere Idee hatten, gingen sie hinaus. Sie warteten bereits eine Stunde auf ein Lebenszeichen von Fred. Die

Sorge um ihn wuchs mit jeder Minute. Fatma knetete nervös ihre Hände und George strich sich immer wieder seine Haarlocke aus dem Gesicht.

Diese Eigenheit mag ich besonders an ihm, ging es Charlie durch den Kopf, die gegen ihren Willen permanent zu ihrem Freund sah. Dass er sie im Moment so oft wiederholt, zeigt mir, wie nervös er ist. Doch ich will jetzt nicht an ihn denken, rief sie sich energisch zur Ordnung. Zurzeit gibt es wichtigere Dinge.

»Ich gehe da jetzt rein!« Entschlossen wollte Ehawee loslaufen, als sie Fatmas Hand auf ihrem Arm spürte. Auch ohne Worte wusste sie, was ihre Freundin ihr sagen wollte: Das bringt doch nichts.

Plan- und ratlos saßen sie auf den Stufen vor dem Eingang. Da kam die Gruppe Männer, die zuvor an ihnen vorbei in den Raum mit dem Pergamonaltar geeilt war, hinaus und kam auf sie zu. Am Schal des letzten Mannes baumelte Fred.

Charlie reagierte geistesgegenwärtig. »Entschuldigung, können Sie mir sagen, ob das das Pergamonmuseum ist?« Etwas anderes fiel ihr so spontan nicht ein.

Der Mann blieb irritiert stehen und hielt sie offenbar für geistig minderbemittelt, da dies in großen Buchstaben an dem Gebäude stand. Er nickte kurz und ging weiter.

Die Zeit hatte aber gereicht, dass Fred sich in seinem Rücken unauffällig in Ehawees geöffnete Hände fallen lassen konnte. Sie überquerten den Vorplatz, um in Ruhe Freds Bericht lauschen zu können.

»Der Betonklotz hat beim Herabstürzen nicht nur das Glasdach durchschlagen, sondern auch die Metallbox des Altars beschädigt. Einige Metallplatten müssen ausgetauscht werden. Bis die Reparaturen abgeschlossen sind, wird der gesamte Alarm ausgeschaltet und die anderen Bauarbeiten unterbrochen.«

»Das ist super«, jubelte Madu. »Das ist unsere Chance. Du bist der beste, Fred!«

Der kleine Pilz grinste breit.

»Wann sollen denn die neuen Platten eingesetzt werden?«, fragte Charlie.

»Morgen.«

»Das bedeutet, wir haben nur diese Nacht, um durch das Portal nach Zanano zu gelangen.« Fatma brachte es auf den Punkt.

Gemeinsam schmiedeten sie den Plan für ihren Einbruch. Sie warteten bis ein Uhr nachts, da in Berlin auch zu später Stunde noch viel los war und sie unbedingt unentdeckt bleiben mussten. Natürlich waren die Türen des Museums zu dieser Zeit abgeschlossen. Das hatten sie berücksichtigt.

Sying sah sich die Außenfassade des Gebäudes genau an. »Es ist für mich wirklich nicht schwierig, bis auf das Dach zu klettern«, beruhigte er seine besorgten Freunde.

»Du musst dich aber noch durch das kaputte Glasdach in den Saal abseilen«, gab Madu zu bedenken.

»Dafür habe ich ja dieses riesenlange Seil dabei.« Sying klopfte auf seinen Rucksack, der fast nur mit dem Seil gefüllt war.

Glücklicherweise gab es in Berlin genug Geschäfte, in denen sie die benötigten Dinge erwerben konnten. Damit war ihr Bargeldvorrat komplett aufgebraucht. Sollte ihr Versuch, das Portal zu öffnen, misslingen, hätten sie ein ernsthaftes Problem.

»Es wird sicherlich einen Wachdienst geben oder andere Sicherheitsmaßnahmen, also pass gut auf«, warnte Charlie.

»Ja, Mama!« Sying rollte mit den Augen. Sämtliche guten Ratschläge hatte er mittlerweile mehrmals gehört.

Bevor er einen weiteren bekam, schulterte er seinen Rucksack und kletterte das Baugerüst am Nordflügel, soweit es ging, nach oben. Leider reichte es nicht bis zum Dach, so dass er die letzten zwei Meter an den Verzierungen der Fassade überwinden musste. Auch wenn seine Freunde wussten, wie erfahren er im Klettern war, hielten sie den Atem an. Ohne Schwierigkeiten konnte Sying sich über die Kante schwingen. Geduckt lief er weiter zum Saal.

Wie gut, dass die Arbeiter die Scherbenreste schon entfernt haben, dachte er erleichtert, als er das große Loch im Glasdach betrachtete. Seinen Freunden gegenüber hätte er es nie zugegeben, dass die Vorstellung von spitzen und scharfkantigen Scherben ihn beunruhigte. Er schlang sein Seil um einen Schornstein und lief vorsichtig über die Streben des Glasdaches bis zu der zerstörten Stelle. Dabei kam ihm sein geringes Körpergewicht zugute. Nachdem Sying das Seil durch die Öffnung in den Saal hinuntergeworfen hatte, kletterte er daran herunter. Leider endete es schon drei Meter über dem Boden. Als er sich gerade fallen lassen wollte, öffnete sich eine Tür.

Oh nein. Ausgerechnet jetzt muss der Wachmann auf seinem Kontrollgang hier vorbeikommen. Er wird mich entdecken. Das Herz des Chinesen klopfte laut vor Aufregung, während seinem Gesicht nichts anzumerken war.

Mit dem Handy am Ohr lief der Mann unter Sying hin und her, ohne ihn jedoch zu bemerken. Zu sehr war er auf sein telefonisches Wortgefecht konzentriert.

Langsam schwanden Syings Kräfte. Krampfhaft hielt er sich fest und versuchte, kein Geräusch zu machen. Es dauerte eine gefühlte Ewigkeit, bis der Mann endlich sein

Telefonat beendete und aus dem Raum stampfte, glücklicherweise ohne sich umzusehen. Erleichtert ließ Sying sich auf den Boden fallen. Als Artist konnte er einen harten Aufprall problemlos vermeiden. Er gönnte sich eine kurze Verschnaufpause und lief eilig zu den Notausgängen an der Rückseite des Saals. Dort warteten seine Freunde auf ihn.

»Wo ist nur das Portal?«, fragte George und sah sich ratlos um. Sie befanden sich nun im Pergamonaltar. Über eine Leiter, die an der demolierten Stelle der Einhausung stand, waren sie erst nach oben gelangt und danach ins Innere.

»Schaut, ob euch irgendetwas auffällt.«

Es gab zahlreiche Säulen, die alle gleich aussahen. Der Boden war glatt und unauffällig. Im Schein ihrer Taschenlampen war es mühselig, auf Details zu achten, vor allem wenn man die Größe der Fläche berücksichtigte, die sie absuchen mussten.

»Ich kann nichts finden«, sagte Sying.

Fatma dachte nach. »Wir finden nichts, weil wir an der falschen Stelle suchen.«

»Aber das ist doch der Pergamonaltar«, hielt Fred dagegen.

»Vielleicht ist das der rekonstruierte Teil. Bei den Friesen unterhalb der Säulen handelt es sich auf jeden Fall um Originalstücke.«

Wenig später suchten sie eine Etage tiefer, wo es noch enger und dunkler war als zwischen den Säulen. Der Detailreichtum des Frieses verlangsamte ihre Suche deutlich. Zahlreiche Figuren, vermutlich Götter der Antike, zierten die Wände. Sie zwangen sich, jeden Bereich sorgfältig abzusuchen, doch fast hätte Ehawee die Stelle übersehen. Als ihr Stern leicht warm wurde, hielt sie inne. Aufmerksam wanderten ihre Augen zur letzten Figur zurück.

Da ist es! Auf einem Schutzschild befand sich mittig ein Stern, der exakt wie einer von Nirma aussah.

»Ich habe es gefunden«, rief sie den anderen zu.

Fred stieß ein erleichtertes »Juhuuu!« aus. Jetzt wird alles gut. Er war sehr zuversichtlich.

Sobald sich die anderen um sie herum versammelt hatten, drückte sie ihren Stern gegen den auf dem Schild. Es gab kein lautes Geräusch, keine Lichtexplosion, nichts Spektakuläres, was sie irgendwie erwartet hatten. Der Bereich vor ihnen schien lediglich durchsichtiger zu werden.

»Das Portal«, hauchte Charlie. »Dann wollen wir mal.« Sie konnte ihre Ankunft auf Zanano kaum erwarten. Endlich konnten sie Nirma retten!

Sie schluckten die Kapseln, die ihre Hautfarbe verändern sollten, während Ehawee sich die Creme von ihrer Haut wischte. Nacheinander sprangen sie durch das Portal.

Eine neue Welt

George rieb sich verschlafen die Augen. Er brauchte einen Augenblick, um sich zu orientieren und bis seine Erinnerung zurückkehrte.

Wir sind durch das Portal gegangen! Das muss Zanano sein. Ehawees Plan hat funktioniert – zumindest bis hierher. Zu seiner Erleichterung sah er seine Freunde neben sich schlafen. Er war offensichtlich als Erster erwacht. Alle inklusive ihm selbst hatten eine grüne Hautfarbe. Sogar bei Madu hatte die Kapsel gewirkt, seine Haut zeigte ein besonders dunkles Grün.

Sie befanden sich in einer Vertiefung, die rund und nicht allzu groß war. Überall sprossen bunte Blumen; es waren nur die Stellen ausgespart, wo sie selbst sie zerdrückt hatten und auf ihnen lagen. Über fünf treppenförmig angelegte Terrassen ging es schräg nach oben, wobei auf jeder Etage andere Pflanzen wuchsen. Die Luft war von schweren und vielfältigen Gerüchen erfüllt. George fühlte sich regelrecht berauscht von der Farbenpracht und den Sinneseindrücken, die auf ihn einprasselten.

Wir haben Glück, dass wir auf unseren bisherigen Wegen durch ein Portal immer an geeigneten Plätzen gelandet sind. Wenn an dieser Stelle Wasser gewesen wäre, wäre unser Abenteuer zu Ende, bevor es begonnen hätte. George schüttelte sich, weil ihm diese Gefahr bisher gar nicht bewusst gewesen war. Ein Stöhnen lenkte ihn ab.

Ehawee wachte auf. Gleichzeitig kletterte auch Fred aus ihrer Tasche und rieb sich den Kopf. »Damit eins klar ist: Bei unserem nächsten Abenteuer müssen wir definitiv eine komfortablere Reisemöglichkeit für mich finden. Sonst streike ich.«

»Notiert und versprochen.« Die Arborianerin drückte kurz ihren kleinen Freund, froh, dass dieser Teil ihres Plans geklappt hatte.

Nun war der Rest ihrer Gruppe erwacht. Madu schlief, wie schon das letzte Mal, am längsten.

»Wunderschön« und »Wie im Märchen« waren nur einige der Ausrufe, die vor allem die Mädchen beim Anblick ihrer Umgebung mit den bunten Pflanzen äußerten. Die Jungs hätten es nie zugegeben, aber sie fanden die Farbenpracht ebenfalls beeindruckend.

»Von Zanano selbst wissen wir nicht mehr viel. Diese Karte haben wir aus dem wenigen, was wir herausfinden konnten, angefertigt. Das Portal und damit unser Ausgangspunkt liegt hier.« Ehawee zeigte die Stelle auf der Karte, die sie in der Hand hielt. »Vor langer Zeit existierte ein paar Kilometer von hier ein Dorf.«

Da sie keine anderen Anhaltspunkte hatten und auf jeden Fall Hilfe brauchten, um ihre Mission zu erfüllen, beschlossen die Freunde, es zuerst dort zu versuchen. Über die einzelnen Terrassen gelangten sie nach oben. Das dauerte etwas länger, da die Mädchen auf jeder Etage an den neuen Blumen riechen mussten und Begeisterungsrufe ausstießen.

»Ich fühle mich etwas beruhigt. Eine Welt, die so schön ist, kann gar nicht so schlimm sein«, sagte Ehawee und überwand die letzte Stufe. Dort blieb sie wie erstarrt stehen.

»Könntest du deine letzten Worte noch mal wiederholen?«, fragte Charlie tonlos.

Mit allem hatten sie gerechnet, nur nicht mit diesem Anblick, der sich ihnen unvermittelt bot. Vor ihnen breitete sich ein großes Feld mit ... Nichts aus.

»Ich habe schon Aufnahmen von der Marsoberfläche gesehen, die heimeliger ausgesehen haben als das hier«, murmelte George.

»Wie kann etwas so Schönes wie diese Blumen in so einer Gegend existieren?« Ehawee konnte es nicht fassen.

Die anderen wussten keine Antwort. Mit einem unguten Gefühl gingen sie über die Ebene, die abgesehen von einigen Kratern und Steinen keine Abwechslung bot. Der Boden wies Risse auf, wie sie bei getrocknetem Matsch auftraten. Selbst die Farben waren eintönig grau. Fred, dem es aufs Georges Schulter in der prallen Sonne schnell zu heiß geworden war, verschwand sogar freiwillig wieder in Ehawees Tasche. Nachdem sie stundenlang in eine Richtung gegangen waren, hatten sie einen Großteil ihres Wasservorrates aufgebraucht, da die staubige Oberfläche einen trockenen Mund verursachte. Doch endlich war ein Ende in Sicht: In der Ferne waren einzelne Bäume und Hügel zu sehen. Erleichtert hielten sie darauf zu. Sie waren fast da, als George etwas auffiel.

»Hey, was ist das?«, wunderte er sich und zeigte auf drei rote Steine, die als einziger Farbklecks rechts von ihm ein Dreieck bildeten. Neugierig ging er darauf zu.

»Halt, George, tu das nicht!«, rief Madu aufgeregt.

»Wieso?« George war verwundert.

»Ich weiß es nicht. Ich kann es nicht erklären, aber ich habe irgendwie kein gutes Gefühl dabei.« Madu machte das Zeichen gegen das Böse.

George wollte das ignorieren, doch Madu hing sich panisch an ihn. »Bitte, geh nicht dahin.«

Irritiert sah George zu den anderen. Charlie zuckte ratlos mit den Schultern. Sie konnte sich auf das Verhalten ihres afrikanischen Freundes auch keinen Reim machen.

»Okay. Wenn ich nicht dahin gehe, lässt du mich dann los?« Er war zwar neugierig, aber Madus eindringlicher und ängstlicher Blick ließ ihn umdenken.

Madu nickte. Er war sichtlich erleichtert, als sie in einem großen Bogen um diese Stelle weitergingen.

Als sie fast am Rand dieses Gebiets waren, hob George aus einem Impuls heraus einen Stein auf und schleuderte ihn in Richtung der roten Steine. Er landete genau dazwischen.

Ein unheilvolles Grollen erklang, kurz bevor am Dreieck beginnend zahlreiche Fontänen aus dem Boden schossen. Beim Aufklatschen der Tropfen auf den Untergrund ertönte ein Zischen. Die Fontänen breiteten sich immer weiter aus und kamen rasch auf die Gruppe zu.

»Was zum Teufel ...?«, setzte George an, als ihm ein Tropfen auf die Hand fiel. »Aua, das brennt ja wie Säure! Los, lauft!«

So schnell sie konnten, liefen sie auf das Ende der Ebene zu. Hinter sich hörten sie, wie der Boden an weiteren Stellen aufbrach. Ganz knapp konnten sie die Einöde verlassen und waren von frischem Grün umgeben.

»Jetzt müssten wir sicher sein«, keuchte Ehawee und wischte sich mit einer Hand den Schweiß von der Stirn. »Ich kann mir nicht vorstellen, dass Gras und Pflanzen wachsen würden, wenn die Säure bis hier kommen würde.« Die Gruppe sah sich an, welcher Katastrophe sie knapp entronnen waren.

Auf dem gesamten Gebiet, das sie soeben verlassen hatten, hatten sich zahlreiche Pfützen gebildet, die langsam zusammenflossen und den Boden zunehmend bedeckten. Immer wieder schossen neue Fontänen in die Höhe, auch weiter entfernt von den roten Steinen. Wären sie dort hingegangen, hätten sie sich niemals rechtzeitig in Sicherheit bringen können.

Ehawee schüttelte sich. »Ich habe von so einem Phänomen noch nie gehört. Ich verstehe nicht, warum so etwas existiert. Es zerstört doch nur.«

»Wie lange das wohl anhält?«, fragte Sying.

»Keine Ahnung«, sagte George zerknirscht und außer Atem, »aber sollte ich jemals wieder Madus Intuition anzweifeln, erinnert mich bitte hieran.«

Da die Freunde diesen ungastlichen Ort schnell hinter sich lassen wollten, setzten sie ihren Weg fort. Nach einem kleinen Hügel nahm die Vegetation zu. Immer mehr Büsche und Pflanzen umgaben sie. Vor ihnen lag ein Wald.

Plötzlich blieb Charlie stehen und hob die Hand. »Seid mal leise. Ich glaube, ich habe etwas gehört.«

Augenblicklich verstummten sie und lauschten in die Umgebung. Jetzt konnten es auch die anderen hören. Schwach drangen Rufe an ihr Ohr.

»Da ruft jemand um Hilfe«, stellte Madu fest.

»Es kommt von dort.« Sying zeigte in Richtung der Bäume.

Auf der Suche nach der Ursache der Geräusche lief Ehawee voran. Als Arborianerin bewegte sie sich leichtfüßiger durch den Wald als die anderen. Mit spielerischer Leichtigkeit wich sie Bäumen aus und sprang über Wurzeln oder abgefallene Äste. Abrupt blieb sie mit einem spitzen Schrei stehen und ruderte hektisch mit den Armen. Im letzten Moment konnte George sie noch zurückziehen und sie so davor bewahren, in eine gut drei Meter tiefe Grube zu fallen. Sie fand ihr Gleichgewicht wieder und atmete erleichtert auf. Nachdem sie sich von dem Schreck erholt hatten, sahen sie neugierig in das Loch vor ihnen, in dem sich ein etwa siebenjähriger Junge befand und sie ängstlich anstarrte. Seine Haut war so hell wie die von Ehawee, sofern man das bei alle dem Schmutz, der darüber lag, sagen konnte. Er trug eine Hose und ein Oberteil, die beide viel zu weit für seinen schmächtigen Körper waren. An der Hose hing ein Stofflappen herab, den sie nicht weiter zuordnen konnten. Die Kleidung sah alt aus und war vermutlich durch den Sturz an einigen Stellen zerrissen. Zumindest legte ein blutiges Knie diese Vermutung nahe. Offensichtlich hatte das Kind geweint, denn die Tränenspuren waren auf dem schmutzigen, schmalen Gesicht mit den riesigen Augen deutlich erkennbar. Mit einer fast trotzigen Geste wischte er sich darüber, um sie vor ihnen zu verbergen.

Unser erster echter Zananer, dachte Fatma. Dann flüsterte sie der neben ihr stehenden Charlie zu: »Der arme Junge! Er sieht ganz erbärmlich aus, halbverhungert und zerlumpt. Ob es den Zananern so schlecht geht?«

»Ich weiß es nicht. Auf jeden Fall müssen wir ihn erst einmal aus diesem schrecklichen Loch holen.« Sie beugte sich, soweit es ging, über das Loch und hob beruhigend beide Hände. »Hab' keine Angst. Wir holen dich gleich nach oben. Bist du verletzt?«

Das Kind antwortete nicht, sondern blickte nur weiter zu ihnen hinauf. Gebannt warteten die Freunde auf ein erstes Wort. Ehawee und Gerzin waren sich ziemlich sicher gewesen, dass sie als Sternenträgerin und die Menschen als Scherbenfinder sich auch auf Zanano würden verständigen können. Sollten sie sich in diesem Punkt geirrt haben, würde das ihre Mission noch sehr viel schwieriger machen, als es ohnehin schon der Fall war.

In der Zwischenzeit hatte Sying, der praktisch veranlagt war, ein Seil aus seinem Rucksack geholt. Während er das eine Ende an einem Baum festknotete, warf er das andere in die Grube.

»Kannst du daran hochklettern?«, fragte George und zeigte dem Jungen gleichzeitig mit den Armen an, was er meinte.

Ob es die Worte oder die Gestik waren, wussten sie nicht. Aber das Kind schien zu verstehen, was sie von ihm wollten. Er umklammerte das Seil und zog seinen mageren Körper daran immer höher. Auf dem letzten Stück wollte Madu ihm helfen, legte sich auf den Boden und reichte ihm die Hand. In dem Moment, als der Junge sie ergreifen wollte, erblickte er Madus Gesicht über sich. Panisch zuckte er zurück, ließ das Seil los und fiel wieder auf den Boden. Wimmernd kroch er in die entfernteste Ecke und hielt seine Arme schützend vor sein Gesicht.

Verständnislos sah Madu seine Freunde an. »Ich habe nichts Schlimmes gemacht. Ich wollte ihm doch nur helfen.« Ratlos zog er die Schultern hoch.

»Das wissen wir.« Beruhigend legte Fatma ihm ihre Hand auf die Schulter. »Aus irgendeinem Grund hat er Angst vor dir. Bei euch«, wandte sie sich an Charlie und George, »hat er nicht so reagiert. Vielleicht versucht ihr es noch einmal.«

Aber so sehr die beiden auf den Jungen einredeten, er bewegte sich keinen Millimeter.

»Wir können ihn doch nicht zurücklassen.« Madu fühlte sich schuldig, obwohl er nicht wusste, warum.

»Das werden wir auch nicht«, knurrte George und kletterte geschwind das Seil hinunter. Interessiert musterte er das Kind aus der Nähe. Wären wir auf Nirma, würde ich ihn aufgrund seiner hellen Haut für einen Arborianer halten. Aber wer weiß, ob es solche Unterscheidungen auf Zanano gibt. Darüber wissen wir zu wenig.

»Ich glaube, er ist schon länger hier unten und hat vermutlich Durst«, rief er seinen Freunden zu. Er nahm seine Wasserflasche vom Gürtel und hielt sie dem Jungen hin, der ihn die ganze Zeit argwöhnisch beobachtete. Georg trank einen Schluck und stellte das Getränk zwischen ihnen auf den Boden. »Siehst du, nur Wasser.«

Der Durst war offenbar größer als die Angst, denn der Junge schnappte sich die Flasche, zog sich in seine Ecke zurück und trank sie gierig aus.

»Ich bin George und du?« George versuchte, sich mit Händen und Füßen verständlich zu machen.

»Dix.«

Erleichtert seufzte George. Der Junge verstand sie. »Also, Dix, ich finde es hier etwas ungemütlich. Wollen wir nicht lieber hinausklettern?« Zögernd nickte der Junge und humpelte langsam näher. George erkannte eine Schwellung an Dix` rechtem Knöchel.

Die Verletzung hat er sich bestimmt beim Sturz zugezogen, vermutete George. »Wir kommen jetzt hoch. Madu, halte am besten ein bisschen Abstand«, rief er seinen Freunden zu.

»Das habe ich mir auch schon gedacht«, kam es postwendend zurück.

Als George und Dix endlich oben standen, hielt Madu sich wie versprochen zurück. Doch als Fatma nähertrat, rief sie bei Dix fast die gleiche Reaktion hervor. Er versuchte, von ihr wegzukommen, stolperte aber wegen seines verletzten Fußes nach wenigen Schritten.

Fatma ging näher und sagte so freundlich, wie sie konnte: »Du bist verletzt, lass mich dir helfen.«

»Warum solltest du mir helfen wollen? Du bist eine Dunkle!« Trotzig schaute er sie an.

»Eine Dunkle? Was meinst du damit?« Fatma sah den Jungen ratlos an.

»Na, du bist keine Helle wie die drei«, Dix zeigte auf George, Charlie und Ehawee, »und ich, sondern eine Dunkle wie die zwei.« Diesmal wies seine Hand auf Sying und Madu. »Noch dazu bist du mit dem König der Dunklen unterwegs. Ich habe noch nie ein so dunkles Grün bei jemandem gesehen.«

Die Gruppe sah sich verdattert an. Schließlich meinte George: »Verstehe ich dich richtig? Du sprichst von unserer Hautfarbe?«

»Ja, natürlich. Was sollte ich denn sonst meinen?« Dix sah sie wachsam an. Er war zu dem Schluss gelangt, dass die Gruppe vor ihm nicht alle Tassen im Schrank hatte.

»Aber das ist doch völlig unwichtig, ob wir hellgrüne oder dunkelgrüne Haut haben. Wir wollen dir doch nur helfen.« Ehawee verstand nicht, wo das Problem des Jungen lag.

»Auf Zanano geht es ausschließlich darum. Deine Hautfarbe bestimmt, wer du bist und wie es dir geht. Und Dunkle helfen Hellen nicht. Niemals!« Dix klang so entschlossen, dass er keinen Widerspruch akzeptiert hätte.

»Offenbar hat sich Zanano in den vergangenen Jahrhunderten zu einer rassistischen Gesellschaft entwickelt«, murmelte Charlie entsetzt von dem, was sie da hörte.

Ehawee wusste nicht, was das bedeutete. Sie startete einen neuen Versuch, um das Vertrauen des Jungen zu gewinnen. »Wir kommen nicht von dieser Welt. Da wir gerade erst angekommen sind, kennen wir uns hier noch nicht aus und wissen nichts über eure Probleme.«

Dem Jungen war deutlich anzusehen, dass er ihr nicht glaubte. Doch bevor er etwas erwidern konnte, drang eine empörte Stimme von unten zu ihnen hoch. Fred stand, beide Fäuste in die Seiten gestemmt, mit hochrotem Kopf zwischen ihnen. »Das kann ja wohl nicht wahr sein. Ihr ... habt ... mich ... schon ... wieder ... vergessen! Was machen wir mit Fred? Ach, steckt ihn in eine Tasche und vergesst ihn. Ist auch nicht weiter wichtig. Irgendwie wird er schon rauskommen, wenn er wirklich will.«

Auweia, da haben wir aber etwas angerichtet, dachte Charlie.

Schuldbewusst kniete Ehawee sich vor ihn auf den Boden. »Oh Fred, es tut mir wirklich leid. Aber nach unserer Flucht vor der Säure, wurden wir durch die Hilferufe abgelenkt, so dass ...«

»Ich bin auch so klein, da kann man mich ...«
Der Pilz wurde von Dix unterbrochen, der auf ihn zu gerobbt war und ihn entgeistert anstarrte. »Das gibt es doch nicht. Du bist einer vom kleinen Volk.«

»Ähm, nun, wenn du meine Größe damit meinst ...«

»Nein, ich meine, so nennen wir euch in den Geschichten. Ihr seid etwas ganz Besonderes.«

Fred fühlte sich geschmeichelt und hatte seine Wut schon vergessen. Die anderen waren verblüfft, da Dix bisher nicht von allein gesprochen hatte.

»Also auf Nirma nennen wir uns anders, aber ›kleines Volk‹ klingt auch gut.« Der kleine Pilz machte sich so groß wie möglich und versuchte, ein wichtiges Gesicht aufzusetzen.

»Soll das heißen, es gibt dort mehr von euch?«, fragte Dix aufgeregt.

»Ja, wieso? Hier etwas nicht?« Fred war bestürzt.

»Nein, wir kennen euch wirklich nur aus Geschichten und von sehr wenigen Bildern. Das kleine Volk wurde hier schon vor Jahrhunderten ausgerottet.«

Bevor Fred auf diese schlimme Neuigkeit reagieren konnte, erklang in der Ferne ein Horn.

»Oh nein!«, rief Dix aus. »Die Dunklen kommen, um die Löcher zu kontrollieren. Wenn ihr wirklich nicht von Zanano seid, müssen wir sofort hier weg.« Er hatte sich entschieden, ihnen zu glauben. »Ihr kommt am besten mit mir in mein Dorf und erzählt alles unserem Anführer Masor.«

Das Dorf Zan

Sie waren schon lange unterwegs und hatten nur wenige Pausen eingelegt. Charlie, Ehawee und George stützten den jungen Zananer, so gut sie konnten. Dieser hatte zwar seinen Fuß von Fatma verbinden lassen, aber trotzdem wollte er einer Dunklen nicht unnötig näherkommen. Aus Sorge, dass die Gruppe Dunkler sie verfolgen würde, trieb Dix sie immer wieder zum Aufbruch.

Auf dem Weg hatte er ihnen einiges über sich und Zanano erzählt. So hatten sie erfahren, dass er neun Jahre alt war. Sie hatten sich von seiner Größe und dem schmächtigen Körper in die Irre führen lassen.

Die Dunklen waren auf dieser Welt die Herrscher, die die Hellen unterdrückten. Die Löcher im Boden – in einem davon hatten sie den Jungen gefunden – waren Fallen. Diese sollten die Hellen davon abhalten, in den Wäldern zu jagen oder Beeren zu sammeln.

»Hätten sie mich erwischt«, endete Dix, »dann wäre es mir schlecht ergangen. Bestenfalls wäre ich in den Gruben gelandet.«

»Den Gruben?«, fragte Sying nach. »Aus einer haben wir dich doch gerade herausgeholt.«

Der Junge schüttelte seinen Kopf. »Nein, die Gruben sind ein Bergwerk, in dem Glompsteine gewonnen werden. Die verwenden wir als Lichtquelle. Beim Abbau entstehen giftige Dämpfe, die einen langsam sehr krank machen. Die Arbeitsbedingungen sind äußerst schlecht. Daher werden immer Arbeiter benötigt. Ist man einmal in den Gruben, kommt man nie wieder hinaus. Jedenfalls nicht lebend.«

»Auf Nirma werden die Leuchtelemente aus Pflanzen hergestellt. Das ist weder gefährlich noch gesundheitsgefährdend.« Ehawees Zöpfe flogen von rechts nach links, als sie verständnislos den Kopf schüttelte.

Dix nickte. »Das war früher bei uns genauso. Doch im großen Krieg sind neben anderen Dingen auch diese Pflanzen zugrunde gegangen. Bis heute ist es nicht gelungen, sie neu zu züchten.«

»Bei allem, was wir hier hören, wünsche ich uns noch mehr nach Nirma zurück als ohnehin schon«, meinte Ehawee.

Fred, der auf ihrer Schulter saß, konnte ihr nur zustimmen.

Während sie sich unterhielten, betrachteten sie immer wieder ihre Umgebung. Schon vor längerer Zeit hatten sie den Wald verlassen und wanderten auf einem schmalen, ausgetretenen Weg durch Felder, von denen schon viele abgeerntet waren. Auf einigen wuchsen aber noch kleine rechteckige, rote Pflanzen mit gelben Schirmen, auf anderen höhere, lilafarbene Stangen.

»Die roten Pflanzen bilden unsere Hauptnahrung. Der gelbe Schirm schützt sie vor der Sonne.« Der Junge hatte sich offenbar entschlossen, den Fremdenführer zu spielen. »Eigentlich ist er nicht zum Essen gedacht, da er nicht besonders gut schmeckt. Trotzdem kochen wir ihn mit, wenn wir noch Hunger haben. Also eigentlich immer. Die lila Stangen essen wir auch. Aus den Fasern machen wir unsere Kleider. Je nach Art der Herstellung und Alter ändern sich die Farben.«

»Schaut mal, da vorne sind wieder diese roten Steine«, sagte Fatma und zeigte nach links auf eine Aussparung auf einem Feld. Deutlich war dieser Bereich erkennbar.

Der zerlumpte Junge sah sie eindringlich an. »Da dürft ihr auf keinen Fall hingehen. Das sind gefährliche Stellen.«

»Was du nicht sagst«, murmelte George.

Wenig später verkündete der kleine Zananer, dass sie gleich da wären. Auf dem Weg kam ihnen eine Frau entgegen. Sie trug enge Hosen und darüber ein wadenlanges Kleid, das an den Hüften seltsam ausgespart war. Ihre Kleidung war sauber, aber an zahlreichen Stellen geflickt. Als sie Dix erkannte, ließ sie ihren Korb fallen, rannte auf ihn zu und umarmte ihn stürmisch.

»Gott sei Dank, es geht dir gut. Ich habe mir solche Sorgen gemacht.«

Sie blickte auf und sah Madu, Fatma und Sying an. Ihr Gesichtsausdruck wechselte schlagartig von Erleichterung zu Erschrecken.

»Oh, du hast hohen Besuch mitgebracht.« Unsicher sah die Frau die Gruppe vor sich an. »Mein Name ist Sana. Ich hoffe, mein Sohn hat euch nicht beleidigt. Er ist noch jung und unbedacht. Wir haben ihn schon überall gesucht.«

»Keine Angst, Mama! Das sind keine Dunklen. Zumindest keine richtigen.«

Charlie sah der Frau an, dass sie mit dieser Information nichts anfangen konnte. Um ihre Zweifel zu zerstreuen, trat sie einen Schritt vor. »Er sagt die Wahrheit. Wir kommen von Nirma und von der Erde. Ihr Sohn ist in ein Loch gefallen und ...«

»In ein Loch?« Jetzt wirkte die Frau noch aufgelöster als zuvor. »Warst du etwa wieder in den Wäldern der Dunklen? Das haben wir dir doch verboten.«

Unter dem strengen Blick seiner Mutter wurde der Junge immer kleiner. »Ich finde es ungerecht, dass wir dort nicht hindürfen«, sagte er. »Dort kann man so viel Essbares finden.« Und etwas mutiger fügte er hinzu: »Außerdem habe ich einen Woko gesehen und verfolgt.«

Die Frau lachte nervös. »Jetzt redest du aber Unsinn. Es gibt schon seit Jahrhunderten keine Wokos mehr auf Zanano.«

»Was ist ein Woko?«, fragte Charlie Ehawee flüsternd, die bei diesem Wort schmerzlich zusammengezuckt war.

»Taku war ein Woko«, gab diese leise zurück.

Charlie drückte die Hand ihrer Freundin, da sie wusste, wie sehr diese ihren tierischen Freund, der wie ein irdischer Wolf ausgesehen hatte, vermisste. Während ihres Abenteuers auf Nirma war er im Kampf gegen Raspe und seine Krähen in eine tiefe Schlucht gestürzt und gestorben. Mit seinem Einsatz hatte er Fatma das Leben gerettet, und das würden ihm die Freunde niemals vergessen.

Währenddessen versuchte der Junge weiter, seine Mutter zu beruhigen und zu überzeugen. »Mir ist ja nichts passiert. Die Fremden haben mir geholfen. Sie haben sogar einen vom kleinen Volk dabei.« Begeistert zeigte er auf Fred, der der Frau von Ehawees Schulter fröhlich zuwinkte.

Auf Sanas Gesicht spiegelten sich Überraschung und Unglaube wider. Es sah aus, als würde sie jeden Moment in Ohnmacht fallen.

»Ich ... ich glaube«, stammelte sie, »ich ... ich bringe euch am besten zu Masor.«

Gemeinsam betraten sie das Dorf oder zumindest das, was die Zananer so nannten.

Hier sieht es aus wie auf einer Müllhalde, dachte George.

Madu wurde unweigerlich an die Slums in seiner Heimat erinnert. Überall waren unterschiedlich große Müllberge. Einer von ihnen, fast schon ein mittlerer Hügel, stand direkt vor einer massiven, steilen und ungewöhnlich glatten

Felswand. Sie war Teil eines beeindruckenden Bergmassivs und bildete die natürliche hintere Begrenzung des Dorfes. Die kleinsten Müllansammlungen waren nicht höher als sie selbst.

»Der Müll ist sortiert«, raunte Madu Sying zu und zeigte auf drei Hügel, von denen einer aus Metallteilen, ein anderer aus Bauschutt und der dritte aus organischen Abfällen bestand.

Zwischen den Müllbergen sahen die Freunde rechteckige Löcher im Boden, auf die sie sich keinen Reim machen konnten.

Was mag das wohl sein?, dachte George. Für Gräber oder Gruften wäre es ein seltsamer Ort. Aber wie sagt man so schön, andere Län … äh Welten, andere Sitten.

Auf ihrem Weg zu Masor begegneten sie Zananern, die genauso ärmlich aussahen wie Dix. Einige wollten ihnen entgegenkommen, stoppten aber abrupt, als sie Madu, Sying und Fatma bemerkten. Manche versteckten sich daraufhin, andere folgten ihnen mit einem gewissen Abstand.

»Sollen wir diesen Masor direkt nach der Zeitmaschine fragen?«, flüsterte Charlie Ehawee zu. »Die Zeit, in der sie uns nutzen kann, ist begrenzt und da kann jeder Tag zählen.«

Sie war fest entschlossen, so schnell wie möglich Nirma zu retten, doch Ehawee schüttelte leicht den Kopf. »Ich möchte erst noch mehr über Zanano erfahren und sicher gehen, dass wir den richtigen Leuten vertrauen.«

Sana blieb auf einem großen Platz vor einer Hütte stehen. Diese war relativ groß und offenbar aus dem gebaut worden, was die Zananer im Müll gefunden hatten. Dieses Sammelsurium an Baustoffen und die bunten Farben ließen die Hütte, die trotz der unterschiedlichen Materialien einen stabilen Eindruck machte, freundlich und einladend wirken. Soweit die Freunde sehen konnten, war dies der einzige freie Bereich im Dorf, das sonst nur aus engen Wegen um die Löcher und um den Müll zu bestehen schien.

Durch die Tür trat ein stattlicher Mann, der trotz seiner ärmlichen Kleidung eine große Autorität und Würde ausstrahlte. Er trug genau wie die anderen Männer eine Hose, über die von der linken Hüfte bis zum rechten Knie Stoff lief. Um seine kurzen Haare war ein dünnes Lederband geschlungen.

Als würde er über der Hose einen diagonal durchgeschnittenen Rock tragen, grinste Charlie in sich hinein. Vermutlich hat der herunterhängende Fetzen bei Dix früher auch so ausgesehen.

Er ist der Erste, der bei unserem Anblick nicht fast vor Schreck umfällt, dachte George.

Durch seine Anwesenheit schienen sich die Dorfbewohner sicherer zu fühlen. Sie hielten zwar noch Abstand, versammelten sich aber in einem Halbkreis hinter ihnen.

»Sana, du bringst uns Gäste?«

Gemeinsam mit ihrem Sohn trat sie näher und redete leise auf den Mann ein. Während er ihren Ausführungen lauschte, musterte er aufmerksam die Gruppe vor sich.

»Ich will ehrlich sein«, richtete er schließlich das Wort an sie. »Es fällt mir schwer zu glauben, dass ihr von Nirma kommt. Einer Welt, die wir nur aus alten Geschichten kennen. Außerdem verbessert es eure Lage nicht gerade, dass sich drei Dunkle unter euch befinden.«

Die Freunde protestierten und redeten durcheinander.

»Wir sind wirklich nicht von hier!«

»Ihr müsst uns glauben!«

»Wir haben Fred dabei!«

Masor hob die Hand und sie verstummten augenblicklich. Er trat näher an Ehawee heran, auf deren Schulter Fred saß. »Ich hätte nie gedacht, dass ich mal einen vom kleinen Volk sehe. Es ist mir eine Ehre, dich kennenzulernen«, wandte er sich an den Pilz, der huldvoll lächelte.

»Trotzdem kann ich nicht ausschließen, dass dies alles eine Finte der Dunklen ist, aus einem Grund, den ich noch nicht kenne. Andererseits sind in der letzten Zeit viele seltsame Dinge passiert. So haben wir Kadaver von Vögeln gefunden, die es auf Zanano nicht gibt. Einige behaupten sogar, einen Woko gesehen zu haben, obwohl die schon lange ausgestorben sind. Außerdem habt ihr Dix geholfen. Ich muss darüber nachdenken und mich mit meinen Leuten besprechen. Ihr ...«

Masor wurde unterbrochen, als ein Heller angelaufen kam. »Der zweite Hohepriester Rhem ist mit einigen Begleitern auf dem Weg hierher. Sie werden gleich eintreffen.«

Bei der Ankündigung entstand große Unruhe hinter den Freunden.

Der Anführer der Hellen überlegte kurz und wandte sich dann an die Neuankömmlinge. »Wenn ihr die Wahrheit sprecht, dürfen euch die Dunklen auf keinen Fall sehen. Ihr müsst euch verstecken.«

Sana, Dix' Mutter, führte sie rasch hinter einen Müllberg, während die anderen Hellen sich zerstreuten und ihren normalen Tätigkeiten nachgingen, um keinen Verdacht zu erregen.

Das geht so schnell und reibungslos, das machen sie nicht zum ersten Mal, wunderte Charlie sich.

Auch Sana und Dix nahmen sich einen Besen und fegten den Platz, als hätte es die letzten Minuten nicht gegeben. Nur wenig später konnten die Freunde von ihrem Versteck aus beobachten, wie die Dunklen eintrafen. Ein Mann in einer dunkelgrünen Robe schritt voran. Eine tief ins Gesicht gezogene Kapuze verbarg dieses. Seine rechte Hand umklammerte einen kunstvoll gedrehten Stab, an dessen oberem Ende sich ein großes Z mit einem dunkelgrünen Stein in der Mitte befand. Begleitet wurde er von fünf Männern, deren Kleidung auf eine gewisse Art militärisch wirkte. Sie trugen enge Lederhosen und darüber eine dunkelgrüne Uniformjacke, die auf der Vorderseite mehrere querverlaufende Ziernähte besaß. Auf jeder von ihnen waren mittig zwei, an jedem Ärmel sechs Knöpfe angenäht. Hohe Stiefel rundeten das Bild ab. Der militärische Eindruck wurde durch das Waffenarsenal, das sie mit sich führten, verstärkt. Messer, Speere und Knüppel waren wohl nur die sichtbaren Waffen.

Die Männer hatten den gleichen grimmigen Gesichtsausdruck. Ängstlich wichen die Hellen vor ihnen zurück, bis die Dunklen die Stelle erreicht hatten, an denen wenige Minuten zuvor noch die Freunde gestanden hatten.

Masor trat erneut aus seiner Hütte und auch die Hellen versammelten sich mit ängstlichen Gesichtern wieder um ihren Anführer und die Dunklen.

»Wir sind unwürdig, so hohen Besuch bei uns zu empfangen«, sprach Masor die von den Dunklen erwarteten Worte. »Was können wir für euch tun?«

Der Hohepriester lächelte boshaft.

Hell gegen dunkel

Rhem zog seine Kapuze zurück. Er hatte kurze, dunkelgrüne Haare, die auf einem sechs Zentimeter breiten Streifen von der Stirn bis zum Nacken wegrasiert waren. Als Kopfschmuck trug er eine goldene Spange, die in der Mitte teilweise unterbrochen war und eine Tätowierung auf der Kopfhaut enthüllte.

»Wir verfolgen mehrere Diebe, die es gewagt haben, auf unser Gebiet vorzudringen, um uns zu bestehlen. Wir haben ihre Spuren bis hierher verfolgt.« Der Hohepriester warf Masor einen Beutel mit Früchten vor die Füße und baute sich drohend vor dem Anführer der Hellen auf. Masor hingegen zuckte nicht einmal mit der Wimper. »Dieses Diebesgut wurde bei der Flucht vor uns zurückgelassen. Nennt uns die Schuldigen und wir werden Zan verschonen.«

»Das muss ein Irrtum sein. Niemand von uns hat für längere Zeit das Dorf verlassen.«

»Masor, du stellst dich immer vor deine Leute. Das ist ein großer Fehler. Vielleicht wird das deine Meinung ändern.«

Aus der Mitte des Z´s an der Spitze des Stabes schoss ein dunkelgrüner Strahl direkt auf den Anführer zu, der sich augenblicklich vor Schmerzen krümmte. Unruhe machte sich unter den Dorfbewohnern breit, die hilflos die Folter ihres Anführers mit ansehen mussten.

Wir müssen irgendetwas tun, dachte Fatma. Während sie verzweifelt nach einer Lösung suchte, übernahm jemand anderes überraschend die Initiative.

»Aufhören! Ich war es. Lasst ihn in Ruhe.«

»Nein, Dix, komm zurück!«

Doch der Junge hatte sich von seiner Mutter losgerissen und rüttelte am Arm des Hohepriesters, der ihn verärgert zu Boden schleuderte. »Schmutziger kleiner Bengel. Wie kannst du es wagen, mich so respektlos anzufassen! Aber ich werde dir schon noch Manieren beibringen«, sagte Rhem mit einem schadenfrohen Grinsen.

»Hohepriester, bitte verschone ihn«, bat Masor, der sich wieder aufgerichtet hatte und sich schützend vor den Jungen stellte. »Er ist doch nur ein Kind. Bestrafe mich, denn ich habe nicht richtig auf ihn aufgepasst.«

»Masor, Masor. Genau das tue ich doch. Ich weiß, dass dir die Bestrafung eines deiner Schutzbefohlenen viel mehr Schmerzen bereitet, als wenn du sie selbst erleidest.« Rhem wandte sich Dix zu. »Du bist also der Dieb. Sollen wir wetten, dass, wenn ich mit dir fertig bin, du nie wieder etwas stehlen wirst?«

Sana schluchzte laut auf, als der Hohepriester seinen Stab auf ihren Sohn richtete. Bevor er ihn aktivieren konnte, wurde sein Kopf zurückgerissen und ein Schmerzlaut entfuhr ihm.

Ehawee hatte es nicht mehr ausgehalten. Sie hatte ihr Versteck verlassen und zu ihrer Steinschleuder gegriffen.

»Treffer!«, jubelte Fred, der hinter dem Müllhaufen zurückgeblieben war und, begeistert über den gelungenen Angriff, beide Arme hochriss. Die Freude währte aber nur kurz. Augenblicklich ergriffen die Gefolgsleute des Hohepriesters Ehawee, die sich verzweifelt wehrte.

Als die anderen ihre Freundin in Not sahen, handelten sie instinktiv und stürzten sich ebenfalls auf die Dunklen. Obwohl sie alles versuchten, hatten sie gegen die ausgebildeten Soldaten im Kampf keine Chance und es dauerte nicht lange, bis sie genauso festgehalten wurden wie die Nirmanerin.

Fassungslos sah Rhem die Gefangenen an und rieb sich schmerzhaft die blutende Stirn. »Dunkle, die ihre eigenen Leute angreifen! Welches böse Spiel treibst du, Masor? Welche Pläne heckst du aus?« Masor kniff die Lippen zusammen und schwieg, was den Hohepriester noch mehr anstachelte. »Ich werde es aus jedem einzelnen von euch«, er zeigte auf die Freunde, »herausquetschen. Aber damit ihr sofort seht, dass man sich nicht mit mir anlegt, werde ich ein Exempel statuieren.« Er baute sich vor Ehawee auf. »Bevor ich dich töte, werde ich dir unvorstellbare Schmerzen zufügen. Wenn ihr mir alles erzählt habt, werde ich das ganze Dorf bestrafen, als Warnung, sich niemals gegen mich oder einen anderen Dunklen aufzulehnen.«

Unvermittelt schoss aus seinem Stab ein Lichtstrahl auf die Nirmanerin zu, die mit dem Schlimmsten rechnete. Doch bevor sie getroffen wurde, geschah etwas Unglaubliches. Der Stern auf ihrer Brust sandte einen Gegenstrahl aus, der das Licht des Hohepriesters zurückdrängte und diesen mitsamt seinen Anhängern umwarf. Bewusstlos blieben sie am Boden liegen.

»Stella sancta«, murmelte eine alte Frau. Während die meisten schockiert auf die vor ihnen liegenden Dunklen schauten, ging sie mit langsamen Schritten auf Ehawee zu. Mit zittriger Hand zeigte sie auf den Stern und wiederholte ehrfürchtig: »Stella sancta! Du trägst einen der drei Sterne von Nirma. Ihr sagt die Wahrheit.«

»Gratuliere zu dieser Erkenntnis!«, rutschte es George heraus. Wenigstens hatte er es so leise gesagt, dass niemand außer Charlie ihn gehört hatte. Sie versetzte ihm einen Rippenstoß, sodass er sich jede weitere Bemerkung verkniff.

Staunend trauten sich jetzt die meisten Dorfbewohner näher zu kommen. Jeder wollte den Stern berühren, bis es Ehawee zu viel wurde. »Ich glaube, das reicht fürs Erste. Wir haben wir noch ein Problem zu lösen.« Sie zeigte auf die Bewusstlosen.

»Das ist in der Tat ein Problem.« Nachdenklich rieb Masor sich mit seiner Hand über das Gesicht.

Da trat die alte Frau zu ihm und flüsterte ihm etwas ins Ohr. Nach einer Weile nickte Masor und wandte sich an die Umstehenden. »Unsere Kräuterfrau Osina wird ihnen den Trank des Vergessens mischen. Dieser lässt die vergangenen Stunden in einem Nebel verschwinden.«

»Und wenn es nicht funktioniert? Was, wenn sie sich an alles erinnern?« Madu war skeptisch.

»Nun, dann war unsere Bekanntschaft nur von kurzer Dauer!«

»Hoffentlich wirkt der Trank«, meinte Fatma beunruhigt. »Ich mag gar nicht daran denken, was passiert, wenn es nicht klappt.«

Nach ihrem Gespräch mit Masor brachte Sana die Gruppe zu ihrer Unterkunft. Mit Verwunderung stellten sie fest, dass es sich bei den Löchern zwischen den Müllbergen um die Erdwohnungen der Hellen handelte. Über eine Treppe erreichte an einen Innenhof, von dem aus man in zwei größere und zwei kleinere Räume gelangte. In den größeren gegenüberliegenden Räumen, die die Freunde bezogen hatten, standen jeweils drei Betten und ein großer Schrank. In den kleineren Räumen befanden sich ein Esstisch und etwas, was entfernt an ein Badezimmer erinnerte.

Sana brachte ihnen Abendessen und zananische Kleidung. »Die sollt ihr morgen anziehen, damit ihr nicht so auffallt. Sie sind absichtlich älter, da bei neuen Stoffen die Fasern noch sehr starr sind und sie oft kratzen.«

Sie bedankten sich und sahen sich die mitgebrachten Sachen genauer an. Für die Jungen gab es die Hosen, die sie schon gesehen hatten, mit längeren Oberteilen in gedeckten Farben und einen Stoffgürtel. Die Mädchen bekamen die gleiche Kleidung wie die von Sana. An einigen Stellen war der Stoff geflickt oder wies kleinere Löcher auf. Trotzdem waren sie sauber und das war die Hauptsache. Da Ehawee und Gerzin keine Informationen über die aktuelle Mode auf Zanano vorliegen hatten, hatten sie sich mit diesem Aspekt nicht weiter beschäftigt. Stattdessen vertrauten sie darauf, dass sie auf Zanano schon geeignete Kleidung erhalten würden.

Madu, der die Sachen genauer inspizierte, rief erstaunt: »Das ist ja ein Beutel!«

Jetzt sahen auch die anderen nach. Dabei fanden sie heraus, dass die ausgestellten Hüften der Mädchen zwei Zugänge zu sehr tiefen Taschen hatten. Die Jungen hingegen hatten nur eine.

Praktisch! So braucht man nie eine Handtasche mitnehmen, dachte Charlie, bevor sie sich mit ihren Freunden vor dem Schlafengehen im Innenhof versammelte.

Sie saßen auf abenteuerlich gebauten Sitzgelegenheiten - mit Nägeln, Klebern oder sogar Seilen befestigt -, die erstaunlich bequem waren. Dort warteten sie auf Masors Rückkehr. Dieser war mit einigen Leuten aufgebrochen, um die Dunklen an einem entfernten Ort abzulegen.

Es hatte sich als gar nicht so einfach erwiesen, ihnen den Trank einzuflößen. Damit die Bewusstlosen sich nicht verschluckten, konnten sie immer nur eine kleine Menge in ihren Mund hineinlaufen lassen. Das kostete wertvolle Zeit.

Aber irgendwann hatten sie es geschafft und die Schlafenden auf einer schrägen Trage zu ihrem Ziel befördert. Während das Ende der Trage über den Boden schleifte, wurde sie vorne von zwei Dongs gezogen. Die Freunde freuten sich sehr, die sympathischen Tiere wiederzusehen. Sie hatten die Größe von Pferden und sechs Beine. Ihr Maul hatte einen kurzen, faltigen Rüssel und ihren Kopf zierte ein lustiges Haarbüschel. Neben dem wuscheligen Schwanz besaßen sie ein dunkellila seidiges Fell. Daran erkannten die Freunde, dass die Tiere in einem hervorragenden Zustand waren. Denn, wie sie aus Nirma wussten und mit eigenen Augen gesehen hatten, das Fell der Dongs wurde bei Futtermangel struppig und verblasste. Im Gegensatz zu ihren zananischen Besitzern schienen sie aber ausreichend Nahrung zu bekommen.

Seit der Ankunft der Freunde in Zan kehrte zum ersten Mal ein wenig Ruhe bei ihnen ein.

»Kann man so etwas glauben? Unterschiede machen wegen der Hautfarbe? So einen Quatsch habe ich noch nie gehört. Was spielt es für eine Rolle, ob man hell- oder dunkelgrüne Haut hat?« Ehawee regte sich fürchterlich auf und wartete auf die Zustimmung der anderen, die sich unbehaglich ansahen.

»Nun, auf der Erde gibt es auch einige Menschen, die die Hautfarbe für sehr wichtig halten«, sagte George vorsichtig.

»Aber warum?«, fragte Ehawee perplex.

»Weil sie glauben, dass die hellere Hautfarbe die überlegenere und reinere ist«, versuchte der englische Jugendliche eine Erklärung.

»Aber warum?« Die Nirmanerin konnte sich das nicht vorstellen. Sie kannte nur das respektvolle Zusammenleben der verschiedenen nirmanischen Völker.

»Weil ...?« Hilfesuchend sah George die anderen an.

»Weil das Deppen sind. Weil sie in ihrem Leben selbst nichts auf die Reihe bekommen und sich nur besser fühlen, wenn sie auf andere herabblicken können«, kam Charlie ihm zur Hilfe. »Es gibt keine logische oder vernünftige Erklärung. Wenn jemand nichts hat, auf das er stolz sein kann, sucht er sich etwas. Und die Hautfarbe ist nun mal unveränderbar.«

»Habt ihr so etwas auch schon erlebt?«, wollte Fred von seinen irdischen Freunden wissen. Für ihn war all das ebenso unbegreiflich.

Charlie und George waren entsetzt, als Fatma, Sying und Madu nickten. Beschämt dachte der englische Jugendliche an seine Anfänge mit Fatma zurück.

»Manchmal ist es nur ein Wort oder ein Blick«, sagte Madu. Der ernste Gesichtsausdruck war ungewohnt bei dem sonst so lustigen Jungen.

»Oder es sind ganze Gruppen, die auf einen losgehen«, ergänzte Fatma.

»Es tut mir leid, dass ihr so etwas durchmachen musstet«, sagte Charlie und drückte die Hand ihrer Freundin.

»Schon gut, irgendwann prallt es von einem ab«, meinte Fatma kämpferisch.

»Das macht es aber nicht besser oder richtiger.«

»Nein, macht es nicht«, kam es leise zurück.

Danach war das Gespräch versiegt und jeder hing seinen eigenen Gedanken nach. Das war schon vor mehreren Stunden gewesen. Das Warten zermürbte die Gruppe. Madu war an eine Lehmwand gelehnt sogar eingeschlafen.

Endlich kam Masor zurück. Er stieg die Treppe zu ihrer Wohnung hinab und ließ sich auf einen Stuhl fallen. Erschöpft musterte er die wartenden Freunde.

»Es tut mir leid, dass es so spät geworden ist. Aber wir haben die Dunklen auf einem entlegenen Feld abgelegt und sie nach ihrem Aufwachen noch eine Zeit beobachtet, um sicher zu gehen, dass sie sich wirklich an nichts erinnern.« Er kicherte kurz. »Ihre verwirrten Gesichter waren zu komisch. Den Anblick werde ich mein ganzes Leben nicht vergessen.« Dann wurde er wieder ernster und blickte seine Gäste erwartungsvoll an. »Jetzt habe ich Zeit für euch und bin gespannt auf eure Geschichte. Besonders interessiert mich, wie es kommt, dass ihr sowohl von Nirma als auch von der Erde stammt.«

Abwechselnd erzählten sie ihm von den Ereignissen, die sie nach Zanano geführt hatten: von Nirma, der Bedrohung durch Brelor, die Rettung dieser Welt, von der Sumpfhexe und schließlich von der vollständigen Zerstörung Nirmas.

»... und deswegen«, schloss Charlie, »müssen wir die Zeitmaschine finden, um das alles rückgängig zu machen und Nirma zu retten.«

Masor räusperte sich. »Eure Geschichte klingt so fantastisch, dass man sie kaum glauben kann. Ihr habt mir eine Menge zum Nachdenken und Besprechen gegeben. Da es schon sehr spät ist, verschieben wir unsere weiteren Gespräche auf morgen. Ausgeruht sieht alles gleich viel besser aus.«

»Aber wir würden gerne noch wissen, was mit eurer Welt passiert ist. Helle und Dunkle? Was genau hat das zu bedeuten?« Sying war neugierig.

»Ich werde euch unsere Geschichte erzählen, aber erst morgen. Das Leben hier ist anstrengend und ausreichender Schlaf ist wichtig.« Masors Stimme klang endgültig.

Auch wenn sie unbedingt mehr erfahren wollten, waren sie froh, endlich schlafen zu können.

Am liebsten würde ich noch nach etwas zu Essen fragen, dachte Madu. Doch ich glaube, hier gibt es nicht so viel. Ein bisschen Fasten schadet mir bestimmt nicht.

Neue Eindrücke

In der undefinierbaren, geschmacklosen Pampe, die ihnen als karges Frühstück serviert wurde, glaubte George Überreste der gelben Pflanzenschirme zu sehen. Unter Dix' Führung schlenderten sie danach, zananisch gekleidet, danach durch das Dorf.

Dix hatte ihre Nachfrage nach den Beuteln beantwortet. »Wir sammeln alles, was wir irgendwie verwenden können, sowohl in der Nähe von Zan als auch unterwegs. Man kann die Sachen schnell verstauen und hat direkt wieder die Hände frei.«

Das erklärte, warum sie an der Kleidung des Hohepriesters und seiner Begleiter keine solche Vorrichtung gesehen hatten.

Viel Abwechslungsreiches gab es in Zan nicht zu entdecken. Die Müllhalden dominierten die Umgebung.

»Das ist hauptsächlich der Müll der Dunklen«, erklärte Dix. »Er wird aus ihren Unterkünften in regelmäßigen Abständen von den Dongs hierhergebracht. Deswegen müssen wir uns zumindest wegen des Futters für sie keine Sorgen machen. Da die Dunklen großen Wert daraufliegen, dass ihr Müll schnell entsorgt wird, geben sie uns genug davon.«

»Aber warum wohnt ihr denn direkt daneben oder besser gesagt mittendrin?«, fragte Sying erstaunt.

»Nur zwischen dem Müll entwickeln sich die begehrten Flaunsamen. Wir sammeln sie ein und säen sie auf den Feldern aus. Nach einiger Zeit ernten wir die Pflanzen und schicken sie den Dunklen.« Dix kletterte auf einen Müllberg und kam kurz darauf mit einer kleinen Kugel in der Hand zurück, die er den Freunden hinhielt.

Aus der Nähe betrachtet war dies keine glatte Kugel. Der Kern bestand wie bei einer Zwiebel aus mehreren Schichten.

Charlie nahm ihn in die Hand und drückte ihn leicht. »Wofür wird die Pflanze denn gebraucht?«

»Die Dunklen brauen aus den Blättern der Pflanze einen Tee, der nur der Priesterschaft vorbehalten ist. Es heißt, der Tee soll Visionen begünstigen.«

»Ihr müsst also für die Dunklen auch noch im Müll wühlen?« George war empört und setzte sein Snobgesicht auf.

»So schlimm ist das gar nicht«, wiegelte der Zananer ab. »Wir bekommen nicht viel von den Dunklen zugeteilt. Wir müssen zwar für sie arbeiten, doch das bisschen Kleidung und die wenige Nahrung reichen gerade, um nicht zu verhungern. Die einzige Chance, zusätzliche oder verbotene Sachen zu bekommen, besteht darin, diese im Müll zu finden.« Dix zeigte auf einige Personen, die systematisch einen Müllhaufen durchsuchten. »Außerdem haben wir dadurch weniger Kontrollen als die anderen Dörfer, da die Dunklen den Gestank hier nicht lange aushalten.«

»Es gibt noch andere Dörfer?«, erkundigte sich Fatma.

»Ja, aber unseres ist das größte und wichtigste, da Masor der Anführer aller Hellen ist.« Der Stolz in Dix' Stimme war unüberhörbar.

»Was arbeitet ihr denn für die Dunklen?«, fragte Sying interessiert.

»Da gibt es verschiedene Aufgaben und Bereiche. Die meisten werden in der Residenz oder auf den Feldern eingesetzt. So wechseln wir ständig zwischen unserer Arbeit dort und unserem Dorf hin und her.«

»Und was ist die Residenz?« Madu rieb sich den Kopf. Das waren so viele neue Informationen.

»Die Zentrale und das Herzstück der Dunklen. Die Residenz vereint die Schule mit Wächtern, Heilern und Priestern an einem Platz.«

Sie kamen an einer Hütte vorbei, vor der ein älterer Mann stand und konzentriert den Pinsel über die Leinwand auf der Staffelei vor ihm führte. Seine langen Haare hatte er zusammengebunden und im Nacken konnten die Freunde eine Tätowierung aus Wellen und Punkten erkennen.

Andere Welt, andere Tattoos!, dachte George. Aber mit seiner Kleidung hätte er auch von der Erde kommen können.

Die ehemals helle Kleidung des Malers war von unzähligen Farbklecksen bedeckt, wodurch er sich deutlich von den anderen Dorfbewohnern abhob. Auf seinem Kopf saß eine Baskenmütze, die ebenfalls einige Kleckse zierte.

»Das ist Samal. Er kann leider nicht sprechen, dafür malt er sehr schön. Allerdings immer die gleichen Bilder, die schon sein Vater und der Vater seines Vaters und ... ach ihr wisst schon, gemalt hat.«

Nach einer kurzen Begrüßung stellte die Gruppe sich hinter den Künstler und sah ihm aufmerksam bei der Arbeit zu. Das unfertige Bild bestand aus vielen kleineren und größeren Punkten in unterschiedlichen Farben.

»Warum malt er denn immer die gleichen Bilder?«, fragte George.

»Das weiß niemand. Samal hat es nie verraten oder erklärt. Es hält sich die Vermutung, dass dies Motive aus der Zeit des großen Krieges sind. Vielleicht wollte die Familie so die Erinnerung an diese Zeit bewahren und Samal führt diese Tradition fort. Aber wer weiß das schon.«

»Es ist auf jeden Fall schön, dass es bei euch trotz eurer schlimmen Situation überhaupt Kunst gibt«, meinte Ehawee. »Und ...«

Was sie sagen wollte, blieb ein Geheimnis, da ein flauschiges Etwas zwischen zwei Müllstücken hervorgeschossen kam und sich um Dix' Hals wickelte. Dabei fegte es Fred von ihrer Schulter, der unsanft auf dem Boden landete.

»Flaps, ist ja gut. Ich bin wieder zurück«, lachte Dix und versuchte das Vieh ein Stück von sich weg zu ziehen.

»Hey, ich bin auch noch da. Danke der Nachfrage, ich lebe noch.« Fred sah ungnädig in die Runde. Ehawee hob ihn auf und setzte ihn wieder auf seinen Platz, wo er weiter seine Wunden leckte.

In der Zwischenzeit war es Dix gelungen, Flaps zu beruhigen. Endlich hatten sie Gelegenheit, das seltsame Wesen genauer zu betrachten.

Zuerst fiel ihnen das Fell auf, das in den unterschiedlichsten Farben schillerte. Dann mussten sie über die übergroßen Ohren lachen, die bei jeder Bewegung um das Tier herumflatterten.

»Das ist Flaps, ein Urungo«, stellte Dix seinen Freund offiziell vor. »Normalerweise sind Urungos sehr scheu, aber Flaps habe ich als Baby verletzt gefunden, selbst verarztet und gefüttert. Normalerweise ist sein Fell grün, je nach Gefühlszustand wechselt es die Farbe. Wenn er sich freut oder aufgeregt ist, wird sein Fell ganz bunt. Wenn es ihm schlecht geht, ist es eher grau. Und seine Augen leuchten im Dunkeln.« Stirnrunzelnd nahm er Flaps einen Pinsel aus den Pfoten, den dieser sich geschnappt hatte, und reichte ihn Samal zurück. »Ansonsten nimmt er gerne alles mit, was nicht irgendwo festgemacht ist.«

Die Freunde lachten und kraulten das putzige Tier. Nur Fred war noch etwas ungehalten. Ein schillerndes, kleptomanisches Vieh, das kann ja heiter werden!

Alltag

In den nächsten Tagen hatte sich eine gewisse Routine in ihrem Tagesablauf eingespielt. Masor musste kurzfristig verreisen und hatte daher sein Versprechen, ihnen mehr von Zanano zu erzählen, nicht einlösen können.

So hatten sie die Zeit damit verbracht, durch das Dorf zu schlendern und mit den Bewohnern zu sprechen. Nach und nach hatten diese ihre Scheu vor ihnen verloren. Fred hatte dabei eine große Rolle gespielt, der Kinder und Erwachsene faszinierte. Es brach sogar Streit darüber aus, wer den kleinen Pilz durch die Gegend tragen oder wer ihm etwas zu essen bringen durfte.

»Ich glaube das nicht«, stöhnte George, als Fred, von zahlreichen Fans belagert, huldvoll Essen entgegennahm.

Um das Elend nicht weiter ansehen zu müssen, ließen sie ihn allein und gingen zu einigen Kindern herüber, von deren Gesang sie angelockt wurden.

Zwei Dunkle bauten ein Haus, kamen über den Fluss;
Ein Heller, ein Dunkler bauten ein Haus;
Zwei Helle bauten ein Haus, kamen über den Fluss;
Drei Helle, drei Dunkle
Sechs Zananer bauten ein Haus, dann wurde mehr daraus.

Ihren Gesang untermalten die Kinder mit einem kleinen Tanz, einer Rolle oder sie sprangen dreimal hoch. Der Text war nicht besonders ansprechend, aber den Freunden gefiel die Melodie. Es dauerte nicht lange und sie sangen und summten gemeinsam mit den Kindern. Es war schön, die hellen Kinder so ausgelassen spielen zu sehen. Von diesen Momenten gab es hier nicht viele.

Erstaunt fielen Ehawee die Mädchen auf, die die Frisur der Nirmanerin nachgeahmt und ihre Haare zu vielen, lustigen Zöpfen geflochten hatten. Offensichtlich habe ich hier auf Zanano einen neuen Trend gesetzt, dachte sie amüsiert.

In diesem Augenblick brachte Dix den Pilz zu ihnen herüber. »Meister Fred wollte wieder zu euch«, sagte der Junge bedauernd.

»Meister Fred. So, so«, wiederholte George die Worte mit leicht angesäuerter Stimme und warf seinem kleinen Freund einen scharfen Blick zu.

»Ihr müsst unglaublich stolz darauf sein, so jemand Wichtiges bei euch zu haben, der euch immer hilft!«

»Genau, wir wüssten gar nicht, was wir ohne den Meister machen würden«, schaltete Madu sich ein.

Mit Genugtuung sahen sie, dass Fred ein wenig blass um die Nase wurde. »Ach, lass doch ...«, versuchte er Dix zum Schweigen zu bringen, der seine subtilen Zeichen jedoch übersah.

»Es ist schon bemerkenswert, wie jemand so Kleines euch vor dem bösen Brelor und den anderen Gefahren retten konnte.«

»Ich glaube nicht, dass ...«, unternahm Fred einen neuen Versuch.

»Nein, sprich ruhig weiter, Dix! Erzähl uns doch mal, welche Geschichte von unserer Rettung dir denn am besten gefallen hat.« Aufmunternd sah Charlie den jungen Zananer an, der mit Feuereifer losplapperte und sich auch von Fred weder durch Zeichen noch Worte aufhalten ließ.

»Da kann ich mich gar nicht richtig entscheiden. Es war unglaublich mutig von ihm, im Sand zu versinken, um Fatma zu retten. Aber auch, wie er an die Scherbe in der Muschel gelangt ist oder alle Rätsel gelöst hat, war großartig.«

Fast gleichzeitig drehten sie sich zu Fred um, der laut aufstöhnte und zumindest den Anstand hatte, rot zu werden. Ich bin erledigt!

Abends gingen die Freunde gemeinsam zur Essensausgabe und nahmen die einzige Mahlzeit des Tages neben dem Frühstück ein. Auf großen Feuerstellen wurde für das gesamte Dorf gekocht. An einem Unterstand fand die eigentliche Verteilung statt, wobei die Auswahl der Speisen übersichtlich war. Meistens gab es einen Eintopf und Blätterbrote, die die Freunde so ähnlich von Nirma kannten und dort sehr gemocht hatten. Aber auf Zanano schmeckten die Brote eher pappig und es gab sie nur in zwei Geschmacksrichtungen.

Mit ihrem Essen setzten sie sich an einen der umliegenden Tische. Gewöhnlich aßen sie abends zusammen. Doch diesmal war Fred nicht dabei. Er traute sich noch nicht, den anderen nach den Ereignissen am Vormittag unter die Augen zu treten, und zog im Moment die Gesellschaft der Hellen vor.

Charlie machte ihrem Ärger über den Stillstand ihrer Suche Luft. »Seit Tagen sind wir mit der Rettung Nirmas kein Stück weitergekommen. Masor ist seit gestern zurück und hat noch nicht mit uns gesprochen. Wir haben schließlich nicht unbegrenzt Zeit.«

»Da vorne ist Dix. Vielleicht weiß er etwas Neues«, sagte George. »Hey Dix! Hat Masor herausgefunden, wie er uns helfen kann oder wo wir nach der Zeitmaschine suchen können?«

Dix durchquerte mit einem Teller in der Hand den Raum und sah irritiert zu ihnen herüber. Dann schüttelte er kurz den Kopf und nahm an einem weit entfernten Tisch mit anderen Hellen Platz.

»Das war irgendwie komisch«, sagte Madu. »Er verhält sich so, als würde er uns gar nicht kennen.«

»Das habe ich auch gedacht«, stimmte Fatma ihm zu. »Er scheint sich von den Strapazen in dem Loch schnell erholt zu haben. Er sieht nicht mehr so abgemagert aus und wirkt viel gesünder.«

»Ist doch egal. Charlie hat recht«, wechselte George das Thema, »wir müssen etwas unternehmen.« Er stand auf. »Wenn Masor nicht zu uns kommt, dann müssen wir eben zu ihm.«

»Aber wir haben doch noch gar nicht aufgegessen«, protestierte Madu.

Doch die anderen hatten die Essensausgabe schon verlassen. Seufzend schnappte er sich ein Blätterbrot und folgte ihnen.

Zananos Geschichte

Masor blickte überrascht auf, als die Freunde entschlossen in seine Hütte stürmten. Sie kannten sie bisher nur von außen. Erstaunt blickten sie sich um. Der Raum war mit einem bunten Teppich ausgelegt. Im Kreis lagen mehrere dicke Sitzkissen, jeweils mit einer hölzernen Rückenlehne versehen. Über diesem Bereich waren hellgrüne Stoffbahnen gespannt, die wie das Dach eines Zirkuszeltes wirkten. Glompsteine erhellten den Raum.

Der Anführer der Hellen ging zu einem kleinen Schrank, auf dem eine Karaffe und Gläser standen. Er schüttete sich ein Glas Wasser ein.

»Es tut uns leid, aber wir können nicht länger warten. Du hast bestimmt sehr viel zu tun, aber wir haben nur begrenzt Zeit, Nirma zu retten«, sprudelte es aus Charlie heraus, kaum dass sie den Anführer erblickt hatte. »Entweder kommen wir hier jetzt weiter oder wir müssen unser Glück an einer anderen Stelle auf Zanano suchen.«

»Nun, dann bleibt euch wohl nichts anderes übrig …« Erschrocken hielten die Freunde bei Masors ersten Worten den Atem an. Waren sie zu weit gegangen? Denn wo sollten sie hingehen?

»… als euch hinzusetzen und endlich die Geschichte unserer Welt zu erfahren«, vollendete er seinen Satz.

Erleichtert kamen sie der Aufforderung nach und ließen sich auf den bunten Kissen nieder. Vorsichtig lehnte George sich an die Rückenlehne, die stabiler war, als sie aussah. Gespannt hörten sie den Ausführungen zu.

»Vor sehr, sehr langer Zeit war Zanano eine blühende Welt, auf der Helle und Dunkle friedlich miteinander lebten. Über ein Portal gab es einen regen Austausch mit Nirma. Die Verbindung zur Erde gab es damals schon, wurde aber nicht genutzt. Die Menschen wussten nichts von anderen bewohnten Planeten. Daher beschlossen sowohl die Zananer als auch die Nirmaner, es so zu belassen.«

»Der Teppich in Gerzins Turm«, raunte Madu. Damals hatten sie alle noch nicht gewusst, was das Motiv bedeutete. Mittlerweile wussten sie, dass er die Verbindungen zwischen Nirma, Zanano und der Erde anzeigte.

»Zanano wurde schon immer von drei Hellen und drei Dunklen geleitet.«

»Bei uns auf Nirma«, warf Ehawee ein, »gibt es einen Weisen und drei Hüter.«

Masor nickte. »Hier wurden die Anführer schon immer von den sechs Gründerfamilien gestellt. Einer aus jeder Familie erhält immer das Gründerzeichen. Eine Tradition, die wir bis heute pflegen.«

Daraufhin nahm Masor sein Halstuch ab und neigte seinen Kopf, so dass alle seine aus Wellen und Punkten bestehende Tätowierung sehen konnten.

»Der Maler Samal hat die gleiche Tätowierung«, fiel Charlie auf.

»Nicht ganz. Die Zeichen sind ähnlich, stimmen aber nicht exakt überein. Aber ja, Samal stammt aus einer der Gründerfamilien.«

»Warum macht ihr überhaupt noch die Tätowierungen, wenn ihr keine Macht mehr habt?«, fragte George.

Für diese Taktlosigkeit bekam er von den anderen böse Blicke zugeworfen. Doch Masor nahm ihm die Frage nicht übel. »Wir führen diese Tradition fort, um uns daran zu erinnern, wie es einmal war und wie es irgendwann wieder sein wird.«

»Und die Dunklen stört das nicht?«, wunderte sich Fatma.

»Im Gegenteil! Dadurch machen wir es ihnen nur einfacher, die führenden Hellen zu identifizieren.«

»Und wie ist es jetzt zu diesen extremen Verhältnissen hier gekommen?« Sying sah Masor abwartend an.

»Es kam zu einem Streit zwischen zwei Hellen. Worum es dabei ging, weiß niemand mehr.

Als Folge stimmte der Helle aus Ärger verstärkt für die Belange der Dunklen, wodurch das Gleichgewicht gestört war. Zuerst waren es nur Kleinigkeiten: Bereiche, die nur Dunklen zugänglich waren, oder die besten Plätze bei Aufführungen, die plötzlich nur noch Dunkle bekamen.«

Masor stand auf, füllte weitere Gläser und reichte sie den Freunden, die vorsichtig daran nippten. Das Getränk schmeckte nach leicht fruchtigem Wasser. Nachdem der Anführer wieder Platz genommen hatte, fuhr er fort: »Als immer mehr Ungerechtigkeiten hinzukamen, entwickelten sich massive Proteste und Kämpfe, die in einem schrecklichen Krieg endeten. Als nach Jahrzehnten noch keine Seite den Sieg davontragen konnte, wurde das einzige Kind der amtierenden Hohepriesterin in einer Schlacht getötet. Daraufhin aktivierte sie, blind vor Rache und Wut, eine grausame Waffe, den Elementenwürfel.«

Ehawee und Fred schlugen vor Schreck die Hände vors Gesicht. Die Macht des Würfels hatten sie hautnah miterlebt.

»Es gibt hier auch einen?«, fragte Madu.

»Nein, euer ist unser!« Überrascht sahen die Freunde den Zananer an. Damit hatten sie nicht gerechnet!

»Aber, wie ...«, Ehawee stoppte, als Masor die Hand hob.

»Nur Geduld. Die Hohepriesterin wollte den Widerstand der Hellen mit einem Schlag vernichten und setzte den Würfel in einem Bereich auf Zanano ein, in dem sich die meisten Hellen – Männer, Frauen und Kinder – aufhielten. Die Macht des Würfels kam über sie wie eine Naturgewalt. Naturgesetze wurden auf den Kopf gestellt. Dimensionen und Ebenen verschoben sich; oben und unten war nicht mehr eindeutig zu erkennen.«

Vor allem der Nirmanerin ging die Schilderung Masors spürbar nahe. Charlie drückte die Hand ihrer Freundin.

»Doch nicht nur die Landschaft war betroffen, genauso erging es den Zananern«, erklärte Masor weiter. »Körperteile verschoben sich, das Blut der einen Zananer fing an zu kochen, während das anderer gefror. Und das sind nur einige Beispiele. Die meisten überlebten den Angriff nicht, und diejenigen, die noch lebten, waren schwer verletzt.«

Fatma schluckte und hatte Mühe, ihre Tränen zurückzuhalten.

»Noch heute nennen wir den Bereich die Verbotene Zone, weil niemand ihn betreten darf oder möchte. Der schreckliche Plan der Hohepriesterin war aufgegangen. Von diesem Schlag erholten sich die Hellen nicht mehr. Seit diesem Zeitpunkt sind wir mehr oder weniger die Sklaven der Dunklen.«

Unwillkürlich rückten die Freunde näher aneinander.

Das ist die gruseligste Geschichte, die ich je gehört habe, dachte Madu und machte das Zeichen gegen das Böse.

Fatma kam ein Gedanke. »Haben die roten Steine, die die gefährlichen Stellen markieren, auch etwas mit dem Elementenwürfel zu tun?«

»So ist es«, bestätigte der Anführer. »Die Auswirkungen sind in der Verbotenen Zone am größten. Aber einzelne

Stellen wurden auf ganz Zanano verändert, da der Würfel wie bei einer riesigen Fontäne überall seine Spuren hinterlassen hat. Die Orte, von denen wir wissen, werden zur Warnung mit roten Steinen versehen. Eines der wenigen Dinge, in denen Helle und Dunkle übereinstimmen.«

»Und wie ist der Elementenwürfel nach Nirma gekommen?«, fragte Charlie leise.

»Dies haben wir der einzig anständigen Tat eines Dunklen zu verdanken. Konar, der zweite Hohepriester, war in seinen Ansichten sehr gemäßigt. Er wollte, dass Helle und Dunkle wieder friedlich miteinander lebten, und war mit dem Einsatz dieser Waffe nicht einverstanden. Als er das Ausmaß der Zerstörung wahrnahm, sah er sich in seiner Meinung bestätigt. Keine Seite durfte eine so mächtige Waffe besitzen. Also entwendete er sie. Da der Elementenwürfel unzerstörbar ist, schickte er ihn mittels einer Zeitmaschine in die Vergangenheit Nirmas.«

»Wo er gefunden wurde und wegen seiner Gefährlichkeit dank der Kräfte des Weisen und der Hüter ein Stück in die Zukunft geschickt werden konnte. Doch auch diese Sicherheitsmaßnahme reichte nicht aus. Denn jetzt, tausende Jahre später, hat er meine Welt zerstört«, sagte Ehawee mit Tränen in den Augen.

»Ich bin sicher, Konar wollte nicht, dass das passiert. Auch wenn das sicherlich kein Trost für euch ist.«

»Das heißt, es gibt die Zeitmaschine tatsächlich? Wo können wir sie finden?« Charlie rutschte aufgeregt auf ihrem Kissen hin und her. Der Gedanke, dass sie selbst wegen der Rettung ihrer Eltern Schuld an der Zerstörung Nirmas trug, nagte schwer an ihr. Als George aufmunternd ihre Hand nahm, zog sie sie nicht weg, sondern war dankbar für die Unterstützung. Sie drückte seine sogar leicht.

Schon komisch, wie belanglos plötzlich Dinge werden, die einem vor kurzem noch so unglaublich wichtig erschienen sind, dachte sie.

»Ich weiß leider nur, dass es sie gegeben hat, und nicht, was mit ihr passiert ist. Aber ich habe eine Idee, wo wir suchen und wen wir fragen können.«

»Hätte ja auch mal einfach laufen können«, meinte George sarkastisch. »Aber nein, wir haben wieder einen ganzen Planeten zur Auswahl, um ein paar Teile zu finden.«

»Immerhin ist die Zeitmaschine wirklich hier. Und wir werden sie finden.« Charlie wollte optimistisch sein.

Hilfeschreie ließen die Gruppe aufspringen und nach draußen eilen. Als sie den Grund erkannten, brachen sie in schallendes Gelächter aus. Vor allem Madu konnte sich nicht mehr beruhigen. Er kugelte über den Boden und hielt sich den Bauch, während ihm vor Lachen Tränen über das Gesicht kullerten. Seine weißen Zähne blitzten dabei immer wieder auf.

Flaps zog einen sich sträubenden Fred hinter sich her. Sein Fell schillerte in den buntesten Farben, ein Zeichen dafür, dass er gerade viel Spaß hatte.

»Es scheint, als hätte Flaps sein Repertoire, was er sammelt, erweitert«, lachte Charlie.

»Oh nein!« Dix jagte hinter den beiden her. »Na warte, wenn ich dich kriege! Böser, böser Flaps, gib Fred her.«

»Oh wie gern würde ich davon ein Video drehen«, prustete Madu los.

»Wollt ihr mir nicht endlich helfen?«, rief Fred ihnen zu, als er wieder an ihnen vorbeikam.

»Ich weiß nicht«, antwortete George, »ob der Meister mit seiner unendlichen Macht eine Einmischung von so armen Geschöpfen wie uns gutheißen würde.«

»Meint ihr nicht, er hat jetzt genug gelitten?«, fragte Fatma, beobachtete aber amüsiert, wie der Urungo mit dem Pilz im Kreis rannte.

»Ich glaube, zwei Runden schaffte er noch«, meinte Sying. »Aber vielleicht sollten wir den Chef fragen?«

»Okay, okay!« Freds Stimme klang ein wenig panisch. »Das habe ich wohl verdient. Vielleicht… aua…« Er knallte unsanft auf die Erde, bevor er wieder ein Stück durch die Luft flog, um erneut über den Boden geschleift zu werden. »… habe ich bei der Geschichte … aua … gestern ein wenig übertrieben und sie zu meinen … aua … Gunsten angepasst. Es tut mir leid.«

»Na geht doch!« George sah zufrieden aus.

Die Freunde umkreisten Flaps, der angesichts der geballten Übermacht beschloss, seine Beute sausen zu lassen und zwischen den Müllbergen verschwand.

Der kleine Pilz rappelte sich leicht ramponiert auf. »Mögt ihr mich denn überhaupt noch?«

»Aber natürlich, Fred. Du bist und bleibst unser Freund«, sagte Ehawee und die anderen nickten.

»Aber diese Einlage gerade hätte ich trotzdem um nichts in der Welt missen wollen«, meinte George breit grinsend.

Das geheime Wissen

Ihr wollt Antworten? Dann kommt mit!« Erstaunt folgten sie Masor zum größten Müllberg. »Was ihr jetzt seht, ist übrigens der Grund, warum ich einige Tage nicht da war. Auch wenn ich der Anführer der Hellen bin, wollte ich mir die Zustimmung einiger anderer Dorfvorsteher holen, bevor ich euch in eines unserer größten Geheimnisse einweihe.«

Einige Arbeiter zogen auf ein Zeichen Masors mehrere Müllgebilde aus dem Berg vor ihnen heraus. Sie hinterließen eine große Öffnung.

Der Müll ist miteinander verklebt und absichtlich so angeordnet, erkannte Charlie. »Der ganze Hügel ist nur eine Tarnung!«

Masor nickte. »Damit liegst du richtig. Folgt mir!« Er winkte der kleinen Gruppe auffordernd zu und betrat mit einem Leuchtstein das Innere des Hügels. Gespannt gingen sie hinter ihm her. Als der letzte von ihnen eingetreten war, wurden die zuvor entfernten Müllgebilde wieder an ihren ursprünglichen Platz geschoben. Schlagartig wurde es Nacht um sie herum. Nur Masors Stein spendete ein wenig Licht in der tiefschwarzen Dunkelheit. Ein beklemmendes Gefühl überkam die Freunde.

»Diese Vorsichtsmaßnahme ist leider notwendig. Wir können auf keinen Fall riskieren, dass die Dunklen diesen Ort finden. Auf ihm ruht unsere Hoffnung und jetzt auch eure.«

Er schritt zügig voran. Zielsicher führte er sie immer tiefer in die Höhle. Die anderen versuchten, nicht den Anschluss zu verlieren und innerhalb des kleinen Lichtkegels zu bleiben.

»Wie in einem Kaninchenbau«, murmelte Sying, der es nicht treffender hätte ausdrücken können.

Enge, lange Gänge wanden sich durch das Innere, mal ansteigend, mal abfallend. Immer wieder gab es Abzweigungen, die alle gleich aussahen, so dass es den Freunden ein Rätsel war, woran Masor sich orientierte.

Das ist hier wie in einem Labyrinth. Ob die anderen Gänge Sackgassen sind oder irgendwo hinführen?, überlegte George. Herausfinden wollte er das aber lieber nicht.

Er wurde aus seinen Gedanken gerissen, als sich ihre Umgebung änderte. Sie waren schon länger abwärts gegangen, bis auf einmal nicht mehr Müll, sondern alte Steinmauern ihren Weg säumten. Der zuvor schmale und enge Gang erstreckte sich nun in einen größeren, rechteckigen Raum.

»Mauern? Wie kommen hier Mauern hin?«, fragte Ehawee verwundert und berührte vorsichtig die Steine, die sich leicht feucht anfühlten.

Masor lachte. »Genaugenommen waren die Mauern zuerst da. Ursprünglich stand hier ein großes Gebäude mit einem riesigen, unterirdischen Gewölbe. Nach dem Krieg blieb davon nur eine Ruine übrig – bis auf eben jenes Gewölbe, das wie durch ein Wunder erhalten blieb.« Er zeigte mit der Hand um sich. »Als der kulturelle Vernichtungszug der Dunklen gegen uns begann und uns Bildung und Wissen vorenthalten wurde, beschlossen unsere damaligen Anführer, alles Wissen, das sie finden konnten, an diesen Ort zu bringen. Unter Einsatz ihres Lebens brachten Helle Bücher, Kunstwerke und anderes aus Schulen, Museen oder ihren eigenen Häusern hierher. So wurde verhindert, dass das Wenige, das den Krieg überstanden hatte, den Dunklen in die Hände fiel. Im Laufe der Jahrhunderte wurden die Gewölbe unterzananisch erweitert, um für all die kostbaren Dinge Platz zu schaffen. Der Müllberg drumherum entstand, um diesen für uns so wichtigen Ort zu schützen.«

»Wow, das ist irgendwie cool«, staunte Madu, der sich vorstellte, wie die Gegenstände geheim und auf verschlungenen Pfaden geschmuggelt worden waren.

»Im Moment befinden wir uns im Erdgeschoss des ursprünglichen Gebäudes und an dieser Stelle«, Masor zeigte in eine Ecke des Raumes, »kommen wir in die unteren Gewölbekeller.«

Während die Freunde sich suchend umschauten, zog der Anführer an einem kleinen Müllhaufen, der eine Falltür verborgen hatte. Nachdem er die Tür geöffnet hatte, erreichten sie die untere Etage über eine steile Treppe.

Ist da unten jemand?, dachte Fatma. Das sind doch Stimmen, die ich höre. Sie täuschte sich nicht.

Am Ende der Treppe standen zwei Wachen, die ihre Waffen sofort sinken ließen, als sie Masor erkannten. Staunend sahen sich die Freunde um. Sie befanden sich in einer anderen Welt. In einer anderen bevölkerten Welt. Vor ihnen breitete sich eine riesige Halle mit hohen, gewölbten Decken aus, die an das Innere einer Kathedrale erinnerte. Lediglich Fenster vermisste man. So weit sie sehen konnten, erstreckten sich fast deckenhohe Regale, die aus grünem Holz gefertigt waren. Jeder noch so kleine Platz war mit Büchern gefüllt. Zwischen den Regalreihen herrschte ein geschäftiges Treiben. Bücher wurden ein- und ausgeräumt, zu Schreibtischen gebracht, an denen wiederum andere Personen saßen, die eifrig schrieben.

Aus einer seitlichen Tür trat eine ältere Frau und kam strahlend auf sie zu. Ihr bodenlanger Rock raschelte bei jedem ihrer Schritte. Ihre langen Haare hatte sie am Hinterkopf zu einem Knoten geschlungen, ihr Gesicht wirkte trotz der Falten alterslos und sehr sympathisch. Die Freunde mochten sie sofort.

»Wie schön, dass ich euch endlich kennenlerne. Masor hat mir schon viel von euch berichtet.« Ihre Stimme klang sanft, was die Frau noch sympathischer machte.

Fragend sah die Gruppe den Hellen an.

Wer sie wohl ist?, überlegte George. Sie scheint wichtig genug zu sein, dass sich der Anführer mit ihr über uns unterhalten hat. Ob sie uns helfen kann?

»Darf ich euch Nudara, unsere Bibliothekarin, vorstellen? Sie ist die gute Seele dieses Ortes und vereint mehr Wissen als alle anderen Personen, die ich kenne, zusammen.«

»Du bist so ein Charmeur und übertreibst natürlich wieder völlig.« Ihre geröteten Wangen zeigten den Freunden, wie sehr sie sich über das Kompliment freute.

»Ich bin begeistert, von euch alles über Nirma und die Erde zu erfahren. Über Nirma wissen wir nur sehr wenig und über die Erde sogar fast nichts. Außerdem haben wir, nachdem wir von eurer Suche erfahren hatten, hier unten sofort mit Nachforschungen angefangen. Wir konnten zumindest einen kleinen Teilerfolg erringen. Doch bevor ich euch davon erzähle, wollt ihr euch sicher erst einmal umsehen.«

»Eigentlich nicht«, rutschte es Fred heraus. Unter Ehawees strengem Blick verstummte er, obwohl er am liebsten sofort erfahren hätte, was Nudara herausgefunden hatte.

Gott sei Dank! Charlie fiel ein Stein vom Herzen. Vielleicht sind wir unserem Ziel schon näher, als wir denken. Es beruhigte sie ungemein, dass in den vergangenen Tagen bereits über die Zeitmaschine recherchiert wurde.

Daher machten sie nur zu gern einen Rundgang mit Nudara und Masor, die ihnen alles zeigten. Neben diesem Raum befanden sich weitere kleine Kammern. Einige waren durch Türen verschlossen, andere durch Vorhänge.

»Sind dahinter etwa noch mehr Bücher?«, fragte Fatma überrascht.

»In einigen Zimmern gibt es tatsächlich weitere Bücher. Hinter den meisten Türen sind aber unsere Schulklassen.«

»Ihr unterrichtet hier?«, staunte Charlie.

»Da wir offiziell keine Schulen haben dürfen, müssen wir unseren Kindern die Bildung im Geheimen vermitteln. Ohne Wissen hätten wir keine Chance, irgendwann unsere Lebensbedingungen zu verbessern.«

Da öffnete sich eine Tür und ein Mann mittleren Alters eilte hinaus. Die Freunde konnten ein Blick in den angrenzenden Raum erhaschen und sahen Dix mit anderen Kindern auf Schulbänken sitzen.

Sying winkte ihm fröhlich zu, doch er reagierte nicht darauf.

Seltsam!, dachte er. Dix verhält sich so distanziert wie vorhin beim Essen. Vielleicht ist er mit einer schwierigen Matheaufgabe beschäftigt?

In der Mitte der Bibliothek zweigte ein Gang ab, der nach kurzer Zeit an einer massiven, grünen Holztür mit dicken Eisenbeschlägen endete.

»Was ist denn dahinter?«, fragte Madu neugierig und zeigte in die Richtung.

»Ähm ... nichts Wichtiges«, wiegelte Masor ab und tauschte mit Nudara einen schnellen Blick. »Nur eine größere Abstellkammer mit Putzutensilien.«

Sie gingen weiter durch die Bibliothek und blieben an einem Tisch stehen, an dem Sana in einem Buch las.

»Hallo«, begrüßte sie die Gruppe freundlich. »Masor hat euch also endlich das Herzstück unseres Dorfes gezeigt.«

»Ja, es ist unglaublich, was ihr aufgebaut habt«, sagte Charlie.

»Was machst du gerade?«, wollte Fatma wissen.

»Normalerweise schreibe ich alte Bücher ab, die langsam verfallen, um ihren Inhalt zu erhalten. Das machen die meisten von uns.« Sana zeigte auf die Zananer an den anderen Tischen. »Im Moment jedoch suchen wir nach Hinweisen auf die Zeitmaschine. Ich habe mir die Bücher ganz oben vorgenommen. Da diese nur sehr schwer erreichbar sind, haben wir sie nicht so oft in der Hand.«

Die Freunde folgten ihrem Blick bis fast unter die kunstvolle Gewölbedecke. Die höchstgelegenen Bücher befanden sich direkt darunter.

»Das kann ich mir vorstellen«, sagte Madu. »Wie hoch ist der Raum?«

»20 Padu.«

»Padu?«, fragte Fatma verwirrt.

»Unsere Maßeinheit. Ein Padu ist so lang.« Sana öffnete ihre Arme sehr weit und zeigte so einen Abstand von ungefähr 1,40 m an.

»Das bedeutet, dass 20 Padu etwa 28 Meter sind«, überschlug George rasch. »Das ist etwas höher als das Brandenburger Tor.«

»Wir haben ein Podest, das eine Höhe von 17 Padu erreicht. Es ist sehr schwer, weshalb wir es nur selten bewegen.«

Sana ging eine Regalreihe weiter. Dahinter stand ein riesiges Ungetüm, ähnlich einem Malerpodest. Allerdings war dieses vollständig aus Holz gebaut und wies an den kurzen Seiten schräge Treppen auf.

»Wow!«, entfuhr es George. »Wie überbrückt ihr denn die restliche Distanz?«

»Dafür haben wir unseren Greifer«, erwiderte Sana und zeigte auf eine am Boden liegende Konstruktion.

George erkannte einen langen Stab mit einer Zange an einem Ende, die man über einen Seilmechanismus öffnen und schließen konnte.

»Der Greifer war sehr schwierig herzustellen und wir haben nur einen. Also«, sie drohte mit dem Finger, »immer vorsichtig damit umgehen.«

Am Ende der Halle, hinter der letzten Bücherreihe, war vor einer imposanten und kunstvoll verzierten Steinwand etwas mehr Platz. Diese Wand zeigte zahlreiche in Stein gemeißelte Motive. Die Sonne, Wälder, aber auch Zananer in den unterschiedlichsten Situationen waren zu sehen.

»Das kennen wir doch«, sagte Fred und deutete auf eine Szene rechts in zwei Metern Höhe, die drei Planeten und ihre Verbindungen zueinander zeigte. »Das ist das gleiche Bild wie auf Gerzins Wandteppich.«

Bei genauerem Hinsehen erkannten sie weitere Darstellungen aus Nirma, sogar der Quoitari- Baum war vorhanden. An diesen wunderbaren Baum in den Wäldern der Arborianer erinnerten sich die Kinder gern zurück. Dort hatten sie nicht nur ihre erste Scherbe gefunden, sondern auch besondere Früchte ernten können. Darunter die Quoi-Frucht, die einen unsichtbar machen konnte.

»Das stammt vermutlich aus der Zeit, als Nirma und Zanano noch Kontakt hatten.«, sagte Nudara. »Da ihr das Wichtigste nun gesehen habt, sollten wir uns nun eurem Problem widmen.«

Ehawee hatte kurz das Gefühl, dass sich ihr Stern leicht erwärmte. Aber als sie von Nudara zu einem der Tische geführt wurden, war dieser Eindruck schon wieder verschwunden.

Wahrscheinlich habe ich mich getäuscht, dachte sie und setzte sich.

Nudara legte ein aufgeklapptes Buch vor sie. »Masor bat mich, nach dem Verbleib der Zeitmaschine zu forschen. Glücklicherweise habe ich mich daran erinnert, dass ich vor Jahren eine Passage darüber gelesen habe.«

Hoffnungsvoll sahen die Freunde sie an.

»Also weißt du, wo sie ist?« Madus Augen glänzten vor Freude.

»Nein. Aber was wir wissen, ist Folgendes: Nachdem Konar mithilfe der Maschine den Elementenwürfel von Zanano weggebracht hatte, wollte er sicher gehen, dass sie so schnell nicht wieder benutzt wird. Endgültig zerstören wollte er sie auch nicht. Also hat er sie in zwei Teile zerlegt und sie an verschiedenen Orten versteckt.«

»Im Suchen haben wir sehr viel Erfahrung«, versicherte Sying.

»Das ist gut zu hören, denn die werdet ihr brauchen. Ein Teil der Zeitmaschine wurde von Konar irgendwo versteckt. Darauf haben wir leider keinen Hinweis gefunden. Der andere Teil besteht aus einem einzigartigen Edelstein. Das Versteck soll auf einem Pergament abgebildet sein, das sich in Konars Grab befindet.«

»Und wo ist das Grab?«, fragte Charlie.

»Das haben wir bisher nicht herausfinden können«, erwiderte Nudara bedauernd.

»Mal sehen, ob ich das alles richtig verstanden habe«, sagte George. »Um Nirma zu retten, müssen wir einen Teil der Zeitmaschine an einem Ort finden, den wir nicht kennen. Der andere Teil liegt in einem Grab, das in den vergangenen Jahrhunderten niemand gefunden hat. Sollten wir das schaffen, müssen wir noch das Portal nach Nirma finden, dessen Standort uns ebenfalls unbekannt ist, irgendwie die Blockade aufheben und dann auf Nirma der Sumpfhexe ein Schnippchen schlagen. Habe ich irgendetwas vergessen?«

»Nein«, meinte Sying. »Du hast es ziemlich gut zusammengefasst.«

»Ich weiß nicht, was du hast«, grinste Charlie. »Klingt ganz nach einem Auftrag für uns.«

Heimliche Gäste

Nach ihrem Aufenthalt in der Bibliothek aßen sie etwas und gingen dann schlafen. Nachdem Charlie eine Stunde lang vergebens versucht hatte einzuschlafen, schlug sie entnervt die Decke zurück. Die Eindrücke und Neuigkeiten des heutigen Tages ließen sie nicht zur Ruhe kommen.

Ich gehe noch eine Runde spazieren, dachte sie und zog sich wieder an. Dann schlich sie nach draußen, um die anderen nicht aufzuwecken.

Im Licht der Sterne und des Mondes sieht es hier wirklich schön aus. Fasziniert betrachtete sie ihre Umgebung, als ihr Blick auf die Müllberge fiel. In der Dunkelheit waren keine Einzelheiten zu erkennen, so dass Charlie fast glaubte, in einer richtigen Hügellandschaft zu stehen.

»Was machst du hier?«

Vor Schreck stieß Charlie einen spitzen Schrei aus und fuhr herum. »George, willst du, dass ich einen Herzinfarkt bekomme?« Sie hatte ihn überhaupt nicht gehört.

»Was machst du hier alleine um diese Zeit?«, wiederholte er seine Frage.

»Ich kann nicht schlafen. Und was ist deine Ausrede?«

»Ich muss aufpassen, dass ein Mädchen, das ich sehr mag, nicht in eine der Erdwohnungen fällt.« George sah sie mit großen Augen an. »Charlie, ich ...«, begann er stotternd, während er sich sein Haar aus dem Gesicht strich.

Charlie schaute ihn mit gemischten Gefühlen an. Verglichen mit der ganzen Situation, in der sie sich befanden, war ihr Streit eine Lappalie. Trotzdem hatte der Kuss sie verletzt. Das Problem war, dass ihr Ärger auf George die Schmetterlinge in ihrem Bauch nicht zum Erliegen brachte. Am liebsten würde sie ihm die Haare zurückstreichen. Jedes Mal, wenn sie in seiner Nähe war, musste sie ihn anschauen. Auch jetzt ertappte sie sich dabei, wie ihr Blick zu seinen Lippen wanderte, und sie sich wünschte, er würde sie küssen. Verdammte Gefühle!

»Also gut, dann komm mit«, sagte sie, um ihre Gedanken über ihr Gefühlschaos zu unterbrechen. »Warum bist du wirklich hier draußen?«

George seufzte. »Madu summt das Lied sogar im Schlaf. Wenn ich es noch einmal höre, weiß ich nicht, was ich tue.« Er rollte mit den Augen.

Charlie lachte. Seit sie das Lied bei den Kindern gehört hatten, hatten sie einen regelrechten Ohrwurm entwickelt. Einer von ihnen sang oder summte es immer und steckte damit alle anderen an.

»Vielleicht sollten wir uns eine Strafe ausdenken«, schlug Charlie vor. »Etwas, das man machen muss, wenn man damit anfängt.«

Georges Augen glänzten. »Ich glaube, ich habe schon eine Idee.«

Es fühlt sich gut an, so ungezwungen mit ihm zu reden, dachte Charlie. Das habe ich vermisst.

Gemeinsam wanderten sie durch das wie ausgestorben wirkende Dorf. Als George ihre Hand nahm, wehrte sie sich nicht dagegen.

Sie hatten fast die Grenze von Zan erreicht, als sie ein Geräusch hörten. Schnell versteckten sie sich hinter einem kleineren Müllberg. Im Mondlicht sahen sie, wie zwei Personen das Dorf betraten. Ein jüngerer Mann, der etwas in seinen Armen hielt, und eine ältere Frau. Der Mann sah anders aus als die Zananer, denen sie bisher begegnet waren. Während die Dunklen in kostbare Gewänder gekleidet waren, trugen die Hellen eher Lumpen.

Aber dieser Zananer war ein Heller, ungefähr 35 Jahre alt und bekleidet mit einer braunen Lederhose und einem olivgrünen, wollenen Hemd. An einem Gürtel hing ein großes Messer. Schräg über seinen Oberkörper liefen mehrere Lederschnüre, an denen am Rücken ein Bogen und ein Pfeilköcher befestigt waren. Einige grüne Pfeile ragten aus ihm heraus. Sein Gesicht wies energische Züge auf und dunkelgrüne Bartstoppeln verdunkelten sein Antlitz. Das langsame Tempo war der alten, zerlumpten Frau an seiner Seite geschuldet, die sich auf seinen Arm stützte.

Charlie und George folgten ihnen unauffällig bis zu Masors Hütte. Der Anführer trat wie auf ein geheimes Kommando in Begleitung von Sana und zwei Männern, die sie nicht kannten, heraus.

Offensichtlich schlafen doch nicht alle hier, dachte George.

Die Worte, die gewechselt wurden, konnten sie nicht verstehen. Aber es schien eine herzliche Begrüßung zu sein. Dann überreichte der Mann Sana das Bündel, das er getragen hatte und das plötzlich zu zappeln begann und laute Schreie von sich gab.

»Ich werd' verrückt, das ist tatsächlich ein Baby!«, dämmerte es Charlie.

Gebannt verfolgten sie die Szene vor sich. Die beiden Männer stützten die alte und sichtlich erschöpfte Frau und verschwanden zusammen mit Sana und dem Baby hinter der Hütte. Da sie ihnen nicht folgen konnten, ohne gesehen zu werden, beobachteten sie Masor, der den fremden Mann offenbar überreden wollte, hinein zu kommen. Der andere lehnte es jedoch ab. Kurz darauf verabschiedeten sich die zwei mit einer festen Umarmung. Der geheimnisvolle Fremde verließ Zan so leise, wie er es zuvor betreten hatte.

»Was hatte das denn zu bedeuten? Wo kommen denn die alte Frau und das Baby her?«, fragte George, während er sich von dem Müllberg aufrappelte.

»Vielleicht sind sie aus einem anderen Dorf der Hellen und besuchen hier jemanden.«

»Dafür lief das alles viel zu heimlich ab. Und da wären sie nicht mitten in der Nacht hergekommen. Wir sollten zurückgehen. Es ist schon spät und die nächsten Tage werden sicherlich anstrengend.«

»Was denkst du eigentlich über die Bibliothek?«, wollte Charlie von ihrem Begleiter wissen.

»Einfach unglaublich! Vor allem wenn man bedenkt, was die Hellen unter diesen Umständen geleistet haben. Aber es wird sehr schwierig, dort die Lösung auf unsere Fragen zu finden.«

»So lange es nicht unmöglich ist«, erwiderte Charlie, die sich an jeden Hoffnungsschimmer klammerte.

»Zusammen werden wir das schaffen, ganz bestimmt.«

Sie schwiegen eine Weile, bis George die Stille unterbrach: »Ist dir bei der Reaktion von Masor auch etwas aufgefallen, als Madu nach dem Bereich hinter der Tür mit den Eisenbeschlägen gefragt hat?«

»Ja, die war irgendwie seltsam. Fast so, als wäre ihm diese Frage unangenehm.«

»Und dieser kurze Blick zu Nudara ...«, ergänzte er.

»Stimmt, daran habe ich gar nicht mehr gedacht.« Charlie runzelte die Stirn. »Was soll das nur bedeuten?«

»Dass sich dort kein Putzraum befindet, sondern etwas anderes, das die Hellen vor uns verbergen wollen.«

Eine unerwartete Entdeckung

Die Freunde nahmen sich heute den Bereich der Bibliothek vor, in dem laut Nudara vor allem Bücher standen, die seit der Zeit des großen Krieges entstanden sind. Sie hofften, dort Informationen über den Verbleib der Zeitmaschine oder über die Lage des Grabes zu finden. Die Bibliothek auf Zanano war genauso strukturiert wie die auf der Erde: Die Bücher waren – so gut es ging – nach Themen sortiert. Einige wurden immer wieder ausgeliehen, andere seit Jahren nicht mehr beachtet. Charlie verwunderte es, dass viele noch gar nicht gelesen worden sind, wie Nudara erzählte. Nach einem kurzen Blick in den Text ordneten die Zananer sie der nächstbesten Kategorie zu. Da einige schon so alt waren, dass sie drohten zu zerfallen, wurden sie akribisch abgeschrieben, um ihren Inhalt und das Wissen zu bewahren. Diese Aufgabe war immens wichtig, aber auch mühselig und langwierig. Wegen der speziellen Anforderungen konnten nur wenige damit betraut werden.

Natürlich war es unmöglich, alle Bücher von vorne bis hinten durchlesen, doch sie wollten zumindest jedes in die Hand nehmen und es nach Schlagworten durchsuchen. Dafür hatten die Zananer ihnen einige Helfer zur Seite gestellt. Gerade so viele, dass der normale Arbeitsbetrieb aufrechterhalten werden und die Dunklen keinen Verdacht schöpfen konnten. Die Freunde saßen hinter großen Bücherstapeln, in denen sie konzentriert lasen. Sying pfiff mal wieder das Kinderlied.

George freute sich riesig. »Sying, du bist fällig.«

»Was? ... Oh nein! Ich habe das nicht bewusst gemacht.«
Der sonst so gelassene Chinese sah leicht panisch aus.

»Das wissen wir. Trotzdem musst du es machen.« Madu
grinste seinen Freund an.

Alle hatten Georges Vorschlag einer kleinen Strafe zugestimmt, wenn jemand mit dem Ohrwurm anfing.

Widerstrebend stand Sying auf und ging in Position.

Wenigstens kann das hier nicht gefilmt werden und im
Internet erscheinen, dachte er. Mit unbewegter Miene legte
er mit dem Ententanz los und sang dazu: »Na na na na na
na na ...«

Es sah zu komisch aus. Sie lachten noch herzhaft, als
Sying sich mit hochrotem Kopf an ihren Tisch setzte und
versuchte, die irritierten Blicke der Zananer zu ignorieren.

Wieder ernst sagte Charlie: »Ich bin vielleicht auf etwas
gestoßen. In diesem Buch ist von einem allwissenden Orakel auf Zanano die Rede. Das ist genau das, was wir brauchen.« Mit dem Buch in der Hand gingen sie zu Nudara,
die mit Masor sprach.

Seufzend las diese die Zeilen. »Es gibt dieses Orakel tatsächlich. Es ist ein Fleck, ein Überbleibsel des großen Krieges, in dem eine Frau gefangen ist. Aber sie hat, soweit wir
wissen, schon lange mit niemandem mehr gesprochen.«

»Aber ihr wisst, wo es sich befindet?«, fragte George aufgeregt. Nudara nickte.

»Dann würden wir dennoch unser Glück versuchen.
Könnt ihr uns dahin führen?«, bat Ehawee, die sich vorgenommen hatte, jedem noch so kleinen Hinweis zu folgen.

»Das ist kein Problem. Aber macht euch nicht zu große
Hoffnungen«, dämpfte Masor ihre Begeisterung.

Plötzlich kam Dix mit ernstem Gesicht und viel Lärm die
Treppe zur Bibliothek heruntergestürmt.

Wo kommt der denn her? Er saß doch gerade in einem der Klassenräume, wunderte Sying sich.

Auch Fatma machte sich Gedanken über Dix. Es scheint ihm schlechter zu gehen, er hat wieder abgenommen. Erstaunlich, wie schnell das bei ihm geht.

»Masor, es hat einen Unfall gegeben. Berem und Dera sind verletzt.«

Der Anführer blickte auf. »Wie geht es ihnen? Soll ich kommen?«

»Das ist nicht nötig. Die Verletzungen sind nicht so schwer, aber sie werden einige Zeit nicht arbeiten können.«

»Ich bin froh zu hören, dass die beiden nicht lebensgefährlich verwundet wurden. Doch ihr Arbeitsausfall ist ein Problem. Im Moment arbeiten sowieso nur so wenige und ohne die zwei werden wir die benötigte Menge an Flaunsamen unmöglich schaffen.«

»Was meinst du damit?« Charlie war verwirrt.

»Wir müssen für die Dunklen Flaunsamen sammeln, die dann von uns auf den Feldern gepflanzt werden. Wenn wir die geforderte Quote nicht erfüllen, gibt es harte Strafen. Ich habe keine Leute mehr, die für die Verletzten einspringen können.«

»Können wir nicht helfen?«, schlug Madu vor.

»Das wäre tatsächlich eine Möglichkeit.« Masor schöpfte etwas Hoffnung, die drohende Strafe abwenden zu können.

Während die Jungs oben auf den Müllbergen den Hellen halfen, ihre Quote zu erfüllen, suchten die Mädels zusammen mit Fred weiter in der Bibliothek nach Hinweisen.

»Wo sollen wir nur anfangen?« Ehawees Stimme klang angesichts der Vielzahl der Bücher und ihrer begrenzten Zeit ein wenig verzweifelt.

Abgesehen von dem Orakel, das sie bald aufsuchen wollten, hatten sie nichts Brauchbares gefunden.

»Vielleicht sollten wir uns die Bücher in den hinteren Reihen anschauen. Bisher waren wir hauptsächlich im vorderen Bibliotheksbereich.«

»Dann machen wir dort weiter!« Gemeinsam gingen die drei dorthin.

Wenn ich die ganze Arbeit hier sehe, die vor uns liegt, wird mir jetzt schon warm, dachte Ehawee. Sie zog ihre Jacke aus und griff zu dem ersten Buch im Regal, als sie mitten in der Bewegung verblüfft innehielt .

»Was ist los?« Charlie war die Reaktion ihrer Freundin nicht entgangen.

»Ich bin mir nicht sicher, aber mein Stern wird warm.«

Interessiert sah Fatma auf. »Bisher hat er uns immer in entscheidenden Momenten geholfen oder sogar gerettet. Vielleicht will er dich auf ein bestimmtes Buch hinweisen.«

Ehawee schritt langsam an dem Bücherregal entlang, spürte dabei aber keine Veränderung mehr. Stirnrunzelnd trat sie ein paar Schritte zurück. Der Anhänger wurde wärmer.

»Es sind nicht die Bücher. Es ist irgendetwas anderes.« Ehawee bewegte sich weiter durch den Raum, bis sie vor der Steinwand stand.

»Hier muss etwas sein«, sagte sie zu ihren Freundinnen, die ihr gefolgt waren. Suchend ließen sie ihren Blick über die eingearbeiteten Zeichen schweifen.

»Da vorne ist die Sternenzeremonie auf Nirma dargestellt«, erkannte Fred. »Schaut mal, der eine Stern sieht so aus, als würde deiner hineinpassen. Die Größe der Vertiefung müsste gleich sein.« Ehawee nahm ihren Anhänger und drückte ihn in die Vertiefung. Es gab ein leichtes Klickgeräusch. Im rasenden Tempo floss von allen fünf Zacken des Sterns Licht in Rillen, die sich über die gesamte Wand ausbreiteten. Staunend betrachteten sie das Schauspiel vor ihnen. Von überall kamen Helle zu ihnen gelaufen, die durch das strahlende Licht aufmerksam geworden waren. Es sah aus wie ein von LEDs beleuchtetes Bild.

Und dann geschah es. Von der Mitte des Sterns ausgehend zerbröselte das Relief vor ihren Augen. Jede Darstellung verwandelte sich in Staub.

Hustend hielten sie sich eine Hand vor den Mund und sprangen einige Schritte zurück. Keinen Augenblick zu früh, denn aus dem Raum, der hinter der sich auflösenden Wand sichtbar wurde, rutschten ihnen Hunderte Bilder und Metallstangen entgegen.

Zählung

Wer hatte noch einmal diese tolle Idee?«, fragte George und sah Madu vorwurfsvoll an.

»Ich wollte nur helfen. Es konnte ja keiner ahnen, dass die Arbeit hieraus besteht.« Madu blickte sich unglücklich um.

»Richtig, auf einem Müllplatz konnte man nicht vermuten, dass die Arbeit möglicherweise mit MÜLL zu tun hat«, fauchte George.

»Mit Müll und mit der Flaun-Gewinnung genaugenommen!«, korrigierte Madu ihn. »Danke, dass du mich daran erinnerst. Diese kleinen Pflanzenknubbel, die leider nur im größten Schmod entstehen.«

»Hört auf«, versuchte Sying die Streithähne zu beschwichtigen und zeigte auf Dix' betroffenes Gesicht. »Wir wollen den Hellen helfen. Egal, auf welche Weise. Außerdem müssen wir das nur für eine kurze Zeit und nicht unser ganzes Leben lang machen.«

Beschämt sahen Madu und George sich an. Wie konnten sie nur über solche Kleinigkeiten streiten, während so viel auf dem Spiel stand? »Sying hat recht. Es tut uns leid, Dix. Es war nicht so gemeint.«

Danach versuchten sie ihr Verhalten durch ein größeres Arbeitspensum wieder wettzumachen. Sie waren ganz in ihre Aufgabe vertieft, als ein dumpfer, langanhaltender Ton wie aus einem Horn ertönte.

»Oh nein«, sagte Dix. »Es ist der Tag der Zählung. Ich muss sofort gehen. Ihr müsst euch verstecken.« Er fing an, Unrat auf die drei zu schaufeln, die verdattert dastanden.

»Was soll das?«, fragte George verärgert und hielt Dix' Hand fest.

»Ich habe jetzt keine Zeit, euch das zu erklären. Versteckt euch hier und seid leise. Ihr dürft auf keinen Fall gefunden werden.« Nach diesen Worten verließ er rasch den Berg.

»Wir sollten tun, was er sagt«, meinte Sying. »Er sah nicht aus, als wollte er uns veralbern.«

Widerwillig verbuddelten sie sich im Müll, selbst ihren Kopf umrahmten sie mit ekligen Sachen. Nur ihre Gesichter ließen sie frei.

Eine Delegation der Dunklen betrat das Dorf. George konnte im Gegensatz zu Madu und Sying das Geschehen von seinem Platz aus ein wenig beobachten. Die Stimme des Dunklen, die nun erklang, konnten alle gut verstehen.

»Euch wird eine große Ehre zuteil. Die erste Hohepriesterin Hara, Hüterin des geheimen Wissens und Führerin aller Zananer, lässt sich persönlich dazu herab, der Inspektion und Zählung eures Dorfes beizuwohnen. Die so Gepriesene trat vor und die Hellen verbeugten sich tief.

»Wir sind unwürdig, so hohen Besuch zu empfangen«, sprach Masor die rituellen Worte. »Die Hellen stehen zu eurer Verfügung.«

Hara nickte hoheitsvoll. Robe, Kopfschmuck und Frisur sahen genauso aus wie bei Rhem. Unbeteiligt sah sie zu, wie die Bewohner nacheinander aufgerufen, begutachtet und Name, Aufenthaltsort und Tätigkeit überprüft wurden.

»Mein zweiter Hohepriester ist vor Kurzem ohne Erinnerung an die Stunden zuvor von einer Reise aus dieser Gegend zurückgekehrt. Du weißt nicht zufällig etwas darüber?«, fragte sie Masor beiläufig.

»Ohne Erinnerung? Wie ist das nur möglich? Hatte er einen Unfall?« Die Verwunderung in seiner Stimme klang so überzeugend, dass die Freunde ihn für seine schauspieleri-schen Fähigkeiten bewunderten.

»Wohl kaum, denn seine Begleiter haben das gleiche Problem.«

»Ich werde mich umhören und versuchen, etwas heraus-zubekommen«, antwortete Masor.

»Da bin ich mir sicher«, sagte Hara ironisch.

Nach der Zählung kam es zu einem Tumult. Zwei Dunkle zogen Osina, die alte Kräuterfrau, aus einer Gruppe heraus und hielten sie fest. Ein Aufschrei ging durch die Menge und vereinzeltes Schluchzen war zu hören.

»Ich sehe, wir haben jemanden bei euch für die Suche ge-funden«, sagte Hara.

Masor trat vor. »Bitte, sie ist unsere Heilerin. Wir haben sonst niemand anderen. Nehmt sie uns nicht weg.«

»Sie hat das Alter und wird uns dort noch nützen.« Haras Worte waren unerbittlich.

»Sie hilft uns enorm, damit wir viele Arbeitskräfte stellen können. Nur durch sie und ihr Wissen haben wir kaum Krankheiten oder Ausfälle.« Masor versuchte sie verzwei-felt zu überzeugen, die Kräuterfrau nicht mitzunehmen. Hara, die sich schon abgewandt hatte, fragte bei einem ihrer Begleiter nach, der in seinen Listen nachsah und nickte. »Deine Behauptungen entsprechen der Wahrheit. Wir wer-den die Alte hierlassen, dieses eine Mal noch.«

Die Jungs versuchten angestrengt, dem Gespräch zu fol-gen. George streckte seinen Kopf ein bisschen weiter her-aus, als er Dunkle bemerkte, die die Wege zwischen den Müllbergen kontrollierten. Reflexartig zuckte er zurück, wobei sich ein Müllstück löste und ein Stück herunter-rutschte. Das Geräusch ließ einen Dunklen zu ihrem Berg herumfahren und misstrauisch hochschauen.

Oh nein, einer kommt direkt auf uns zu. George wagte nicht zu atmen. Er wird uns doch nicht entdecken. Aber wenn er näher …

Entsetzt sah er, wie der Dunkle Anstalten machte, höher auf den Berg zu steigen. Als er mit seiner Hand in etwas Ekliges packte und angewidert das Gesicht verzog, änderte er seine Meinung. Er drehte um, nicht ohne einen letzten misstrauischen Blick zurückzuwerfen.

Puh, das ist noch einmal gut gegangen. Nicht auszudenken, was passiert wäre, wenn er uns entdeckt hätte. Madu und Sying wissen gar nicht, wie gut sie es haben, dass sie nichts sehen können. George hatte schweißnasse Hände und beschloss, sich nicht mehr zu bewegen.

Die Hellen atmeten auf, als die Dunklen endlich das Dorf verließen. Glücklicherweise gab es keinen Grund für Beanstandungen.

Die drei hatten stundenlang in ihrem Versteck ausgeharrt, bis Dix sie endlich gefahrlos holen und Entwarnung geben konnte. Sie konnten sich kaum bewegen, nachdem sie sich so lange nicht gerührt hatten. Als sie es nach unten geschafft hatten, hielten selbst die an den Gestank gewöhnten Hellen einen gebührenden Abstand.

»Was meinte die Frau, als sie von der Suche hier bei euch gesprochen hat?«, fragte Sying Dix.

Der schüttelte nur seinen Kopf. »Entschuldige, aber darüber möchte ich nicht reden.«

»Okay. Aber es ist doch gut, dass Masor sich durchgesetzt hat und Osina hierbleiben darf?« Verunsichert sah Sying den Zananer-Jungen an.

»Für Osina und uns ist es gut. Aber es bedeutet nur, dass die Dunklen aus den anderen Dörfern einen mehr mitnehmen. Und nächstes Jahr muss sie auf jeden Fall mitgehen.«

Bevor sie weiter nachfragen konnten, kamen die Mädels zu ihnen.

»Bin ich froh, wieder an der frischen Luft zu sein. Wenn man weiß, dass man nicht raus darf, wird es sogar in einem so großen Raum wie der Bibliothek unangenehm«, sagte Charlie und sah sich den vier Jungs gegenüber, die ihre letzten Worte noch mitbekommen hatten.

»Habt ihr das gehört?«, fragte George Sying und Madu ungläubig. »Es war unangenehm in der Bibliothek ... oh je! Vielleicht können wir euch durch eine Umarmung trösten. Wir riechen nur ein wenig unangenehm, weil wir den ganzen Tag im Müll gesteckt haben.« Mit ausgebreiteten Armen gingen sie auf die Mädchen zu, die kreischend vor ihnen flohen.

Hinter ihnen hüstelte jemand leicht. Es war Sana. »Wenn ihr wollt, bringe ich euch zu einer Stelle, wo ihr euch säubern könnt.«

»Das wäre großartig«, sagte Madu. Er konnte es kaum erwarten, den Geruch wieder loszuwerden.

»Ich muss euch allerdings warnen. Das Wasser ist eiskalt.«

George atmete tief ein und aus, als sie Sana zur Quelle folgten. Konnte dieser Tag noch schlimmer werden?

Gerim

Trotz des Gestanks, der ihnen noch in der Nase hing, fanden sich die drei Jungs mit Dix in den nächsten Tagen wieder auf den Müllbergen ein. Da sie die Prozedur kannten und die Mädchen sich im Gegenzug gut in das Bibliothekssystem eingearbeitet hatten, hatte Charlie vorgeschlagen, die Gruppen- und Arbeitseinteilung so zu belassen.

Zuvor hatten George, Madu und Sying es sich nicht nehmen lassen, die neu entdeckte Bilderflut anzusehen. Das war eine großartige Entdeckung, dennoch verspürten sie wenig Lust, Hunderte von gleich aussehenden Bildern zu begutachten und zu vergleichen. Daher hatten sie dem Vorschlag, wenn auch widerstrebend, zugestimmt.

»Wie sieht es mit Abendessen aus?«, fragte Madu, nachdem er gesehen hatte, wie immer mehr Arbeiter von den anderen Müllbergen zur Essensausgabe strömten. Zuvor hatte er Dix auffordernde Blicke zugeworfen, die dieser stoisch ignoriert hatte.

Jetzt schlug Dix sich mit der Hand an die Stirn. »Natürlich! Ich habe die Zeit total vergessen, weil die Arbeit mit euch zusammen so viel Spaß macht.«

Der Arme, dachte George. Er muss sehr genügsam sein, wenn er die letzten Stunden als Spaß bezeichnet.

Sie kletterten den Müllberg hinunter und folgten Dix zur Essensausgabe. Unterwegs trafen sie Masor. »Hast du einen Moment, George?«

»Ja, klar.« Neugierig blieb George stehen. »Geht ruhig ohne mich weiter«, sagte er zu Madu, Sying und Dix.

»Ich hätte noch eine andere Arbeit für dich. Wenn du möchtest, kannst du uns auf den Feldern bei der Ernte helfen.«

»Muss ich da irgendetwas mit Müll machen?«

»Nein, du musst ...«

»Kein Problem, ich helfe gerne«, versicherte George eilig. Mit großem Unbehagen blickte er zu dem Müllberg, auf dem er die vergangenen Stunden verbracht hatte.

Alles ist besser, als weiter im Müll zu wühlen, dachte er.

»Du wirst aber einige Zeit unterwegs sein«, gab Masor zu bedenken.

Das war ein Problem. George überlegte angestrengt. Aber es ist bestimmt von Vorteil, ein wenig mehr von Zanano kennenzulernen. »Kann ich das mit meinen Freunden besprechen?«

Masor nickte. »Natürlich. Du musst dich bis morgen entscheiden. Dann bricht die nächste Gruppe zu den Feldern auf.«

Madu, Sying und Dix hatten einen Teller Eintopf vor sich stehen, der leider genauso schmeckte, wie er aussah. Während Dix mit großem Appetit aß, starrte Madu lustlos auf sein Essen. Nachdem er ein paar Löffel heruntergewürgt hatte, schob er den Rest beiseite.

»Magst du nicht mehr? Darf ich es haben?«, wollte Dix schmatzend wissen.

»Bediene dich ruhig.«

Sying sah seinen Freund an. »Wer bist du und was hast du mit Madu gemacht? Das ist das erste Mal, dass ich sehe, dass du etwas nicht aufisst.« Auch Dix sah ihn erstaunt an.

»Ich habe beschlossen, etwas abzunehmen«, sagte Madu, der Dix' Gefühle nicht verletzen wollte.

Während Dix Madus Erklärung akzeptierte, schaute Sying seinen Freund verwundert an. Er wollte gerade etwas dazu sagen, als ein Tritt gegen sein Schienbein und Madus eindringlicher Blick ihn davon abhielten. Endlich verstand er die Beweggründe und schwieg.

»Ich habe noch Zeit, bis ich schlafen muss. Samal hat mir ein neues Gerim gemacht.« Dix zog einen seltsamen Gegenstand aus der Tasche.

»Was ist das?«, fragte Sying neugierig.

»Ein Gerim ist eine Art Spiel oder eine Schatzkarte. Zuerst hat man ein Puzzle, das man zusammensetzen muss. Das habe ich bereits geschafft. Seht ihr?« Stolz hob Dix ein Blatt hoch, auf dem drei Müllberge eingezeichnet waren, und legte es vor sie auf den Boden. »Darüber stellt man ein Gestell, das man auch erst aus kleinen Metallstangen oder Drähten zusammenbasteln muss und das jedes Mal etwas anders aussieht. Am Schluss legt man ein letztes Puzzlestück, auf dem sich ein großes Z befindet, in diese Konstruktion. Es wird durch die Stangen gehalten.« Er baute das Gerim zu Ende.

»Das ist alles?« Madu war enttäuscht. Er hatte mehr erwartet.

»Nein, jetzt geht es erst los. Am Rand unseres großen Puzzles, sozusagen im Rahmen, sind Hinweise versteckt, zum Beispiel die Buchstaben von meinem Namen. Jetzt muss ich das Gestell erst zum D und danach zum I und zum X bewegen. Wenn ich loslasse, bewegt es sich hin und her und das Z bleibt über der Stelle stehen, an der der Schatz versteckt ist.«

Dix zeigte ihnen den Ablauf und am Ende konnten sie tatsächlich das Z über einem Müllberg sehen. Gespannt liefen sie dorthin und fanden eine kleine Schachtel.

»Wow, das ist spannend.« Madu und Sying waren begeistert. »Was ist da nur drin?«

Aufgeregt öffneten sie den Deckel.

»Äh, super, es ist, es ist ...«, stotterte Madu, »ein Haufen!«

Dix lachte. »Diesen Haufen nennen wir Glumbsch. Er ist eine Süßigkeit und nicht leicht herzustellen. Vor allem aber schmeckt er sehr lecker.«

Skeptisch sahen Madu und Sying zu, wie Dix den Glumbsch in die Hand nahm und genüsslich ein Stück abbiss.

»Wolltihraumal?«, fragte Dix undeutlich, während er kaute. Er hielt den beiden die Süßigkeit hin. Sie konnten nicht widerstehen und bissen ein großes Stück ab.

Lecker!, dachte Sying. Das schmeckt wie eine Mischung aus Karamell, Schokolade und etwas Fruchtigem, was ich nicht genau benennen kann. Aber die Konsistenz ist merkwürdig. Immer mühsamer kaute er an dem kleinen Stück herum, das zwischen den Zähnen hängen blieb und sich einfach nicht schlucken ließ. Ein Blick zu Madu zeigte ihm, dass dieser mit den gleichen Problemen kämpfte.

»Es wurde extra so hergestellt, dass man sehr lange etwas davon hat. Mit der Zeit bekommt man etwas Übung und lernt, den Glumbsch richtig zu kauen«, klärte Dix sie auf, der nun wieder normal sprechen konnte.

»Wanke wür wie Warnung«, nuschelte Madu. Es dauerte gute zehn Minuten, bis die zwei endlich einen leeren Mund hatten.

»Ab und zu macht Samal mir neue Gerims, wenn er nicht gerade mit seinen Bildern beschäftigt ist. Wenn ihr wollt, kann ich euch ein paar alte von mir geben. Der Schatz ist zwar nicht mehr da, aber ihr könnt zumindest die Rätsel lösen und versuchen, die richtige Stelle zu finden.«

»Das wäre toll!«, sagte Madu, der eher froh darüber war, dass ihn am Ziel keine weiteren Glumpschhaufen erwarteten.

Das Orakel

Du solltest gehen«, sagte Charlie.

George hatte seinen Freunden von seiner möglichen Arbeit auf den Feldern erzählt.

»Wir sind hier genug, die nach Hinweisen suchen«, pflich-
tete Fatma ihr bei. »Bisher kennen wir nicht viel mehr von
Zanano als dieses Dorf. Um ein besseres Gefühl für diese
Welt zu bekommen, wäre es bestimmt von Vorteil, andere
Orte mit eigenen Augen zu sehen.«

»Gut, dann sehen wir uns in ein paar Wochen wieder.«
George umarmte seine Freunde herzlich zum Abschied
und machte sich auf den Weg. Er wurde von Masor zu einer Gruppe Heller gebracht, von denen er einige schon gesehen hatte. Ein großer, dünner Mann namens Mork, der
George freundlich begrüßte, hatte das Kommando.

»Normalerweise kontrollieren die Dunklen die Feldarbei-
ter nicht. Sollten sie es ausnahmsweise doch tun, bist du
Pine aus dem Dorf Kilk.«

George nickte. Masor hatte ihm erklärt, dass er einem der
Hellen sehr ähnlich sah und daher unter seinem Namen rei-
sen würde. Da er aber nicht mehr als ein paar grobe Fakten
zu Pine wusste, hoffte er, dass keine Kontrollen stattfan-
den.

Er musterte den Rest der Gruppe. Die anderen acht waren ausnahmslos groß, sogar die Frauen. Wahrscheinlich ist
das eine Voraussetzung für diesen Job. Deswegen hat Masor mich vermutlich angesprochen, überlegte er.

Das notwendige Gepäck war auf die Gruppe aufgeteilt
worden. Hatte George zuvor nur einen kleinen Rucksack

gehabt, so musste er nun ein großes Bündel tragen. Ächzend schulterte er es und versuchte, mit den anderen Schritt zu halten, die ein zügiges Tempo anschlugen.

Vielleicht wäre ich besser beim Müll geblieben, dachte George. Doch der Ausflug hat sich schon jetzt gelohnt. Er grinste kurz, als er sich die Umarmung mit Charlie ins Gedächtnis rief. Sie hatte ihm besorgt ein »Pass bloß auf dich auf« ins Ohr geraunt. Bestimmt verzeiht sie mir bald. Aber zuerst müssen wir diese Zeitmaschine finden. Ich bin gespannt, was mich in den anderen Gegenden erwartet.

Nachdem die Flaunsamen eingesammelt und die Erntearbeiter aufgebrochen waren, fanden die Hellen endlich Zeit, die Freunde zum Orakel zu führen. Glücklicherweise lag es nicht allzu weit entfernt.

Ein zwei Meter hoher Eissplitter, der in dieser Umgebung völlig unpassend wirkte, erhob sich vor ihnen. Bei den frühlingshaften, teilweise sogar sommerlichen Temperaturen hätten weder Schnee noch Eis liegen dürfen. Dennoch stand er hier seit dem Ende des großen Krieges und übte eine seltsame Faszination auf Vorbeireisende aus, der sich auch die Freunde nicht entziehen konnten.

Die Umgebung hatte sich im Laufe der Zeit verändert – aus Wiesen wurden Weiden, aus kleinen Pflanzen große, alte Bäume – der Splitter jedoch war gleich geblieben. Genau wie das, was sich in seinem Inneren befand. Die glatte Oberfläche des Eises wirkte wie ein Spiegel in eine andere Welt.

Es sieht aus, als würde sich da drin etwas bewegen, dachte Fatma, als sie nähertrat.

Im Inneren waren die verzerrten Umrisse einer Frau zu erkennen, die vor ihren Augen im Zeitraffer alterte und wieder jünger wurde. Ihren Kopf bewegte sie dabei so von rechts nach links, dass sie im geschätzten Alter von zwanzig bis sechzig nach vorne in Richtung der Freunde schaute. Die Bewegungen waren aber so schnell, dass sie es nicht genau sagen konnten.

Fatma legte eine Hand auf die Eisfläche vor sich. »Es fühlt sich wirklich kalt an.«

»Natürlich«, sagte Sana, die sie an diesen Ort gebracht hatte. »Die Felder haben alle ihren eigenen Mikrokosmos.«

»Sieht sie uns?«, überlegte Sying.

»Davon gehen wir aus. Wahrscheinlich nimmt sie uns aber genauso verzerrt wahr wie wir sie.«

»Im Buch stand, dass sie anfangs kommuniziert und wertvolle Hinweise gegeben hat«, warf Charlie ein.

»Deshalb wird sie das Orakel genannt, ja. Aber wie die Gespräche funktioniert haben sollen, wissen wir nicht. Einen Kontakt hat es schon lange nicht mehr gegeben.«

»Wer ist sie denn?« Madu trat näher und winkte der Unbekannten zu, ohne eine Reaktion zu erhalten.

Sana zuckte mit den Achseln. »Das weiß niemand. Sie ist einfach irgendjemand, eine Mutter, Bäuerin, Lehrerin oder Heilerin, die zur falschen Zeit am falschen Ort war.«

Und ich fand das Schicksal der Sumpfhexe schon gruselig, dachte Charlie. Gegen das der armen Frau wirkt ihr Gefängnis wie ein Wellness-Urlaub.

»Kann man sie nicht befreien?«, fragte sie laut, da ihr die Qual in den Augen der Frau nicht entgangen war.

»Das wurde unzählige Male versucht, aber der Eissplitter ist unzerstörbar. Egal welches Werkzeug man benutzt hat, nichts hat auch nur einen Kratzer hinterlassen.«

Ehawee hatte bisher seitlich gestanden und beugte sich nach vorne, um das Orakel direkt ansehen zu können.

Dabei berührte ihre Halskette mit dem Stern kurz das Eis. Ein zischendes Geräusch erklang. Das Bild der Person vor ihnen erstarrte. Der Eissplitter wirkte jetzt mehr wie eine Fensterscheibe, durch die eine Person sie ansah. Sie erkannten eine verzweifelte Zananerin vor sich, deren Gesicht die Überraschung nicht verbergen konnte.

Vermutlich sieht sie uns nun auch viel deutlicher, dachte Charlie.

Die Freunde konnten jetzt weitere Einzelheiten erkennen. Die Frau trug eine Art Bauerntracht, auf ihrem Kopf saß eine weiße Haube. Die Handflächen hatte die Unbekannte gegen das Eis gedrückt, die Fingerspitzen waren wund und kleine Rinnsale aus Blut liefen herunter. Vermutlich, weil sie immer wieder von innen an ihrem eiskalten Gefängnis gekratzt hatte.

»Kannst du mich hören?« Ehawee zuckte erschrocken zusammen, als eine Antwort kam.

Eine dumpfe Stimme wehte zu ihnen herüber. »Ja, sogar klar und deutlich. Das ist sonst nicht der Fall.«

»Sonst?«, fragte Madu, der an Ehawee vorbei spähte, um einen besseren Blick auf die Frau zu bekommen.

»Sonst schnappe ich immer nur Bruchstücke auf. Aber weil die Menschen ihre Worte hier ständig wiederholen, ergeben sie irgendwann einen Sinn. Zumindest wenn ich mich darauf konzentriere, sie zu verstehen. Aber das versuche ich immer seltener«, fügte sie leise hinzu. Kurz darauf fuhr sie fort: »Aber über eure Suche weiß ich Bescheid. Euer Besuch auf Zanano ist etwas anderes. Etwas, das die Eintönigkeit der Ereignisse, die sich ständig wiederholen, durchbricht. Ihr wollt wissen, wo sich die Zeitmaschine und das Portal befinden, um die Welt Nirma zu retten.« Das war keine Frage, sondern eine Feststellung.

»Kannst du uns denn helfen?« Charlie konnte ihre Aufregung kaum zügeln. Wenn das Orakel wusste, warum sie da waren, musste es auch die Antworten kennen. Oder?

»Warum sollte ich das tun? Mir hilft ja auch keiner.« Ihre Gesichtszüge spiegelten Verbitterung und Resignation wider. »Für mich spielt der Erfolg eurer Mission keine Rolle.«

»Was können wir denn für dich tun?« Ehawee sah das Orakel offen an.

»Nichts kann mir helfen außer dem Elementenwürfel, der mein Leid verursacht hat, oder deinem Stern.«

Reflexartig fasste Ehawee an ihre Kette. Eine Bewegung, die dem Orakel nicht entging.

»Ja. Von etwas so Mächtigem mag man sich nicht freiwillig trennen.«

»Wir brauchen ihn noch bei unserer Mission. Aber wenn wir erfolgreich sind, werde ich ihn dir geben«, versprach Ehawee.

Charlie stupste sie leicht an und flüsterte: »Ich finde es wirklich schrecklich, was mit dieser Frau passiert ist. Aber willst du wirklich einen der Sterne Nirmas für sie opfern? Was ist mit zukünftigen dunklen Bedrohungen? Und braucht ihr nicht alle drei Sterne, um die Energie auf Nirma zu erneuern?«

»Für die Energieerneuerung wird immer die Anzahl der Sterne gebraucht, die auf Nirma vorhanden ist. Das waren bis zu unserer Abreise immer drei. Außerdem wird es keine zukünftigen Bedrohungen oder was auch immer geben, wenn wir nicht erfolgreich sind. Da ist es das kleinere Übel, dass Nirma lernen muss, mit zwei Sternen auszukommen, um diese Frau zu befreien«, antwortete Ehawee ebenso leise und wandte sich wieder der Unbekannten zu. Die Nirmanerin konnte nicht sagen, ob das Orakel ihr Gespräch mitbekommen hatte. Dafür stellte sie aber fest, dass der Umriss der Frau unschärfer wurde. Es schien, als würde sie von etwas weggezogen. Hektisch drückte sie ihren Stern erneut an das Eis, doch diesmal blieben das zischende Geräusch und die erhoffte Wirkung aus.

»Bitte ...«, flehte Ehawee. »Wenn du etwas weißt, dann hilf uns! Ich verspreche dir, wenn wir dir helfen können, werden wir es tun.«

»Ich weiß nicht, warum, aber ich habe das Gefühl, dir vertrauen zu können.« Die Stimme der Frau drang undeutlich zu ihnen herüber. »Sucht die Zeitmaschine an folgendem Ort:

> An der Brücke, die ins Nichts führt,
> an dem halberfrorenen Dorf,
> wo die Sonne sich viermal spiegelt,
> sucht das doppelte Zeichen von Zanano.«

»Und das Portal?«, rief Charlie ihr zu, doch die Unbekannte wurde von der unsichtbaren Macht mitgerissen. Sie durchlebte wie zuvor immer wieder die verschiedenen Altersstufen.

»Ein Rätsel, was auch sonst«, murrte Madu.

Aufmunternd schlug Sying seinem Freund auf die Schulter. »Immerhin haben wir jetzt einen Anhaltspunkt.«

Unterwegs

Auf dem Weg zu den Erntefeldern lenkte die neue Umgebung George rasch von seinem schweren Gepäck ab. Zwar ähnelten viele Landschaften denen auf der Erde, aber ab und zu gab es Besonderheiten. Sind das etwa große Bälle?, wunderte er sich. Sie schienen über die Ebene zu rollen, die sie soeben durchquerten.

Kara, eine der zwei Frauen ihrer Gruppe, erklärte ihm, dass es sich dabei um Pflanzen handelte. »Sie rollen solange im Wind hin und her, bis sie einen geeigneten Untergrund finden. Dort wurzeln sie für einige Zeit, bevor sie sich einen neuen Platz suchen, wenn die Nährstoffe im Boden aufgebraucht sind.«

Nachdem sie einen halben Tag gewandert waren, konnte George in der Ferne einen großen Gebäudekomplex mit einem Zaun erkennen.

»Das ist die Residenz«, beantwortete Mork seine unausgesprochene Frage.

»So groß habe ich sie mir gar nicht vorgestellt«, sagte George.

»Sie ist sogar noch viel größer. Was du von hier aus sehen kannst, ist nur ein Teil der Anlage. Glücklicherweise müssen wir in die andere Richtung. Da sind zu viele Dunkle, wenn du verstehst.«

Eigentlich schade, dachte George. Ich hätte mir ihre Zentrale gerne aus der Nähe angesehen.

Eine Stunde später wurde seine Neugierde zumindest teilweise befriedigt. Auf ihrem Weg mussten sie eine dunkle Stadt durchqueren.

»Hier in Anoz leben die meisten Eltern der Kinder, die in der Residenz ausgebildet werden, sowie viele alteingesessene Familien. Das ist die größte der dunklen Städte.«

Vor ihrem Betreten mussten sie sich bei einem Wachposten melden. Der musterte die Gruppe vor sich wie ein lästiges Insekt. Zu Georges Erschrecken stellte er Fragen über die Mitreisenden und glich die Informationen mit seinen Unterlagen ab.

Mork unterbrach ihn: »Ich bitte um Verzeihung, aber wir sind sehr spät dran. Wenn wir nicht sofort weiterziehen, schaffen wir es heute nicht mehr über das Gebirge.«

»Das ist nicht mein Problem.«

»Natürlich nicht. Aber ich müsste der Hohepriesterin Hara erklären, warum sich die Ernte verzögert hat und das Flaun nicht rechtzeitig in der Residenz eingetroffen ist.«

Der Wachposten trat unbehaglich von einem Fuß auf den anderen. Die Hohepriesterin wollte er nicht verärgern. »Also gut. Das wird schon alles seine Richtigkeit haben.« Er winkte weitere Wächter heran, die auf angsteinflößenden Tieren zu ihnen ritten und sie durch die Stadt eskortierten. Instinktiv wich George ein paar Schritte zurück.

»Das sind Wane«, flüsterte Kara ihm zu. Ihr war seine Reaktion nicht entgangen. »Sie können sehr schnell werden. Sie werden nicht nur dazu eingesetzt, die Residenz zu bewachen, sondern auch bei der Jagd nach Flüchtigen.«

George musterte sie genauer und verglich die Tiere mit denen auf der Erde. Der Kopf und der Schwanz ähneln den Waranen. Die Zähne sehen gefährlich aus und mit dem Schwanz können sie bestimmt übel um sich schlagen.

»Warum begleiten die uns überhaupt?«, fragte er verwirrt.

»Zur Sicherheit, damit wir niemanden überfallen oder irgendetwas stehlen«, antwortete jemand aus ihrer Gruppe.

134

»Als ob wir das riskieren würden! Jede Strafe würde sich auch gegen unser Dorf richten.«

Wie kann nur jemand auf die Idee kommen, dass von unserem lumpigen Haufen eine Gefahr droht?, dachte er.

Sie gingen eine breite Straße entlang. George vermutete, dass es sich dabei um die Hauptstraße handelte, aber sie war wie leergefegt. Einige Meter vor ihren verschwanden ein paar letzte Dunkle rasch in ihren Häusern. Diejenigen, die sich schon im Inneren befanden, beobachteten sie argwöhnisch durch die Fenster.

Wie wir angestarrt werden! Als wären wir Tiere im Zoo. George ärgerte sich darüber und setzte sein arrogantestes Gesicht auf, bis Kara ihm leise zu zischte: »Vergiss nicht, du bist ein Heller von Zanano. Wir wandern nicht selbstbewusst umher.«

Schuldbewusst versuchte der englische Jugendliche, demütiger auszusehen, was ihm eher schlecht als recht gelang. Er sah sich die zananischen Häuser genauer an. Sie erinnerten ihn ein wenig an aufeinandergestapelte Container. Am häufigsten gab es Gebäude aus zwei rechteckigen Körpern, die meistens exakt übereinander standen. Manchmal waren sie auch versetzt gebaut, sodass auf dem untersten Quader Platz für eine Terrasse war. Nur selten sah er kleinere oder größere Gebäude.

Farblich ist auf jeden Fall dunkelgrün dominierend, dachte George. Das wundert mich nicht, aber dadurch wirkt die ganze Stadt sehr düster.

Abgesehen von wenigen anderen farblichen Akzenten und einigen Schnörkeln wirkte die Straße langweilig. Im Hintergrund konnte er ein paar größere, kunstvolle Gebilde ausmachen. Als er sich zu offenkundig dafür interessierte, wurde er augenblicklich gemaßregelt.

»Hey, du da«, herrschte ein Wächter ihn an und schubste ihn grob. »Schau nach vorne. Hier geht dich nichts etwas an.«

Um nicht weiter aufzufallen, blickte George von da an nur noch geradeaus und trottete voran.

Als sie die Stadt endlich verließen, atmete er erleichtert auf. Auch die anderen waren froh, diesen Teil der Reise hinter sich gebracht zu haben. Nach dem streng kontrollierten Marsch rannte George ein paar Schritte vor, zur Seite und ...

... fiel prompt auf die Nase. Unter dem Lachen seiner Begleiter rappelte er sich verblüfft auf und drückte vorsichtig auf den Boden um sich herum. Er gab tatsächlich nach. Wenn er die Hand hob, ebnete er sich wieder.

»Was ist das denn?«

»Sag bloß, du kennst keinen Wubboden? Auf Zanano gibt es ihn überall. Man erkennt ihn an den blauen Sträuchern, die nur auf diesem wachsen.«

George testete es erneut. Wenn man über den Untergrund Bescheid wusste, war es sogar lustig und man konnte sich federnd fast wie auf einem Trampolin vorwärtsbewegen. Er bedauerte, dass sie den Boden bald hinter sich ließen.

Nur wenig später säumten seltsame Pflanzen ihren Weg, die wie ein einziges senkrecht gestelltes Blatt aussahen. Es wirkte, als würden sie für ihre Gruppe Spalier stehen.

»Halt.« Umgehend kamen alle Morks Befehl nach.

George, umringt von Hellen, reckte den Kopf, um herauszufinden, warum sie anhielten. In den Blättern waren wie auf einer Kinoleinwand einige Helle zu erkennen, die unter der Bewachung von Dunklen an ihnen vorbeizogen. Die Stimmung kippte schlagartig. Mit betroffenen Gesichtern starrten sie auf das Geschehen und verbeugten sich. George tat es ihnen gleich, obwohl er überhaupt nicht verstand, was gerade passierte. Nachdem er sich wieder aufgerichtet hatte, sah er, dass die Hellen nur aus alten Leuten oder Verletzten bestanden. Einige weinten, während die meisten stoisch geradeaus blickten.

Das ist gruselig! Gut, dass der Trupp vorbei ist, dachte George.

Als wäre nichts geschehen, setzten sie ihren Weg fort.

»Was hat das zu bedeuten? Was war das auf den Pflanzen? Und wie konnten wir darauf etwas sehen?«, fragte George Mork, der daraufhin tief einatmete.

»Das sind Spiegelpflanzen oder – wie wir sie nennen – Spionagepflanzen. Sie zeigen noch eine gewisse Zeit später, wer an ihnen vorbeigezogen oder was hier bei ihnen passiert ist.«

»Heißt das, wir sind ebenfalls dann darauf zu sehen?«
Der Zananer nickte.

»Welche Gruppe war das? Die sahen nicht sehr glücklich aus. Und ihr auch nicht.« Die hoffnungslosen Blicke der Hellen hatten sich in sein Gedächtnis eingebrannt.

»Das sind Leute von uns, die die Dunklen für die Suche rekrutiert haben.«

»Von der Suche habe ich schon einmal gehört. Osina sollte da doch mitmachen. Aber ich weiß nicht, was das ist.«

»Du weißt von dem Elementenwürfel und seinen Folgen?« Als George nickte, fuhr er fort: »Wir wissen zwar, dass es die Flecken gibt, aber nicht, wo sie sind. Es gibt kein Schema, nachdem man die gefährlichen Stellen, die durch den Elementenwürfel verursacht wurden, finden kann. Deshalb können viele Bereiche von Zanano nicht genutzt werden. Aus diesem Grund haben die Dunklen die Suche initiiert, die sie in regelmäßigen Abständen durchführen. Das ist ihre nette Umschreibung dafür, dass sie Helle durch neue Bereiche schicken und die Stellen markieren, an denen ein Fleck identifiziert wurde.«

George machte große Augen, als ihm die Tragweite von Morks Worten bewusst wurde. »Sie schicken die Hellen vorsätzlich in den sicheren Tod. Denn wenn eine Stelle ausgelöst wird, bedeutet das ...«

»Genau. Daher melden sich bei uns viele Alte freiwillig, um die Jüngeren zu retten. Das kommt den Dunklen insofern entgegen, dass dadurch nicht unnötig Arbeitskräfte verschwendet werden.«

Erst jetzt fiel George auf, dass er im Dorf kaum alten Leuten begegnet war. Ein Schauer lief über seinen Rücken. »Aber in der Gruppe eben waren doch auch Jüngere«, erinnerte er sich.

»Das sind dann Verletzte oder Kranke, die nicht mehr in den Gruben arbeiten können.«

»Das ist ja furchtbar. In meiner Welt hat es vor einigen Jahrzehnten einen großen Krieg gegeben, weil einige Menschen glaubten, besser zu sein als andere. Zahlreiche Männer, Frauen und Kinder wurden verfolgt und umgebracht, nur weil sie einer anderen Rasse und Religion angehörten oder krank waren.«

»Mir scheint der Wahnsinn macht vor fremden Welten nicht halt. Wie ist euer Krieg ausgegangen?«

»Die Bösen wurden besiegt, aber es hat viele einen hohen Preis gekostet. Leider gibt es bei mir auf der Welt immer noch derartige Konflikte, wenn auch in einem kleineren Maßstab.«

»Ich fürchte, Dummheit und Ignoranz sind einfach nicht auszurotten«, sagte Mork resigniert.

Schweigend gingen sie weiter. George war so in Gedanken vertieft, dass er erst spät bemerkte, dass es schon fast dunkel geworden war.

Als die Sonne endgültig unterging, blieb er überwältigt stehen. Überall leuchtete die Natur auf und tauchte alles in ein warmes Licht. Einige der rollenden Pflanzenbälle hatten hier ihren Platz gefunden und sich wie Leuchtkugeln auf den Feldern und Wiesen verteilt. Zahlreiche Bäume, Blumen und andere Pflanzen waren mit einer Leuchtschicht überzogen.

Schade, dass Charlie nicht dabei ist, ihr hätte das bestimmt gefallen, dachte George bedauernd. Er wandte sich an Mork. »Warum habe ich das noch nie in der Nähe des Dorfes gesehen? Gibt es diese Pflanzen da nicht?«

»Es sind nicht die Pflanzen, die leuchten, sondern minikleine Glühfliegen, die von diesen Gewächsen angezogen werden. Diese Tiere leben nur in feuchteren Regionen.«

George musterte seine Umgebung genauer. Der Boden war jetzt weicher und matschiger als zuvor. Seitlich zeigten sich Tümpel und ein feiner Nieselregen sorgte dafür, dass die Reisenden bald von einer Wasserschicht überzogen waren. Sie wanderten die Nacht durch und machten wenige, kurze Pausen. Endlich breitete sich vor ihnen eine riesige Wasserlandschaft aus, die immer wieder von kleineren Inseln durchbrochen wurde. Ein tiefer Nebel lag darüber und ließ die hinteren Bereiche komplett verschwinden.

»Vor uns liegt Slagharia«, erklärte Mork und zeigte auf das Wasser und die Inseln. »Wir sind bald am Ziel.«

Am Ufer vor ihnen lagen mehrere längliche Boote, die aus ausgehöhlten Baumstämmen bestanden. Die Hellen zogen drei ins Wasser. Jedes wurde mit drei Personen besetzt, die sich hintereinander hinknieten und mit gleichmäßigen

Schlägen lospaddelten. George war erstaunt, wie effizient die Handgriffe ausgeführt wurden und wie schnell die ersten beiden Boote aus seinem Blickfeld verschwanden.

Mork trat zu ihm. »Du setzt dich am besten in die Mitte. Da störst du am wenigsten beim Paddeln.« Er selbst stieg hinter George ein, während Kara vor ihm Platz nahm.

Zuerst war George ein wenig eingeschnappt wegen dieser Anmerkung, aber schon nach den ersten Versuchen merkte er, dass Mork recht hatte. Er war entweder zu langsam oder – was seltener vorkam – zu schnell. Außerdem hatte er Probleme, sein Gleichgewicht zu halten. Als ihm sein Paddel aus der Hand rutschte, gab er auf. So hatte er Zeit, sich die Umgebung anzuschauen.

Alles hier erinnert mich an die Schären in Schweden. Nur düsterer und mystischer, dachte er.

Das war ein treffender Vergleich für den Anblick. Unterschiedlich große Inseln zogen an ihnen vorbei. Auf vielen standen Bäume ähnlich wie Trauerweiden, deren Zweige sich weit über das Wasser neigten und mit den Spitzen teilweise die Wasseroberfläche streiften. Auf einigen waren Hütten errichtet worden und vereinzelt waren kleine Bootsstege erkennbar, die einen verwitterten Eindruck machten.

Wie orientieren sich die Zananer hier nur? Für mich sieht fast alles gleich aus, überlegte George.

Einmal entdeckte er drei rote Bojen, die ein Dreieck bildeten. Er nahm an, dass dies das Wasserpendant zu den Steinen war. Dass sie sich ihrem Ziel näherten, bemerkte er nur daran, dass sie langsamer wurden. Vorsichtig startete er einen neuen Versuch im gleichen Takt wie die anderen zu paddeln. Mork klopfte ihm anerkennend auf die Schulter, da es ihm diesmal gelang. Er fand seinen Rhythmus und musste nicht mehr so angestrengt über seine Bewegungen nachdenken.

Auf einmal zogen alle wie auf ein geheimes Kommando die Paddel ein. Sie steuerten frontal auf eine Insel zu, genau auf Höhe einer tiefhängenden Weide.

Oh, oh, wir werden mit hoher Geschwindigkeit dagegen fahren. Warum bremsen wir nicht?, wunderte George sich und blickte hilfesuchend zu Mork. Doch er und auch Kara blieben ganz ruhig.

Als sie durch die hängenden Äste des Baums fuhren, waren diese eher wie ein weicher Vorhang. Dahinter erwartete sie auch kein Aufprall. Vielmehr glitt das Boot ein schmales Rinnsal mit einer leichten Strömung entlang, das die Insel teilte.

George sah sich um. Er konnte nicht mehr erkennen, wo sie hergekommen waren. Hinter ihnen bildete die Natur wieder eine geschlossene Wand. Der Rand war gesäumt von weiteren Weiden, durch deren Ausläufer sie fuhren. An der rechten Seite tauchte ein Steg auf, der im Gegensatz zu den anderen, die George bisher gesehen hatte, sehr stabil wirkten. Zwei Boote waren bereits dort festgebunden. Ihres hielt direkt dahinter. Mork sprang heraus und knotete es an einen Pfosten.

Wenig später hatten sie wieder festen Boden unter den Füßen und folgten Mork in eine große Blockhütte, vor der das Wasser in ein Loch floss. Seitlich war ein kleiner Nutzgarten angelegt, dessen Pflanzen, vermutlich wegen der längeren Abwesenheit der Arbeiter, wild wuchsen. Die Hütte war spartanisch eingerichtet. Im vorderen Bereich stand ein robuster Tisch mit Stühlen und es gab eine kleine Küche. Die Hellen gingen direkt in den hinteren Raum mit fünf Betten. Rechts führte eine Tür in ein Badezimmer.

»Sehe ich das richtig? Es gibt fünf Betten für neun Personen?« George sah sich um, hoffte, dass er etwas übersehen hatte.

»Eine Hälfte von uns schläft immer, während die andere arbeitet. Daher können sich zwei Personen eins teilen. Da wir zu neunt sind, hast du Glück und bekommst ein eigenes. Unter den Betten befinden sich Kisten, in die du deine persönlichen Sachen legen kannst.« Mork zog eine Kiste hervor, um seine Worte zu unterstreichen. »Du kannst schlafen, da deine Schicht erst morgen beginnen wird.«

Dieser Aufforderung kam George nur zu gerne nach. Als sein Kopf das überraschend gemütliche Kissen berührte, war er schon eingeschlafen.

Neugier

Seit Tagen durchforsteten die Freunde schon den Bilderhaufen. Da die Flaunsamen geerntet waren, war Syings und Madus Hilfe auf den Müllbergen nicht mehr notwendig, so dass sie wieder in der Bibliothek halfen. Unter Samals Leitung wurde jedes Bild an einen Schreibtisch gebracht, genau begutachtet und aus Platzmangel neben die noch unsortierten Leinwände gelegt.

Obwohl niemand bisher das Rätsel des Orakels lösen konnte, hatte der Hinweis einen Energieschub bei ihnen ausgelöst. Sie glaubten fest daran, dass es einen Grund für die vielen Bilder geben und sich ein wichtiger Hinweis darin verbergen musste.

Inzwischen hatten sie hauptsächlich die gleichen zwanzig Bilder, die Samal immer malte, gefunden. Daneben gab es noch weitere, die Punkte, Striche und sogar Löcher hatten, aber keines davon lieferte neue Erkenntnisse. Die Bedeutung der Metallstangen blieb ihnen ebenfalls verborgen.

»Vielleicht ist der Raum hinter der Wand so etwas wie eine riesige Gerümpelkammer und hat keinen weiteren Grund«, mutmaßte Madu und legte entnervt das x-te Gemälde auf einen Stapel. »Irgendwo musste der ganze Kram schließlich untergebracht werden.«

»Das glaube ich nicht«, sagte Charlie. »Die Wand ließ sich nur durch den Stern öffnen. Für eine einfache Abstellkammer hätte sich niemand solche Mühe gemacht.«

»Wie dem auch sei, ich brauche eine Pause. Sying, kommst du mit?« Auffordernd sah Madu seinen Freund an, der sich nicht lange bitten ließ.

Als sie losgingen, zog Sying ein Gerim aus der Tasche.

»Machen die beiden noch mal etwas anderes?«, fragte Ehawee.

»Wenn es ihnen Spaß macht. Manchmal hilft es, wenn man sich mit etwas anderem beschäftigt«, sagte Charlie achselzuckend.

Ein lautes Scheppern ließ sie aufhorchen. Es schien durch die Bibliothek zu wandern und näher zu kommen. Neugierig spähten sie in den Gang und brachen in schallendes Gelächter aus. Flaps rannte leicht panisch durch den Raum. An seinem Schwanz war ein Seil gebunden, an dem Metalldosen befestigt waren. Bei jeder Bewegung verursachten sie einen Höllenlärm.

»Ich würde sagen: Spiel, Satz und Sieg für den kleinen Kerl aus Nirma«, kicherte Fred und sah sehr zufrieden mit sich aus. Doch sein Gesichtsausdruck änderte sich schlagartig, als Flaps direkt auf ihn und seine Freunde zusteuerte.

»In Deckung!«, brüllte Ehawee und sie sprangen zur Seite. Sekunden später gab es noch mehr Krach.

»Oh nein«, rief Fatma aus.

Flaps war gegen die sortierten Stapel gelaufen, die wieder zu einem riesigen Haufen zusammengefallen waren. Damit war ihre bisherige Arbeit mit einem Schlag zunichtegemacht worden. Bedröppelt verzogen Fred und Flaps sich in eine andere Ecke der Bibliothek.

»Ich glaube, wir sollten uns eine Pause gönnen«, sagte Charlie frustriert und blickte genervt auf das Desaster. »Und ich weiß schon, was wir machen.«

Fatma war das Funkeln in Charlies Augen nicht entgangen. »Was hast du vor?«

»Ist euch nicht aufgefallen, wie kurz angebunden Masor und Nudara reagiert haben, als Madu nach der Tür mit den

144

Metallbeschlägen gefragt hat?« Abgesehen von ihrem kurzen Gespräch mit George hatte sie dieses Rätsel bisher nicht weiter verfolgt.

»Stimmt, das war schon seltsam«, pflichtete Fatma ihr bei.

»Außerdem beobachten immer zwei Helle die Tür. Sie tun zwar so, als würden sie lesen, aber sie haben die Tür immer im Blick.«

»Und gestern ist Dix durch die Tür gegangen und nicht wiedergekommen«, fiel Charlie ein.

»So interessant kann eine Putzkammer gar nicht sein.«

»Dann wollen wir dem Geheimnis mal auf den Grund gehen. Ich muss auch mal etwas anderes machen, als nur Bilder zu durchforsten«, stimmte Ehawee ebenfalls zu.

Unauffällig hatten sie einen Platz in der Nähe der Tür bezogen. Fatma hatte mit ihrer Beobachtung richtig gelegen. Sie konnten zwei Helle ausmachen, die die Tür ständig im Blick hatten. Diese besaßen Waffen, die zwar versteckt unter Büchern, aber dennoch griffbereit lagen.

»Wenn wir da durchwollen, müssen wir diese Aufpasser auf jeden Fall ablenken«, sagte Fatma.

»Dann passt es gut, dass wir die Könige der Ablenkung kennen.« Charlie winkte Fred und Flaps, die vermutlich schon die nächste Aktion ausheckten, zu ihnen herüber.

»Wir haben eine wichtige Mission für euch. Damit könnt ihr eure Schandtat wieder gut machen«, meinte Ehawee und erklärte den beiden ihr Vorhaben. »Glaubt ihr, ihr schafft das?«

In seltener Einigkeit nickten die zwei.

»Gut, dann wartet noch ein paar Minuten, bevor ihr loslegt«, sagte Charlie.

Die drei Mädchen versteckten sich hinter einer Buchreihe, die am nächsten zur Tür lag. Der plötzliche Krach war ihr Zeichen, dass Fred und Flaps mit der Show begonnen hatten und sich eine wilde Verfolgungsjagd über Tische und Bänke lieferten. Zuletzt jagten sie sich um den Platz, an dem die Aufpasser saßen.

»Hey, was soll das!« Einer der Männer stand erbost auf und versuchte, die beiden zu fangen. Da packte Flaps Fred und sprang mit ihm mitten auf den Tisch.

Charlie, die die Szene beobachtet hatte, musste sich das Lachen verkneifen. Es sah zu komisch aus, als der Urungo den kleinen Pilz fliegermäßig im Kreis drehte. Mit ausgestreckten Armen warf Fred gleich beide Getränke um, die auf dem Tisch standen. Der Inhalt ergoss sich über die Bücher und die Hellen.

»Jetzt oder nie!«, gab Charlie das Startsignal. So schnell und unauffällig wie möglich schlüpften sie durch die Tür, die leise ins Schloss fiel.

Vor ihnen lag ein schwach beleuchteter Tunnel, dessen Ende sie nicht sehen konnten. Langsam gingen sie ihn entlang. In regelmäßigen Abständen waren auf beiden Seiten kleine Pakete angebracht.

Neugierig untersuchte Ehawee eins genauer. »Hier ragt ein Docht heraus.«

»Vielleicht sind das ja Kerzen, falls die Beleuchtung ausfällt«, vermutete Fatma.

Ehawee schüttelte den Kopf. »Nein, ich habe so etwas Ähnliches mal in Gerzins Turm gesehen. Das ist Sprengstoff und dazu gedacht, große Explosionen herbeizuführen. Aber warum?«

»Um diesen Tunnel zum Einsturz zu bringen«, antwortete Charlie.

Ihre Worte verursachten den dreien eine Gänsehaut. Unsicher betrachteten sie den Weg vor ihnen.

Vielleicht ist das hier doch keine gute Idee, dachte Fatma. Nervös knetete sie ihre Hände. Was uns am Ende des Tunnels wohl erwartet?

Erntezeit

Sie hatten gerade ihr Frühstück beendet, als die erste Schicht die Hütte betrat.

Es ist mir ein Rätsel, wie sie nach unserer anstrengenden Anreise die ganze Nacht durcharbeiten konnten, dachte George.

Er selbst war am Abend zuvor todmüde in sein Bett gefallen und sofort eingeschlafen. Nun beobachtete er den kurzen Austausch zwischen dem Leiter der zweiten Schicht und Mork, bevor dieser das Zeichen zum Aufbruch gab. Neben ihm selbst, Kara und Mork gehörte noch Fens zu ihrer Gruppe. Ein sehr schweigsamer Mann, mit dem er bisher kein einziges Wort gewechselt hatte. Von dieser Insel kannte er nur die Hütte und ein paar Eindrücke, die er auf dem Hinweg sammeln konnte. Auch von seiner Aufgabe und von den Feldern im Allgemeinen wusste er nicht mehr als bei der Abreise.

Als sie aus der Hütte traten und sich auf den Weg machten, bemerkte George einen riesigen, umgekippten Kochtopf.

»Was kocht ihr denn darin? Einen Elefanten?«, rutschte es dem englischen Jugendlichen heraus.

Mork sah ihn seltsam an. Mit dem Wort »Elefant« konnte er natürlich nichts anfangen.

»Der stammt aus der Zeit, als wir auf mehreren Inseln geerntet haben. Damals musste für eine viel größere Mannschaft gekocht werden.«

»Warum ist das denn nicht mehr so, wenn Flaun doch so begehrt ist?«, wollte George wissen.

»Viele Ernteplätze sind mittlerweile überflutet worden. Außerdem haben wir einfach nicht mehr genug Leute, um alle Felder zu bestellen. Wir sind da.«

Überrascht hob George den Kopf. Schon? Sie befanden sich erst wenige Meter hinter der Hütte und Felder konnte er nirgendwo erkennen. Dafür gab es einen Unterstand mit zahlreichen Haken. An jedem hingen ein Overall und ein paar Handschuhe, die sie schnell anzogen. George bemerkte, dass der Einteiler an den Innenseiten der Beine und Arme durch ein hartes Material verstärkt war. Neben der Umkleide sah er drei schmale Bohrlöcher im Boden. Über zweien davon war eine Seilwinde angebracht, während aus dem dritten eine dicke Stange ragte.

Wie bei der Feuerwehr, schoss es ihm durch den Kopf.

Sie legten ihren Proviant und einen Beutel mit Flaunsamen in einen Korb, der sich über die ausgeklügelte Seilkonstruktion langsam abwärts bewegte.

»Und wie kommen wir nach unten? Rutschen wir die Stange herab?«, fragte George augenzwinkernd.

»Genauso machen wir es«, brummte Mork.

Okay, eigentlich hatte ich das als Scherz gemeint, dachte George und schaute mit gemischten Gefühlen hinunter. Zu seinem Erstaunen sah er eine kleine Plattform, die ihm bisher entgangen war.

»Es ist ganz einfach. Du stellst dich darauf und umklammerst die Stange. Durch dein Gewicht drückst du die Plattform nach unten. Es gibt mehrere Etagen, da es nicht möglich war, die Strecke in einem zurückzulegen. Wenn du stoppst, gehst du über einen schmalen Gang zur nächsten Stange.«

George wusste nicht mehr, wie oft er die Stangen gewechselt hatte. Er musste sich hunderte Meter unter der

Erde befinden. Nach den ersten beiden Rohren, bei denen er sich noch unsicher fühlte, machte es ihm sogar Spaß. Der Trick bestand darin, während des Rutschens die Augen zu schließen, so dass man die Enge um sich herum nicht mehr wahrnahm. Doch mittlerweile wurde es anstrengend. Er verschnaufte kurz, so dass Mork, der den Abschluss ihrer Gruppe bildete, zu ihm aufschließen konnte. Erleichtert hörte er von ihm, dass sie gleich da seien. Kurz darauf stieg er ein letztes Mal von einer Plattform und sah sich neugierig um. Seine Augen brauchten einen Augenblick, bis sie sich an die schimmernden Lichtverhältnisse in der Höhle gewöhnt hatten. Er wusste zwar nicht genau, was er erwartet hatte, das aber nicht.

Das Refugium

D as glaube ich jetzt nicht«, sagte Charlie und rieb sich die Augen.

»Ich auch nicht«, stimmte eine dunkle Stimme direkt hinter ihnen ihr zu.

Ertappt drehten sich Charlie, Ehawee und Fatma fast gleichzeitig um. Masor und Nudara standen ihnen gegenüber.

»Wenn wir gewollt hätten, dass ihr diesen Ort seht, hätten wir ihn euch gezeigt.« Finster blickte Masor sie an.

Schuldbewusst wanden sie sich unter seinem Blick.

»Jetzt sei nicht so streng«, kam Nudara ihnen zur Hilfe. »Ich hatte schon damit gerechnet, dass sie früher oder später hierauf stoßen würden. Sie sind neugierig und nur wer sucht, kann auch finden.«

»Wir haben aber eine Verantwortung für unser Volk.« Masor zog seine Augenbrauen zusammen.

Besänftigend legte Nudara ihre Hand auf seinen Arm »Du vertraust ihnen doch, sonst hättest du ihnen nicht die Bibliothek gezeigt. Jetzt können sie genauso gut den Rest erfahren.«

Masor brummte. Man sah ihm an, dass er sich mit dieser Entscheidung nicht wohl fühlte. Dann gab er sich einen Ruck. »Was ihr hier seht, ist der letzte wirkliche Zufluchtsort der Hellen und unser größtes Geheimnis.«

»Ich dachte, das war bereits die Bibliothek?«, wandte Fatma ein, froh darüber, dass Masor offenbar zu ihren Gunsten entschieden hatte.

»Das hier geht noch eine Stufe weiter.«

»Wo sind wir denn hier?«, fragte Ehawee. Masor war immer noch kein sprudelnder Quell an Informationen. Sie hatte das Gefühl, ihm jede Erklärung aus der Nase ziehen zu müssen. Angestrengt versuchte sie, ihre Ungeduld zu zügeln.

»Dieses ganze Gebiet liegt hinter der Felswand. Es ist vollständig von der Außenwelt abgeschnitten. Der Tunnel ist der einzige Zugang.« Diesmal schaffte Masor es, etwas ausführlicher zu antworten.

Geht doch, dachte Ehawee erleichtert. Bald wird er noch zur Plaudertasche.

»Aber wie ...?«, setzte Fatma an.

»Wie das hier entstanden ist? Dies ist meines Wissens nach das einzig Gute, was der Elementenwürfel hervorgebracht hat. Ihr habt schon von den Flecken gehört und auch einige gesehen.« Charlie, Fatma und Ehawee nickten. »Dies ist so etwas Ähnliches, nur wesentlich größer. Als ein wesentlicher Teil des Elementenwürfels hier niederging, höhlte er das gesamte Bergmassiv aus. Dabei blieben von den Rändern nicht nur zwei oder drei Zentimeter stehen, sondern fünfzig, hundert oder mehr Meter.«

»Wir befinden uns also in einem hohlen Gebirge?«, bohrte Charlie ungläubig nach, der das zu fantastisch klang.

»Genau.« Nudara bekräftigte Masors Worte. »Während der Würfel innen diesen Hohlraum schuf, hat er gleichzeitig die Felsen außen geglättet und so hart gemacht, dass nichts an ihnen haftet. Das gesamte Gebirge kann daher nicht erklettert werden. Aus diesem Grund haben die Dunklen unser Refugium noch nicht entdeckt. Dies ist der sicherste Platz auf Zanano.«

»Aber woher wusstet ihr überhaupt, dass es diesen Bereich hier gab?«, wollte Fatma wissen.

»Anfangs gab es noch eine Verbindung nach draußen«, antwortete Masor. »Doch unsere Anführer erkannten, wie wichtig es war, dass die Dunklen nichts von diesem Ort erfuhren. Daher zerstörten sie den Zugang. Erst später wurde an dieser Stelle wieder ein Tunnel gegraben, als man entschieden hatte, wofür man diesen Bereich nutzen wollte.«

»Und was sollte das sein?« Die Neugier in Charlies Stimme war unüberhörbar.

»So vielen Hellen wie möglich ein normales Leben zu ermöglichen.« Nudara zeigte auf die vor ihnen liegende Landschaft.

»Das sieht hier aus wie aus einem Wunderland, irgendwie unwirklich« Charlie war von dem Anblick völlig fasziniert. Und das war noch eine Untertreibung.

Die Wände waren mit glitzernden Steinen in allen Größen übersät. Manche waren flach und verschmolzen fast mit der Wand, andere waren spitze Splitter, die vermutlich mehrere Meter ins Innere hineinragten. Sie funkelten in den unterschiedlichsten Farben im Sonnenlicht, leiteten dieses weiter und sorgten so für eine ganz besondere Lichtatmosphäre im Tal. Links der Gruppe ergoss sich ein Wasserfall in einen plätschernden Fluss, der sich durch den Talkessel schlängelte und in einem Wald verschwand. Ein Dorf lag etwas erhöht auf einem kleinen Hügel und erinnerte an die Geschichten aus Bullerbü.

Doch am meisten erstaunte es die drei Mädchen, hier Zananer zu sehen, die ein normales Leben zu führen schienen. Kinder plantschten im Wasser, Leute gingen spazieren, Alte saßen auf Bänken und beobachteten vergnügt die Umgebung. Am Rand des Dorfes wurde ein neues Haus gebaut und auf einem Feld waren Arbeiter bei der Ernte. Alle sahen gut genährt und gekleidet aus.

»Wie kann das sein?«, fragte Fatma und machte eine allumfassende Handbewegung.

»Dieser Ort ist das Ergebnis eines jahrhundertelangen Schmuggelns von Hellen. Wie ihr wisst, führen die Dunklen über jeden Einzelnen von uns Buch. Geburten, Umzüge und Todesfälle müssen gemeldet werden. Und in unregelmäßigen Abständen werden die Angaben unangekündigt überprüft.«

»Die Zählung. Aber ich verstehe den Sinn noch nicht. Das bedeutet doch für die Dunklen einen enormen Aufwand.« Ehawee konnte sich keinen Reim darauf machen.

»Sie wollen die Hellen klein halten und durch ihre Bewegungsmuster eventuellen Verschwörungen auf die Spur kommen«, vermutete Charlie.

Masor nickte bestätigend. »Genau so ist es. Manchmal gibt es Unfälle oder Brände. Wenn möglich, geben wir dann mehr Tote an. Oder es gibt Mehrlingsgeburten, die wir vor den Dunklen geheim halten konnten. Behinderte, Kranke oder Alte, die den Dunklen nicht mehr nützlich sind und sonst zum Wohle von Zanano für die Gruben oder die Suche eingeteilt werden würden ...«, Masors Stimme hatte jetzt einen bitteren Unterton und die Freundinnen bekamen eine Gänsehaut. »Wir versuchen zumindest einige von ihnen zu retten und an diesen Ort zu bringen. Und es gibt natürlich auch Kinder, die hier geboren werden.«

»Wenn ihr doch auf so viele Ressourcen zurückgreifen könnt, warum sehen Dix und die anderen halb verhungert aus und sind so schlecht gekleidet?«, wunderte Charlie sich. Sie konnte bei keinem der Zananer hier unten geflickte oder alte Kleidung erkennen und alle sahen gut genährt aus. Und die Häuser sahen zumindest aus der Ferne ganz anders aus als die Hütten und Wohnungen um die Müllberge.

»Wäre es anders, würde es den Dunklen sehr schnell auffallen. Sie würden sich wundern, warum es uns so gut geht und hier keinen Stein auf dem anderen lassen. Es würde nicht lange dauern, bis sie auf die Bibliothek und das Refugium stoßen. Damit wäre unser Schicksal endgültig besiegelt.«

»Gibt es in den anderen Dörfern der Hellen auch so einen Ort?«, fragte Ehawee.

Masor schüttelte den Kopf. »Nein, das hier ist einzigartig. Allerdings kommen Zananer aus anderen Dörfern hierher. Das muss sehr gut geplant sein, da sie auf ihrem Weg zu uns nicht auffallen dürfen.«

»Das Baby und die alte Frau, die der Mann nachts ins Dorf gebracht hat.« Charlie merkte, wie sich einige lose Puzzleteile zusammenfügten.

Masor sah sie überrascht an. »Das habt ihr gesehen? Offenbar müssen wir unsere Sicherheitsmaßnahmen überdenken. Aber es stimmt. Lifar hat sie aus einem anderen Dorf zu uns gebracht.«

»Wer ist Lifar?« Charlie brummte von den Erkenntnissen der Kopf. Dennoch wollte sie die Gelegenheit nutzen, so viel wie möglich zu erfahren.

»Jemand für Spezialaufträge. Jemand, der sich frei bewegen kann, weil er nicht auf den Listen der Dunklen existiert. Wir nennen ihn einen Läufer. Davon gibt es nicht viele und er ist der beste.«

Das war eine ganze Menge an Neuigkeiten, die sie erst einmal verarbeiten mussten. Auf einmal dämmerte Fatma etwas. »Kann es sein, dass wir zwischendurch nicht Dix gesehen haben, sondern seinen Zwillingsbruder?«

»Genau. Das war Sim.« Nudara und Masor sahen sich überrascht an, dass ihre Gäste das herausfinden konnten.

So clever, wie sie sind, muss es ihnen gelingen, das Rätsel um die Zeitmaschine zu lösen. Masor war mittlerweile zuversichtlicher, wenn es um die Rettung Nirmas ging.

»Aber wir haben ihn oben zwischen den Müllbergen gesehen«, sagte Ehawee. »Das heißt, alle dürfen sich überall aufhalten?«

»Nicht ganz. Dies gilt nur für diejenigen, die die Tragweite all dessen«, Masor machte eine weite Handbewegung, »begreifen und das Geheimnis bewahren können. Kleinkinder oder Verwirrte müssen hierbleiben.«

»Aber ist das nicht furchtbar ungerecht?«, fragte Charlie.

Der Anführer der Hellen lachte bitter. »Unser ganzes Leben auf Zanano ist ungerecht. Was wäre die Alternative? Das Refugium ganz aufgeben, damit alle das gleiche Leben führen?«

Masor hat recht, musste sie einsehen. Auch wenn es ungerecht scheint, geht es zumindest einigen gut.

»Außerdem bemühen wir uns, dass insbesondere Zwillinge ab und zu die Plätze tauschen. So können wenigstens einige Helle mal entspannen, während ihre Geschwister für sie arbeiten. Wollt ihr euch das Refugium genauer ansehen?«

Und ob sie wollten! Vor der Besichtigung hatten die drei Mädels Madu, Sying und Fred Bescheid gegeben. Denn diese hätten es ihnen nie verziehen, wenn sie ihre Entdeckung für sich behalten und das Refugium ohne sie erkundet hätten. Bei der Nachricht waren die beiden Jungs sofort aufgesprungen und verschwendeten keinen Gedanken mehr an das Gerim, das sie zu lösen versuchten. Gemeinsam folgte die Gruppe Masor und Nudara in das Tal.

Als sie sich dem Dorf näherten, entdeckte Sying erstaunt, dass die bunte Mauer mehr als nur eine Mauer war: Zahlreiche Wohneinheiten schmiegten sich an die Felswand. Sie erstreckten sich über acht Etagen, wobei die Vorderseiten der Wohnungen in unterschiedlichen Farben bemalt waren. Rote Quadrate und Rechtecke lagen neben grünen oder gelben, Fenster und Türen bildeten einen schwarzen Kontrast dazu. An den Etagen verliefen lange, schmale Stege, die man seitlich über ein aus Bambus gebautes Treppenhaus betreten konnte.

Ob es da zu Staus kommt?, fragte Fatma sich. Es scheint hier keinen anderen Weg nach oben oder unten zu geben.

Sie wanderten entlang der kleinen Einkaufsstraße durch das Dorf. Jedes Haus hier war anders gebaut. Aus einer winzigen Bäckerei drang ein köstlicher Duft zu ihnen, vor einer Bar saßen einige Zananer, die ihnen fröhlich zuwinkten und sie interessiert musterten. Dort schwang ein Schmied seinen Hammer, da schnitzte ein Handwerker an einem Stuhl. Auf den Wiesen hinter den Häusern erkannten die Freunde grasende Dongs. Alles wirkte so normal, ja mehr als das. Ihnen bot sich eine Idylle wie aus einem Bilderbuch.

Die Bewohner des Refugiums beobachteten die Fremden zunächst aus der Distanz. Sie hatten zwar durch andere Zananer von den Ereignissen im Dorf gehört, doch waren sie keinen Besuch gewohnt.

Fred war ein weiteres Mal der Eisbrecher. Als sie den kleinen Pilz entdeckten, siegte die Neugier. Nach und nach kamen immer mehr Zananer auf sie zu, die ihn genauer sehen und anfassen wollten. Dennoch hütete Fred sich, nach einem warnenden Blick von Ehawee, davor, wieder Geschichten zu erfinden.

Mit seiner extrem dunkelgrünen Haut fiel Madu auf, daher kamen die Bewohner ihm nicht so nahe wie den anderen. Ein paar Mal glaubte er, bei seinem Anblick von den Älteren das Wort »Primus« zu hören.

Wahrscheinlich ist das wieder irgendein zananischer Begriff wie das kleine Volk für Fred, dachte er und beschloss, sich nicht weiter darum zu kümmern.

Die Freunde mussten mehrfach ihre Geschichte erzählen und Fragen beantworten.

»Ich denke, das reicht für heute, stoppte Masor das Interesse der Bewohner lachend. »Ich wollte unsere Gäste noch herumführen.«

Mit leichtem Bedauern verabschiedete sich die Gruppe, doch sie wollten den Rest sehen. Außerdem mussten sie an der Rettung Nirmas arbeiten. Der Wald hinter dem Hügel war eher ein Dschungel. Auch die Temperaturen waren dort wesentlich wärmer als im vorderen Bereich.

»Wir haben hier ein Temperaturgefälle«, bestätigte Masor ihre Vermutungen, als sie ihn darauf ansprachen.

»Dies ist eine der zahlreichen Veränderungen durch den Elementenwürfel. Einige Helle leben sogar in Baumhäusern. Auf der anderen Seite des Dschungels liegt ein Dorf und zwei Tagesreisen entfernt noch zwei.«

»So groß ist es hier?«, fragte Fatma erstaunt.

Masor nickte. »Sogar noch größer, denn hinter dem letzten Dorf geht es ein Stück weiter. Wäre es anders, würden die Zananer sich wie in einem Gefängnis fühlen. Aber so gibt es auch für diejenigen, die nicht herausdürfen, die Möglichkeit von Ausflügen und Besuchen.«

Das Kelpie

George wusste nicht, wohin er zuerst schauen sollte. Eine riesige Tropfsteinhöhle breitete sich vor ihm aus. Unzählige Stalaktiten zeigten von der Decke auf sie herab, während sich ihre Gegenstücke, die Stalagmiten, vom Boden erhoben. Schmale Wege führten an ihnen vorbei.

Die gesamte Oberfläche der Höhle glitzerte und sorgte so für ein warmes Licht. Fens hatte zusätzlich einige Glompsteine aufgestellt. Durch die hohe Luftfeuchtigkeit dauerte es nicht lange, bis die Haut der Arbeiter von einem Wasserfilm bedeckt war.

George schnupperte. Ein leicht süßlicher, etwas zimtiger Geruch lag in der Luft. Eine weitere Duftnote, die für ein brennendes Gefühl in der Nase sorgte, konnte er nicht zuordnen. Wahrscheinlich etwas typisch Zananisches.

Aus oder auf – George konnte es nicht genau sagen – den herabhängenden Gebilden wuchsen vielblättrige, graugrüne Pflanzen. Er konnte sie in unterschiedlichen Wachstumsstadien an der Höhlendecke bewundern. Der Boden war bedeckt mit unzähligen Blumen mit bunten Blütenkelchen in Tulpenform.

»Wow, das ist großartig«, staunte George.

»Nicht wahr! Die Dunklen wissen gar nicht, was ihnen entgeht, nur weil ihnen der Abstieg hierhin zu unbequem und die Arbeit zu anstrengend ist.« Mork holte den Beutel mit den Flaunsamen aus dem Korb. »Die Samen müssen in die Blumen hineingesteckt werden. Aus ihnen entwickeln sich dann die Pflanzen, die du an der Decke siehst.« Er zeigte auf die bunten Kelche und ließ zur Demonstration ein Samenkorn hineinfallen.

»Das ist alles? So anstrengend kommt mir diese Aufgabe gar nicht vor.«

Mork sah ihn mitleidig an. »Sei nicht so voreilig. Das war der leichte Teil. Der wirklich schwierige ist der, die fertigen Kleeblätter an der Decke zu ernten. Da es hier so eng ist, können wir keine Leitern aufstellen und müssen die ganze Zeit mit hochgestreckten Armen arbeiten.«

»Das ist der Grund, warum alle hier so groß sind«, erkannte George.

Mork nickte. »Leider sind diese Blätter stark verwurzelt, sodass sie nicht leicht zu entfernen sind. Wenn wir eine Pflanze abgeerntet haben, müssen wir eine mit einem frischen Samenkorn an dieser Stelle pflanzen.«

George begann mit der Arbeit. Alle fünfzehn Minuten wechselten sie sich mit den Aufgaben ab, damit sich ihre Arme zwischendurch erholen konnten.

Dass das so anstrengend ist, hätte ich nicht gedacht. Mit einem leichten Stöhnen wischte er sich den Schweiß von der Stirn. Meine Schultern schmerzen jetzt schon und ich habe noch den ganzen Tag vor mir. Das nächste Mal warte ich mit meiner Einschätzung, bis ich es ausprobiert habe.

Endlich wieder Tageslicht! Ähm … oder so etwas Ähnliches, dachte George, als er von der letzten Plattform stieg, auf der er durch den Schacht nach oben gedrückt worden war. Denn von Tag konnte man bei den Strahlen der untergehenden Sonne nicht mehr sprechen.

Stundenlang hatten sie in den Feldern gearbeitet. Der großgewachsene Jugendliche spürte jeden Muskel in seinem Körper. Bis auf wenige Minuten, in denen sie etwas gegessen und getrunken hatten, hatten sie keine Pause gemacht.

Er war so erschöpft, dass er sofort in sein Bett fiel und einschlief. Er hätte geschworen, dass nichts ihn in dieser Nacht wecken würde, doch da hatte er sich geirrt. Als er plötzlich hochschreckte, versuchte er herauszufinden, was ihn gestört hatte.

Er lauschte. Da ist es wieder! Ein lang gezogener klagender Ton, ausgestoßen von einem Wesen in höchster Not. Soll ich Mork oder die anderen wecken? Aber vielleicht klingt hier nur der Wind so seltsam und ich mache sie umsonst wach. Ich schaue besser erst einmal nach. George schwang sich aus dem Bett und schlich hinaus. Er folgte den herzergreifenden Tönen bis zum Ufer.

Da vorne ist etwas. Ist es ein Tier? Hat es Schmerzen? Besorgt trat er näher. Er erkannte, dass seine Annahme richtig war, obwohl er das Tier nicht kannte. Sein Körper befand sich im Wasser, während sein Kopf auf dem Land ruhte und ihn resigniert ansah.

Ein Seepferdchen, vermutete George. Naja, ein extrem großes, in Walgröße.

Der Kopf des Wesens sah tatsächlich aus wie ein Seepferdchen. Der Körper stand jedoch nicht senkrecht im Wasser, sondern waagerecht, und mündete am Ende in den typischen, geringelten Greifschwanz. Neben der Größe waren die riesigen seitlichen Flossen ein deutlicher Unterschied zu den irdischen Tieren.

Damit kann es bestimmt schnell schwimmen, vermutete George. Als er näherkam, sah er, dass das Tier ungewöhnlich mager aussah.

Es ist verletzt, dachte er und begutachtete den Körper. An der rechten Wange entdeckte er eine große Wunde, aus der eine merkwürdige Flüssigkeit lief. Das Maul war mit einer seltsamen, klebrigen Masse verstopft. Die elenden Schreie konnten durch ein kleines Loch entweichen, das noch frei war.

Während George überlegte, wie er dem Tier helfen konnte, erklangen Schritte hinter ihm. Mork war wohl ebenfalls geweckt worden.

»Ich glaube es nicht! Ein Kelpie! Es gibt sie nach wie vor. Ich hätte nie gedacht, dass ich mal eines sehe.« Seine Stimme klang trotz der Überraschung leicht verschlafen. Er muss direkt aus dem Bett gesprungen sein, denn er stand in zerrissener Hose und mit einem zu großen Hemd am Ufer.

»Ein Kelpie?«

»Sie sind äußerst scheu und es gibt nur sehr wenige von ihnen, wie bei so vielen Tieren auf Zanano. In einigen Geschichten über sie heißt es sogar, dass sie mit uns kommunizieren können.«

»Was ist das für Zeug an seinem Maul?« Angewidert zeigte George auf den bläulichen Klumpen.

Mork trat näher und zog mit seinen Fingern leicht daran. Das Kelpie reagierte kaum, ein Zeichen für seinen schlechten Zustand. »Das sind die Reste von Gornschnecken. Sie sind sehr schmackhaft, verwandeln sich aber bei Kontakt mit Speichel in eine Art Superkleber. Daher machen die meisten Tiere einen großen Bogen um sie oder fressen nur ganz wenige. Dieses Kelpie ist wahrscheinlich sehr jung, da es so leichtsinnig war, zu viele von ihnen zu fressen. Wahrscheinlich hat es versucht, diese Masse zu entfernen und sich dabei die Wange aufgeschlitzt.«

»Und was können wir dagegen tun?«

»Wir können das Tier von seinem Leid erlösen, damit es nicht Tage dauert, bis es endgültig verhungert ist.« Es war

Mork anzuhören, dass ihm die Entscheidung nicht leicht fiel.

»Nein, bitte nicht! Es muss eine andere Möglichkeit geben, vor allem wenn sie so selten sind, wie du sagst.« George war entsetzt und stellte sich automatisch zwischen das Kelpie und Mork, der ihn nachdenklich ansah.

»Es gibt da etwas, was du versuchen kannst. Aber einen Erfolg kann ich dir nicht garantieren. Das Kelpie ist im Moment mehr tot als lebendig, so dass es vielleicht trotzdem nicht überleben wird. Komm mit!«

Mork führte George über einen verschlungenen Pfad durch ein Dickicht. Mittendrin wuchsen Sträucher, an denen große, gelbe Früchte hingen. »Wenn du mit dem Fruchtfleisch das Maul des Kelpies einreibst, wird sich der Kleber langsam neutralisieren.«

»Dann nichts wie los.« Hastig wollte er danach greifen.

»Halt, ganz vorsichtig!«, stoppte Mork seinen Aktionismus. »Wenn sie herunterfallen, gibt es einen Höllenlärm, der noch bis Zan zu hören sein wird.« Als Mork den verständnislosen Blick seines jungen Freundes sah, fügte er erklärend hinzu: »Das Innere des Obstes steht unter einem enormen Druck. Wenn die Schale plötzlich aufplatzt, entsteht ein Krach, den du dir nicht vorstellen kannst.«

Nach dieser Warnung sammelte George langsam weiter und steckte die Früchte in seinen seitlichen Beutel, den er zum ersten Mal benutzte. Da fiel ihm etwas ein. »Was frisst denn ein Kelpie? Wenn es so lange dauert, bis sich der Gornkleber entfernen lässt und es jetzt schon so schwach ist, müssen wir ihm Nahrung einflößen.«

Mork kratzte sich im Gesicht. »Sie sollen angeblich kleinere Fische fressen. Es gibt einen Wasserausläufer, in dem sich der Nachwuchs der Federfische tummelt. Das Fangen ist sicherlich kein Problem, aber du musst sie durch die kleine Maulöffnung des Kelpies bekommen.«

»Fischbrei ist einer meiner Spezialitäten.«

Als er sich über die Wasserstelle, zu der Mork ihn geführt hatte, beugte, sah er viele, kleine, sich windende Leiber.

Der Zananer lachte über Georges erschrockenen Gesichtsausdruck. »Das sind Federfische. In dem Stadium sind sie harmlos, allerdings würde ich dir in ein paar Monaten nicht mehr raten, ihnen zu nahe zu kommen. Es könnte sein, dass du dann ein paar Körperteile verlierst.«

Interessiert beobachtete George die kleinen, sich schlängelnden Tiere, die niedlich aussahen. Er streckte seine Hand ins Wasser und strich damit über ihre Leiber.

Sie fühlen sich weich an, dachte er. Das sind ja wirklich Federn, die ihren gesamten Körper bedecken. Das werden die anderen mir nicht glauben!

Das Gefieder bildete eine samtige Oberfläche und schimmerte leicht. Im Gegensatz dazu wuchsen scheinbar wahllos Haarbüschel auf dem Kopf. Sie sahen elegant und skurril zugleich aus.

Wenig später waren sie zurück in der Hütte. Unter Morks Anweisung ließ George durch ein kleines Loch den Druck im Inneren der Früchte ab, so dass er sie gefahrlos pürieren konnte. Auch die gefangenen, toten Fische zermatschte er. Es war eine eklige Arbeit und der Geruch kaum auszuhalten.

»Wenn das das Frühstück sein soll, verzichte ich heute dankend.« Überrascht sah George Kara an, die angezogen im Türrahmen stand. Ohne dass er es gemerkt hatte, war der neue Tag angebrochen.

»Du kannst dir heute freinehmen für dein Projekt. Aber ab morgen brauchen wir dich wieder bei der Ernte«, brummte Mork. »Dann musst du sehen, wie du beides schaffst.«

»Das werde ich, danke«, sagte George.

Während die Gruppe losging, lief er mit zwei Eimern zu seinem Patienten. In dem einen befanden sich die pürierten Früchte, in dem anderen die Fische. Er setzte sich vor dem Tier hin und flößte ihm über zusammengerollte Blätter den Fischbrei in kleinen Portionen ein. Es war mühselig, vor allem da der Brei zu Beginn direkt wieder aus dem Maul herauslief. Das Tier machte keine Anstalten, zu schlucken. Beruhigend redete er auf das Kelpie ein, das er spontan Nessie taufte. Erst nach einer Ewigkeit fing es an, ein wenig zu reagieren, so dass George den Eindruck bekam, dass es einen Teil der Nahrung schluckte. Als es die Mitarbeit wieder erschöpft einstellte, strich er das Fruchtfleisch auf den Schneckenkleber und säuberte die Wunde.

Ich denke, bis morgen wird das reichen. Liebevoll streichelte er dem Tier zum Abschied über den Kopf, bevor er sich auf den Rückweg zur Hütte machte.

Dort fiel er todmüde, aber stolz auf seine Leistung in sein Bett und schlief direkt ein.

Das Bild im Bild

Ein neuer Tag mit der gleichen Aufgabe führte die Freunde wieder in die Bibliothek.

»Jetzt fehlen uns nur noch die Bücher in den oberen Regalreihen«, stellte Ehawee fest. Der Ausflug ins Refugium hatte ihnen einen Energieschub verliehen, so dass sie sich mit Feuereifer in die Arbeit stürzten.

Charlie und Ehawee wählten die Bücher aus, Madu und Sying brachten sie hin und zurück und Fatma und Fred überflogen sie mit einigen Hellen. Mittlerweile hatten sie die mit Leitern zugänglichen Regalbretter leergeräumt. Jetzt mussten sie an die höheren Etagen gelangen.

»Dafür brauchen wir das Podest«, meinte Ehawee mit kritischem Blick. »Das steht auf der anderen Seite der Bibliothek. Ich suche Nudara, damit sie es uns bringen lassen kann.« Nach diesen Worten ging sie los.

Das dauert viel zu lange, dachte die amerikanische Jugendliche ungeduldig und runzelte die Stirn. Sie wollte endlich weiterkommen. Es muss eine andere Möglichkeit geben. Wenn ich die Bücher nach hinten in die Regale schiebe, kann ich sie als Trittbretter benutzen.

Nur Sekunden später probierte sie es aus. Von der obersten Sprosse der Leiter trat sie auf einen Regalboden. Macht einen stabilen Eindruck. Mutig setzte sie ihre Füße auf die nächste Etage. An den Längsstreben waren in regelmäßigen Abständen eiserne Ringe angebracht, an denen sie sich festhalten und hochziehen konnte.

»Hältst du das für eine gut Idee?«, rief Fred ihr aufgeregt hinterher, doch das Mädchen hörte ihn nicht.

Schneller als gedacht gelangte sie auf diese Weise bis nach oben.

Wow, ganz schön hoch. Aber hier stehen wirklich dicke Wälzer.

»Charlie, bist du verrückt geworden! Komm sofort herunter.« Ehawee war soeben von ihrem Gespräch mit Nudara zurückgekommen.

»Warum hast du sie nicht aufgehalten?«, fuhr die Nirmanerin Fred an.

»Oh entschuldige, ich wollte sie festhalten«, sagte der Pilz ironisch. »Ich verstehe auch nicht, warum das nicht funktioniert hat.«

»Keine Sorge, es ist alles viel einfacher, als es aussieht.« Beruhigend winkte Charlie ihnen mit einer Hand zu.

»Wenn du herunterfällst, brichst du dir sämtliche Knochen.« Ihre Freundin war entsetzt über so viel Leichtsinn.

»Dann falle ich besser nicht. Such lieber etwas Weiches, auf das ich die Bücher werfen kann.« Kurze Zeit später landete der erste Wälzer auf einem Berg aus Kissen, Decken und Stoffen. Ehawee hatte alles, was ihr geeignet erschien, übereinandergeworfen. Ein Wälzer nach dem anderen gelangte auf diese Weise nach unten. Als Charlie fast fertig war, geschah es.

In dem Moment, als sie ein weiteres Buch hervorzog, krabbelte ein seltsames, zehnbeiniges, hässliches Tier über ihre Hand. Reflexartig zuckte sie zurück. Diese kleine Bewegung reichte aus, um sie das Gleichgewicht verlieren und nach hinten fallen zu lassen. Die nächsten Sekunden verliefen wie in Zeitlupe.

Die Schreckenslaute ihrer Freunde nahm sie nur am Rande wahr. Ihre Hände griffen ins Leere, während ihre Füße noch Kontakt zum Regalbrett hatten. Nur einen

Augenblick und sie würde unweigerlich in die Tiefe stürzen. Panisch suchte sie nach Rettung, nach Halt ... und traf eine Entscheidung.

Charlie stieß sich kräftig mit den Füßen ab und flog ein Stück mit ausgestreckten Armen durch die Luft. Einen Wimpernschlag später schlossen sich ihre Hände um den Arm eines der großen Deckenleuchter, die zwischen den Reihen hingen. Krampfhaft hielt sie sich fest und versuchte, ihr pochendes Herz und ihren Atem zu beruhigen.

Oh nein, ist das hoch. Wenn ich abstürze, bin ich Mus. Sie blickte kurz nach unten und überlegte, wie sie sicher auf dem Boden landen konnte.

»Halte durch«, schrie Ehawee ihr entgegen. »Wir helfen dir so schnell wie möglich.«

Während Charlie am Leuchter hin und her schwang, sah sie sich nach einer Lösung um. Dabei fiel ihr Blick auf den Berg mit den Bildern, die aus dem versteckten Raum gerutscht waren, sortiert und durch Flaps und Fred wieder durcheinandergebracht worden waren.

Moment, da war doch etwas! Hatte sich da etwas bewegt? Charlie schaute genauer hin. Vier Gemälde lagen zufällig genauso auf dem Stapel, dass sie exakt aneinanderpassten und ein größeres Werk ergaben. Aber wenn sie hin- und herschwang, konnte sie ein anderes Motiv dahinter erkennen, sozusagen ein Bild hinter dem Bild. Sah sie sich dagegen nur ein einzelnes an, blieb dieser Effekt aus.

Das gibt es nicht! Ich habe bestimmt soeben etwas Wichtiges entdeckt! Vielleicht ist das der Durchbruch, auf den wir so lange gehofft haben! Als diese Erkenntnis bei ihr durchkam, hätte sie beinahe laut gejubelt. Die Aufregung über ihre Entdeckung ließ sie kurzfristig ihre gefährliche Situation und ihre schmerzenden Arme fast vergessen.

»Was machst du da?«, fuhr sie plötzlich eine Stimme von unten an. »Hör auf zu träumen und komm endlich herunter.«

Erleichtert sah sie, dass Masor auf dem Podest direkt unter ihr stand und die Arme nach ihr ausstreckte. »Lass dich fallen.«

Das sind bestimmt noch zwei Meter, dachte Charlie, doch ihr Körper nahm ihr die Entscheidung ab. Mehr aus Erschöpfung als aus einem bewussten Entschluss heraus ließ sie los. Sie kam hart auf dem Podest auf und torkelte etwas, wurde aber sofort von Masor gestützt.

»Alles in Ordnung, Kleine?«, fragte er besorgt.

Charlie nickte stumm. Jetzt da die Gefahr vorbei war, merkte sie die Nachwirkungen. Mit wackeligen Knien und zittrigen Händen kletterte sie, gefolgt von Masor, die Treppe herab und war froh, als sie wieder festen Boden unter sich spürte.

Ehawee, die die Rettung zappelig verfolgt hatte, umarmte sie stürmisch und schluchzte vor Erleichterung. Auch Fatma, die bei dem Drama über ihren Köpfen nervös ihre Hände geknetet hatte, drückte ihre Freundin. »Charlie, wie konntest du uns nur so einen Schrecken einjagen?«

»Es ist ja alles gut gegangen. Mir geht es gut.« Dabei konnte Charlie nicht einmal genau sagen, ob sie die Worte zur Beruhigung der anderen oder zu ihrer eigenen sprach. Dann änderte sich ihr Gesichtsausdruck und sie schob Fatma ein Stück von sich. »Aber mein Ausflug hat sich gelohnt. Ich habe etwas entdeckt«, verkündete sie triumphierend.

Ehawee, Fatma und Masor sahen sie neugierig an.

»Kommt mit«, sagte Charlie geheimnisvoll und führte alle zu dem riesigen Gemäldehaufen.

Wo sind nur die vier Bilder? Von oben waren sie gut zu erkennen. Suchend sah sie sich um und begann, vorsichtig den Berg vor ihr zu erklimmen. Das war gar nicht so einfach, da die Gemälde unter ihrem Gewicht ins Rutschen gerieten. Endlich entdeckte sie die Werke, die sie nacheinander nach unten warf, wo die anderen sie auffingen.

»Und was jetzt?«, fragte Ehawee, als Charlie wieder neben ihr stand.

»Augenblick.« Sie drehte sich langsam, bis sie an der Seite ein herunterhängendes Seil entdeckte. Perfekt! Schnell legte sie die vier Leinwände auf den Boden. »Was seht ihr?«

»Vier kleinere Bilder, die zusammen ein großes ergeben. Aber das wussten wir doch schon, ich kann nichts Neues entdecken.« Fred lief sogar über die Gemälde, um alles aus nächster Nähe zu sehen.

»Klettert das Seil ein Stück hoch, schwingt daran hin und her und schaut genau hin«, forderte Charlie sie auf.

Achselzuckend zog Masor sich als Erster am Seil hoch, stieß sich von der Wand ab und schaute erwartungsvoll nach unten, während er über das Gemälde schwebte.

»Das gibt es nicht!« Vor seinen Augen tauchte hinter den Punkten ein anderes Motiv auf.

»Du siehst es auch?« Erleichterung machte sich bei Charlie breit. »Ich hatte schon befürchtet, dass meine Nerven mir einen Streich gespielt haben. Ihr wisst schon, Nahtoderfahrung und so.«

Jetzt wollte auch Ehawee wissen, wovon die beiden sprachen, und tauschte mit Masor den Platz. Die Reaktion ließ nicht lange auf sich warten. »Unglaublich! Bilder hinter den Bildern! Das muss etwas bedeuten.«

»In der Tat«, sagte Masor. »Dies ist vermutlich die wichtigste Entdeckung seit Jahren.«

Rasch sprach es sich in der Bibliothek herum. Einer nach dem anderen kam, um das Phänomen mit eigenen Augen zu sehen.

Nudara strahlte über das ganze Gesicht. »Ich wusste, dass ihr etwas Besonderes seid und die Wende für unseren Planeten bringt. Denn alles, was euch hilft, Nirma zu retten, wird auch uns nützen. Da bin ich mir sicher.«

Kelpiepflege

Die nächsten Tage verliefen für George immer gleich. Er stand früher als alle anderen auf, um Nessie zu versorgen, und ging dann mit seiner Gruppe zur Ernte. Im Anschluss besuchte er wieder seinen Patienten, bevor er todmüde in sein Bett fiel. Doch seine Anstrengungen zeigten erste Erfolge. Der Schneckenschleim löste sich langsam auf, wodurch das Füttern immer leichter wurde. Gleichzeitig wurde das Tier aktiver und schon bald erwartete es George aufrecht schwimmend.

»Ich schätze, es geht dir besser und du willst dich verabschieden. Obwohl ich froh darüber bin, werde ich dich vermissen, Nessie.« Er ließ seine Stirn gegen die des Kelpies sinken.

»Danke«, hörte George eine leise Stimme in seinem Kopf. »Du hast mich gerettet und das werde ich dir nie vergessen. Solltest du einmal Hilfe brauchen, bitte darum und sie wird dir gewährt werden.«

»Ich kann es kaum glauben, du kannst wirklich kommunizieren!« Begeistert sah er das Tier an.

»Das machen wir nur in ganz besonderen Fällen. Ach George – ich mag den Namen, den du mir gegeben hast.« Damit schwamm das Kelpie davon, während George ihm noch lange nachblickte.

Nessie war gerade rechtzeitig gesund geworden, denn nur zwei Tage später war ihre Arbeit beendet und sie brachen auf. Diesmal wählte Mork einen anderen Weg nach Hause, der sie in die Nähe der Gruben führte. Aber abgesehen von einigen Baracken in der Ferne, mitten in einer Einöde, die ihn an den Platz bei ihrer Ankunft auf Zanano erinnerte, konnte George nicht viel erkennen.

»Vielleicht können wir ja jemanden befreien«, sagte er zu seinen Begleitern.

»Schsch ... ruhig, kein Wort mehr.« Mork war vorgesprungen und hielt dem Jungen den Mund zu. »Verstanden?«

George nickte. »Warum denn? Hier ist doch niemand?«, fragte er leise, nachdem der Zananer seine Hand weggenommen hatte.

Dieser zeigte auf die Bäume vor ihnen. »Das sind Flüsterwälder. Unsere Worte werden an andere Orte weitergetragen. Man weiß nie, wer mithört. Du wärst nicht der erste, dem dies zum Verhängnis wird.«

»Warum habe ich davon noch nichts gehört?« George betrachtete die Bäume genauer. Im Gegensatz zu den übrigen Wäldern auf Zanano waren die Blätter hier glitzernd und rollten sich in einem bestimmten Rhythmus auf und zu. Als er konzentriert horchte, meinte er, das eine oder andere Wort zu hören.

Mork, dem er seine Beobachtung mitteilte, nickte. »Durch die Bewegung der Blätter werden die Worte übermittelt. An manchen Plätzen kann man ganze Gespräche verfolgen, dazwischen versteht man oft nur unzusammenhängende Worte. Manchmal werden auch Botschaften von den Dunklen gezielt dadurch übermittelt. Es gibt die Wälder nicht sehr oft, angeblich nur drei auf Zanano. Diesen Wald kennen wir nur, weil wir auf unserem Weg von den Feldern regelmäßig hier vorbeikommen. Ein weiterer soll in der Verbotenen Zone liegen und ein dritter noch an einer anderen Stelle, die ich aber nicht kenne.«

Hier auf Zanano muss man wirklich überall aufpassen, was man wo sagt, dachte George. Sonst kann es schnell gefährlich werden.

Erkenntnisse

Charlies Vermutung hatte sich bestätigt. Betrachtete man ein Bild, blieb auch nur dieses sichtbar, bei zwei oder drei bekam man den Eindruck eines flüchtigen Schattenspiels und ab vieren konnte man deutliche Konturen ausmachen und etwas Sinnvolles entdecken.

Mit vielen Helfern war es ihnen gelungen, aus den verschiedenen Gemälden das vollständige Werk zu erhalten. Zuerst hatten sie die zwanzig quadratischen Bilder zu einem großen zusammengesetzt. Das war noch einfach gewesen. Schwieriger war es, das versteckte Gemälde auf eine große Leinwand zu übertragen. Dafür hatten sie eine Schaukel gebaut, auf die man sich bäuchlings legen konnte. Künstlerisch begabte Helle schwangen auf diese Weise immer wieder darüber und versuchten, das Motiv dahinter zu erkennen und es grob zu skizzieren. Auch Fred schaukelte begeistert, allerdings waren seine künstlerischen Gaben nicht allzu ausgeprägt, so dass er dort keine große Hilfe war.

Der Maler Samal übernahm anschließend die Feinarbeit. Er war überwältigt von dem Geheimnis hinter seiner Kunst. Erstaunlicherweise hatte sich herausgestellt, dass bei seinen Werken der gleiche Effekt vorhanden war. Vermutlich lag es an der überlieferten Maltechnik, an die er sich immer gehalten hatte.

»Es müssen so viele Faktoren stimmen. Kein Wunder, dass bisher niemand dahinter gekommen ist«, sagte Madu, als er die Szene vor sich betrachtete.

Während Samal das Bild hinter dem Bild malte, musterten sie stirnrunzelnd das Original und die ungenutzten

Leinwände mit Wellen und Punkten. Von diesen gab es sehr viele und keines glich dem anderen. Sie vermuteten, dass sie das eigentliche Gemälde umranden sollten. Aber welche waren die richtigen? Abgesehen von den Eckbildern hatten sie keine weiteren Teile ihrem Platz zuordnen können. Und das war ihnen nur gelungen, weil diese vier so geformt waren, dass sie die Ecken winkelförmig umschlossen. Außerdem hatten sie ein großes Loch, das vermutlich als Aufhängevorrichtung gedacht war.

»Für die Rahmenbilder gibt es bestimmt eine sinnvolle Erklärung. Zehn Bilder müssen wir noch finden, damit der Rahmen komplett ist. Irgendetwas müssen wir übersehen«, überlegte Fatma laut.

Der Zufall kam ihnen zur Hilfe. Sying schaute sich eine Leinwand mit einem Punkt an, als sich Nudara neben ihn kniete. In ihrem Nacken war deutlich ihre Tätowierung zu erkennen.

In dem Moment hatte er einen Geistesblitz. »Ich denke, ich weiß, aus welchen Bildern der Rand besteht und was er bedeuten soll.«

Nudara richtete sich auf und sah Sying fragend an.

»Wir haben einige Bilder mit einzelnen Wellen und Punkten. Das sind die gleichen Symbole wie bei euren Tätowierungen.« Bei dieser Mitteilung ließ sein Gesichtsausdruck keine Regung erkennen. Genauso gut hätte der kleine Chinese über das Wetter sprechen können.

Nudara schlug sich mit der flachen Hand vor die Stirn. »Natürlich, wir leben schon so lange mit diesen Zeichen, dass wir den Wald vor lauter Bäumen nicht mehr sehen.«

Madu klopfte seinem Freund anerkennend auf die Schulter, während Charlie ihm einen Daumen hoch zeigte und sagte: »Welche Tätowierungen gibt es denn? Wir haben die von Masor, Samal und dir gesehen, aber wir verstehen sie nicht.«

»Ich zeig es euch.« Die Bibliothekarin ging zu einem der Schreibtische und nahm sich ein Blatt Papier und einen Stift. »Wie ihr bereits gehört habt, gehen diese Zeichen auf die sechs Gründerfamilien zurück, genaugenommen auf ihre Wohnorte. Es gibt auf Zanano drei parallel verlaufende Flüsse, um die sich die ersten Familien niedergelassen haben.« Sie zeichnete drei nebeneinanderliegende wellenförmige Linien. »Zwei dunkle Familien wohnten auf der einen Seite der drei Flüsse und genau zwischen den Flüssen jeweils eine helle und eine dunkle.« Jetzt malte sie auf die eine Seite zwei dunkle Kreise, dann einen hellen zwischen den ersten und den zweiten Fluss und zuletzt einen dunklen Kreis zwischen den zweiten und den dritten Fluss. »Auf der anderen Seite der Flüsse ließen sich zwei helle Familien nieder.« Mit zwei hellen Kreisen beendete sie ihre Zeichnung. »Jede Tätowierung zeigt die drei Wellen und einen Punkt, abhängig davon ...«

»... aus welcher Familie man stammt«, ergänzte Fatma und erntete ein bestätigendes Nicken.

»Du hast das Prinzip verstanden.«

»Dann beschreibt das Lied, das eure Kinder immer singen, die Gründung Zananos!«, begriff Fred.

Nach und nach vervollständigten sich ihre Kenntnisse von Zanano. Aber würde ihnen das bei der Rettung Nirmas und ihrer Suche nach der Zeitmaschine helfen?

Es folgte eine ziemliche Fleißarbeit. Aus der Menge an Bildern puzzelten sie die sechs Tätowierungen der Gründerfamilien zusammen, deren Zeichen über mehrere Bilder verliefen. Da wussten sie, dass sie auf der richtigen Spur waren. Die Aussicht darauf, einen Hinweis auf den Verbleib der Zeitmaschine zu finden, motivierte sie enorm. Um genügend Platz für das größere Bild zu haben, mussten sie einige Tische verrücken.

Nur, welche Gründerfamilie gehört wohin?, grübelte Ehawee vor sich hin.

Fred lief aufgedreht zwischen allen umher und gab Anweisungen: »Leg das Bild mal hier an, jetzt hier, versuche mal die andere Seite …«

Obwohl die Freunde sich zwischendurch genervt ansahen und Charlie mit den Augen rollte, ließen sie ihn gewähren. Schließlich waren sie alle aufgeregt.

Ich spüre, dass wir kurz davorstehen, das Puzzle fertigzustellen und damit der Rettung Nirmas ein großes Stück näher zu kommen, dachte Ehawee.

Diesmal war es Nudara, die den nächsten Hinweis fand. Auf dem seitlichen Rand der Bilder gab es einzelne Punkte, die sie zuerst für Verschmutzungen gehalten hatten. Das Anschlussbild wies immer den entsprechenden Gegenpunkt an der gleichen Stelle auf. Am Schluss stellte sich die Umrahmung so dar: Der obere Rand zeigte die Zeichen der hellen äußeren Familien, der untere die der dunklen äußeren. Links fand man das Zeichen der hellen Familie zwischen den Flüssen, rechts das der dunklen.

Ein Hintergrundbild konnten sie bei den Rahmenbildern nicht erkennen. Hatte der Rahmen eine Bedeutung, die sie nicht verstanden oder sollte er nur Zierde sein?

»Du hast dich selbst übertroffen«, sagte Masor und klopfte Samal anerkennend auf die Schulter, der sich sichtlich über das Lob freute. Er hatte fast ununterbrochen gearbeitet und es kurz nach der Vervollständigung des Rahmens fertigstellen können. Jetzt lag das gesamte Hintergrundbild vor ihnen. Zum ersten Mal konnten sie das Bild ohne die lästige Schwingtechnik bewundern. Das Gemälde zeigte einen Berg, der völlig durchlöchert aussah. In seiner Mitte war eine Stelle markiert. Schräg davor verlief ein Fluss.

»Äh, das ist wirklich sehr schön geworden«, meinte Sying, »aber was soll das sein?«

»Das, mein Freund, nennt man einen Berg und dies da vorne einen Fluss, zumindest bei uns auf der Erde«. Madu lachte, so dass man seine strahlendweißen Zähne sah.

Sying verdrehte die Augen. »Blödmann!«

»Wir kennen diesen Ort«, sagte Masor. »Er heißt Monte Foram. Nudara und ich sind zu dem Schluss gekommen, dass die Markierung das Grab von Konar kennzeichnet.«

»Aber das ist super«, jubelte Sying. »Das ist genau das, was wir die ganze Zeit gesucht haben.«

»Das Problem ist, dass der Weg nicht eingezeichnet ist«, gab Nudara zu bedenken.

»Dann müssen wie eben etwas länger suchen, aber früher oder später werden wir das Grab schon finden.« Fatma war zuversichtlich.

Bedauernd schüttelte Masor den Kopf. »So leicht ist das nicht. Der Monte Foram diente im Krieg als Rückzugsort. Es gibt unzählige Wege, auf denen sich üble Fallen befinden sollen, die niemand überleben kann.«

»Dann ist es hoffnungslos?« Ehawee konnte es nicht glauben. Sie waren so weit gekommen und alles sollte vergebens sein? Das auf und ab zwischen Freude und Enttäuschung machte sie langsam fertig.

Nudara, der dies nicht verborgen geblieben war, sagte aufmunternd. »Nicht ganz. Angeblich hat Konar seine Grabstätte selbst ausgesucht und genaue Anweisungen und eine Wegbeschreibung für seine Beerdigung hinterlassen. Wir sind uns ziemlich sicher, dass er dafür gesorgt hat, dass der richtige Weg zu seinem Grab nicht zerstört oder manipuliert werden kann. Wir kennen ihn nur leider nicht.«

»Das heißt, dass es noch einen Hinweis geben muss«, meinte Charlie. »Wir haben etwas übersehen.«

Das letzte Bild

Rate mal, wer wieder da ist?«, fragte George, während er Charlie die Augen zuhielt. Nach seiner Rückkehr wollte er direkt seine Freunde sehen. Nachdem er ein wenig gesucht hatte, hatte er die drei Mädels und Fred in der Mittagspause in der Sonne sitzend angetroffen.

Seine Freundin sprang begeistert auf und drückte ihn fest. »Du bist wieder da«, sagte sie glücklich.

Danach waren die anderen mit der Begrüßung an der Reihe. »Erzähl, was hast du erlebt?«, »hast du etwas über die Zeitmaschine erfahren können?«, löcherten Fatma und Ehawee ihn, während Fred stolz ein: »Du wirst nicht glauben, was wir alles entdeckt haben«, verkündete.

»Langsam, langsam!« George lachte. »Wo sind denn Sying und Madu?«

»Die sind noch mit Dix unterwegs«, antwortete Fatma. »Du wirst sie später treffen.«

Dann berichtete der Rückkehrer von seiner Zeit auf den Feldern und seinen Erlebnissen auf Zanano. Als die anderen von der Bedeutung der Suche erfuhren, waren sie sehr betroffen. Um die Stimmung aufzuhellen, berichtete Charlie stolz von ihren Erfolgen und Fortschritten.

»Das Refugium möchte ich unbedingt sehen«, antwortete der große Jugendliche. »Unglaublich, dass direkt in der Nähe etwas so Gewaltiges existiert.«

»Wir werden es dir auf jeden Fall nachher zeigen«, versprach Ehawee. »Dringlicher ist allerdings, dass wir schnellstmöglich den Eingang zum Grab finden.«

»Habt ihr euch wirklich alle Bilder angesehen und überall gesucht?«, fragte George.

Charlie sah ihn böse an. »Nein, wir haben jedes zweite Bild ausgelassen, weil wir dachten, da finden wir eh nichts. Natürlich haben wir uns alle hunderte Mal angeschaut. Ich träume schon von Punkten. Aber da ist nichts. Abgesehen von Gemälden und irgendwelchen Metallstangen, deren Bedeutung wir ebenso wenig verstehen, befand sich nichts in diesem Haufen. Aber du kannst gerne nachsehen.«

Hastig winkte er ab. »Schon gut. Ich wollte nur sicher gehen.«

Dennoch suchten sie nach dem Essen gemeinsam mit ihm die Bibliothek auf. Grübelnd ging George einige Schritte vor dem Bilderhaufen auf und ab.

Bilder und Metallstangen? Wieso kommt mir das so bekannt vor? So in Gedanken vertieft, stieß er schmerzhaft mit Madu und Sying zusammen.

»Aua!« Überrascht blickte er auf.

»Du bist wieder da!«, freute der Chinese sich und wiederholte damit exakt Charlies Worte. Doch sein Freund beachtete ihn nicht weiter, sondern starrte gebannt auf das Gerim in Madus Hand.

»Zanano an George, Zanano an George! Hier sind wir!« Sying wedelte mit der Hand vor dessen Gesicht herum. »Du musst dich noch an uns erinnern. So lange warst du auch wieder nicht weg!«

»Vielleicht sind das die Nebenwirkungen der Felder«, mutmaßte Madu, als von George keine Reaktion kam.

»Wie? Was? ... Entschuldigt, ich freue mich natürlich, euch wiederzusehen. Aber ich brauche das unbedingt«, sagte er und nahm dem verdutzten Madu das Spielzeug ab. Damit drehte er sich zu dem zusammengesetzten Bild um.

Dort zog er einige Metallstangen aus dem Haufen und verglich sie mit der Konstruktion des Spielzeugs. Triumphierend reckte er seine Hand in die Höhe und zeigte auf die Bilder und Stangen. »Meine Freunde, ich präsentiere das vermutlich größte Gerim von Zanano.«

»Ich werd' verrückt«, murmelte Charlie.

»Dass wir darauf nicht gekommen sind«, pflichtete Fatma ihr bei.

»Ich helfe immer gerne«, grinste George.

Madu, Sying und dem Gerim-Spezialisten Dix war es gelungen, die Metallstäbe zusammenzusetzen und sie in den Löchern der Eckbilder zu verankern.

»Dann hat es sich gelohnt, dass wir so viel mit den Gerims gespielt haben«, konnte Madu sich nicht verkneifen und grinste Ehawee an. War es vor allem die Nirmanerin gewesen, die mit den Augen gerollt hatte, wenn Sying und er damit spielten.

Aber sie winkte ab. Von ihr aus konnte Madu im Moment alles sagen, solange sie der Rettung Nirmas näherkamen.

Genau wie bei den kleinen Rätseln bildeten die Stangen ein Gestell über dem Bild. Stolz präsentierten sie Masor und Nudara das Ergebnis.

»Unglaublich!«, staunte der Anführer und ging langsam um die Konstruktion herum.

»Man kann deutlich erkennen, dass die Stangen den Rahmen für ein dreieckiges Bild bilden. Aber wir haben keine Ahnung, wo sich dieses befindet.« Frustriert trat Ehawee vor ein Regal.

»Ihr jungen Leute seid immer so ungeduldig«, sagte Nudara. »Anstatt zu sehen, was ihr nicht habt oder wisst, solltet ihr euch über das schon Erreichte freuen. Ihr habt in wenigen Wochen mehr herausgefunden als wir in den vorherigen Jahrzehnten.«

»Das stimmt, aber uns fehlt ein einziges Bild, um zum Grab zu gelangen.« Fred hätte am liebsten auch irgendwo vorgetreten. Zwar kamen sie immer ein Stück weiter, doch bisher nie ans Ziel. Jedes Mal, wenn sie sich kurz davor wähnten, musste noch etwas gesucht oder gemacht werden. Nicht zu vergessen, dass ihnen insgesamt nur ein knappes Jahr Zeit blieb.

»Aber ich bin sicher, dass wir dieses finden werden. Das Schicksal ist auf unserer Seite, das spüre ich. Gerade weil ein dreieckiges Bild selten ist, haben wir eine gute Chance.« Charlie blickte bei ihren Worten zu George, der zustimmend nickte.

Die dunkle Feier

Wir haben eine Spur. Kommt mit.« Mit diesen Worten weckte Nudara die Freunde, die sich im Eiltempo fertig machten. Sie gingen ins Refugium, wo sie mit einer älteren Frau zusammentrafen.

Die Bibliothekarin legte ihr liebevoll einen Arm um die Schultern. »Das ist Molana. Sie ist schon sehr alt und ihre Erinnerungen kommen und gehen. Im Moment erlebt sie einige sehr gute Tage.«

»Als junges Mädchen«, sprach die Frau mit brüchiger Stimme, »habe ich längere Zeit in einem Haus der Dunklen gearbeitet. Es war eine große, alteingesessene Familie mit fünf Kindern, was sehr ungewöhnlich war. Ich weiß noch genau, wie sie aussahen. Das älteste Mädchen trug immer Zöpfe und ...«

»Molana«, mahnte Nudara leise.

»Oh, ich schweife ab. Der Herr des Hauses hatte ein Arbeitszimmer, das niemand betreten durfte. Nur ich bekam einige Male die Erlaubnis, um darin sauberzumachen. An der Wand hinter seinem Schreibtisch hing ein dreieckiges, buntes Bild, auf das ein Z gemalt war.«

»Ich kenne das Haus, von dem Molana spricht. Es liegt in der dunklen Stadt Anoz. Ich habe auch schon eine Idee, wer euch da reinbringen kann«, sagte Nudara.

Nachdem sie sich von Molana verabschiedet hatten, hatten sie sich in eines der leeren Klassenzimmer zurückgezogen, um ihr weiteres Vorgehen zu planen. Es war das erste Mal, dass sie in einem dieser Räume waren. Bisher hatten sie von außen nur einen kurzen Blick hineingeworfen. Die

Tische und Stühle waren aus grünlichem Holz hergestellt, was vermutlich aus dem Refugium gekommen war. Witzig fanden die Freunde zwei Bilder an der Wand, die Fenster mit Ausblick suggerieren sollten. Anstatt einer Tafel, wie sie sie von der Erde kannten, hingen große, glatte Blätter an der Wand, auf denen einige Zahlen standen. Abgesehen von ihnen war Dix' Mutter Sana anwesend, da sie in dem Herrenhaus schon häufiger als Dienstbotin gearbeitet hatte.

»Wie kommen wir in das Haus und wie können wir das Bild stehlen?«, fragte Ehawee.

»Für euer Hineinkommen gibt es vielleicht eine Möglichkeit«, erwiderte Sana bedächtig. »In wenigen Tagen findet dort eine große Geburtstagsfeier des Hausherren statt, für die immer viel Personal gebraucht wird. Da ich dort die Oberaufsicht über das Personal habe, kann ich es einstellen und einteilen. Ihr werdet einfach als Bedienstete hineinspazieren. Naja, zumindest George, Charlie und Ehawee können das.«

»Und was ist mit Fatma, Sying und mir?«, fragte Madu. Er wäre zu gern zu dieser Party gegangen. Als der kleine Pilz sich vernehmlich räusperte, der auf einem der Schreibtische auf und ab spazierte, fügte er hastig hinzu: »Und Fred natürlich!«

»Ihr könnt da nicht hinein. Unbekannte dunkle Gäste und einen vom kleinen Volk können wir nicht erklären. Damit würdet ihr viel zu viel Aufsehen erregen. Aber vielleicht könnt ihr helfen, das Bild von dort fortzubringen.«

»Wird der Hausherr nicht sofort Alarm schlagen, wenn das Bild weg ist? Wird sein Verdacht nicht auf die Hellen fallen?«, gab Fatma zu bedenken.

Das war in der Tat ein Problem.

»Wir müssen eine Kopie dalassen«, meinte Charlie.

»Wie soll das gehen? Niemand weiß genau, wie es aussieht«, sagte Sying. Er saß auf einem Tisch und ließ seine Füße in der Luft baumeln.

»Samal muss mit uns kommen und es vor Ort malen«, antwortete Charlie.

Während sie darüber nachdachten, dämmerte ihnen schon, dass dies die einzige Möglichkeit war. Aber würde Samal sich darauf einlassen?

»Wann genau findet die Feier statt?«, fragte George.

»In fünf Tagen. Bis dahin müsst ihr wissen, wie ihr euch verhalten müsst.«

George, Charlie und Ehawee waren aufgeregt. In Begleitung von Sana und Samal standen sie vor dem Einlass in die dunkle Stadt Anoz. Da sie ihre Dienstkleidung erst im Herrenhaus erhalten würden, trugen sie die Kleidung, die sie von den Hellen bekommen hatten.

Als die Wächter mit ihrer Kontrolle begannen, fiel Ehawee auf, dass sie ihre Tasche mitgenommen hatte und sich darin noch die Ketchupflasche von der Erde befand. Sie würde den Wächtern sofort auffallen.

»Oh nein«, stöhnte sie leise. »Was mache ich jetzt nur?«

Sana bemerkte ihre Aufregung und flüsterte ihr, nachdem sie den Grund dafür erfahren hatte, zu: »Schnell, stell sie hier zu meinen Putzmitteln.«

In diesem Fall erwies es sich als Segen, dass die Hellen Putzmittel aus ihrem Dorf mitbringen mussten. Keine Sekunde zu früh stellte Ehawee ihre Flasche dazu. Zumindest auf den ersten Blick fiel sie nicht weiter zwischen den anderen auf.

Der Wächter kontrollierte die Gruppe nur kurz, da er Sana kannte und von der Feier wusste. Trotzdem wurden sie bis zu ihrem Ziel eskortiert. Sowohl Charlie als auch Ehawee erschauderten beim Anblick der Wane. Sie hatten zwar Beschreibungen von ihnen gehört, aber in Wirklichkeit wirkten sie noch gruseliger.

Auf ihrem Weg durch die Stadt passierten sie wieder an den Quaderhäusern vorbei, die George schon kannte. Je näher sie dem Villenviertel, in dem die alten Familien wohnten, kamen, desto aufwendiger wurden die Gebäude. Die reichsten Dunklen hatten riesige Anwesen, auf die der direkte Blick oft durch hohe Bäume oder Hügel verdeckt wurde. Man blieb gerne unter sich.

»Wow«, entfuhr es George, als sie vor dem Herrenhaus standen, in dem die Feier stattfand.

»Das erinnert mich an einen Kraken«, sagte Charlie und traf es damit ziemlich genau.

Der Kern des außergewöhnlichen Bauwerkes war eine Kugel mit einer gläsernen Kuppel. Von dort gingen auf unterschiedlichen Höhen kürzere und längere Arme wellenförmig ab und ragten in den Himmel. Zahlreiche Terrassen oder aufwendige Gartenanlagen ließen das Gebäude offen wirken.

»So etwas habe ich noch nie gesehen«, staunte Ehawee.

Charlie rieb sich ungläubig die Augen. »Das hat wohl niemand von uns.«

»Ich frage mich, wie das hält«, grübelte George. »Nach den Gesetzen der Physik müsste die ganze Konstruktion zusammenbrechen.«

Vielleicht ist die zananische Physik anders, dachte Charlie, doch Sana lieferte schon eine Erklärung. »Das Haus ist aus Ewa gebaut. Dieses Material wurde sehr aufwendig hergestellt und war extrem teuer. Leider ist das Wissen über die Herstellung mit dem großen Krieg verloren gegangen.«

»Mit dem großen Krieg?« Ehawee machte große Augen. »Dann wäre das Haus ja tausende Jahre alt.«

Sana nickte. »Das Material ist unzerstörbar. Aber da es so exklusiv war, wurden nur neun Häuser daraus gebaut.«

»Es gibt neun Tintenfische?«, fragte George.

»Nein. Jedes Haus sieht anders aus, aber dieses soll das prächtigste sein.«

Während sie hineingingen, runzelte Charlie die Stirn. Irgendetwas, was Sana gesagt hat, hatte bei ihr einen kurzen Gedankenblitz ausgelöst, nicht fassbar, aber vorhanden. Wobei war das nur? Es muss mir wieder einfallen, ich bin mir sicher, dass es wichtig ist.

»Ich komme mir ziemlich albern vor«, sagte George und zerrte an seiner Uniform, die eigens für die Geburtstagsfeier angefertigt worden war. In der Tat ähnelte sein Outfit am ehesten denen der Schweizer Garde im Vatikan. Zumindest hatte es sowohl Puffhosen als auch Puffärmel und war dunkelgrün gestreift. Dennoch hätten Charlie und Ehawee liebend gern mit ihm getauscht. In den kurzen Röcken fühlten sie sich äußerst unwohl.

Samal nahm sein Outfit gleichmütig hin. Als sie ihm von ihrem Vorhaben erzählt hatten, hatte er sofort seine Hilfe zugesagt. Er schien sich sogar auf dieses Abenteuer zu freuen. Vermutlich, weil seine jahrelange Malerei und die seiner Familie endlich einen Sinn ergab. Sana hatte dafür gesorgt, dass die drei Freunde und der Maler im Inneren des Hauses eingeteilt waren. Samals Aufgabe war durch George doppelt besetzt, damit sein späteres Fehlen nicht auffiel.

Es blieb ein Restrisiko, aber da die Dunklen die Hellen grundsätzlich nicht zur Kenntnis nahmen und zusätzliches

Personal für den Abend geordert worden war, schien es überschaubar.

Zunächst sollten sie den Gästen die Umhänge abnehmen und ihnen Zans, einen Aperitif, reichen. Dieser war dunkelgrün mit glitzernden Fruchtperlen. Getrunken wurde er aus seltsam geformten Gläsern, die der letzte Schrei bei Partys der Dunklen waren. Sie erinnerten an lange Strohhalme, die alle unterschiedlich aussahen. Beim Trinken musste man aufpassen, dass der gebogene Bereich sich nicht oben befand. Ansonsten schoss einem Zans entgegen und der Trinkende bekleckerte sich zur Belustigung der anderen. Es war ein beliebtes Spiel zu schauen, wer am schnellsten ohne etwas zu verschütten sein Glas austrank. Nach dem Empfang sollten die Freunde dann die ununterbrochen Getränke- und Essenszufuhr der Gesellschaft sicherstellen.

Die Dunklen versuchten, sich gegenseitig an Garderobe und Ausstattung zu übertreffen. Dominierend war wieder die Farbe dunkelgrün, wohingegen hellgrün verpönt war und gar nicht vorkam. Die Frauen trugen Ballroben, ähnlich denen auf der Erde, die hinten aus hauchdünnen Lagen bestanden. Bei Bewegung oder beim Tanzen fächerten sie sich elegant auf. Charlie drängte sich der Vergleich mit einem Pfau auf, besonders weil bei manchen Gästen die einzelnen Stoffschichten farblich so gestaltet waren, dass sie aufgewirbelt ein Motiv ergaben. Bei den Männern fand sich dieses dann auf einem kurzen Umhang wieder, den sie über einem Hemd trugen.

Die Gastgeber hatten Speisen und Dekoration im Übermaß auffahren lassen. Neben außergewöhnlichen Pflanzen, die eigens für diesen Abend besorgt worden waren, standen zahlreiche kleine Käfige mit Urungos und anderen Tieren zur Belustigung im Saal. Hier fand der größte Teil der Feier statt. In Nebenräumen, Terrassen und Gärten konnten die Feiernden sich ebenfalls aufhalten.

Was mögen nur die Hellen von diesem ganzen Protz denken?, fragte Charlie sich. Angesichts ihres eigenen Elends muss ihnen das alles wie blanker Hohn erscheinen.

Sie schüttelte den Gedanken ab und konzentrierte sich wieder auf ihre Aufgabe, Getränke anzubieten.

Kurz darauf tauschte Ehawee mit Charlie einen Blick, die ihr unmerklich zunickte. Das war das Zeichen, dass der Augenblick günstig war. Niemand achtete auf sie. Die Nirmanerin stand direkt vor dem Arbeitszimmer, in dem das dreieckige Bild hängen sollte. Laut Sana war die Tür zu dem Raum abgeschlossen. Den Schlüssel versteckte der Hausherr hinter einem Familienporträt, das links von der Tür hing.

Sana war zufällig auf dieses Geheimnis gestoßen, als er beim Abstauben des Bildes heruntergefallen war. Ehawee hob das Porträt schnell an und suchte nach dem Schlüssel, den ihre Finger rasch ertasteten. Was jetzt kam, hatten sie zuvor mehrfach durchgespielt. Ihr ganzer Plan hing davon ab, dass die nächsten Minuten reibungslos verliefen.

Samal schob einen Teewagen mit vielen Köstlichkeiten, über dem eine lange Tischdecke lag, herein und hielt direkt vor dem Arbeitszimmer. Charlie hatte sich ein Stück entfernt und ließ eine große Servierplatte mit Gläsern auf den Boden fallen. Der Lärm zog alle Blicke auf sie. Die Ablenkung nutzte Ehawee und öffnete die Tür, während Samal seine Malutensilien von der unteren Ebene des Teewagens holte und in das Zimmer schlüpfte. Ein leises Klopfen von innen war das verabredete Zeichen, dass das gesuchte Bild sich tatsächlich dort befand. Daraufhin schloss Ehawee die

Tür wieder ab und schob den Wagen weiter, um den Gästen kleine Häppchen anzubieten. Die ganze Aktion hatte wenige Sekunden gedauert. Jetzt konnten sie nur abwarten und hoffen, dass niemand im Moment das Arbeitszimmer betreten wollte.

Charlie kniete auf dem Boden und beseitigte, die Spuren der fallengelassenen Servierplatte, als etwas Großes in den Saal hereingefahren wurde. Es wurde von einem Tuch verdeckt.

Wenn darunter eine Torte ist, ist sie die größte, die ich je gesehen habe, dachte sie und wartete genauso gespannt wie die anderen auf die Enthüllung des Objekts. Hätten wir das gewusst, hätte ich die Platte gar nicht fallen lassen müssen.

Während sie ebenfalls neugierig das Geschehen verfolgte, rieb sie ohne hinzusehen über die letzten Spritzer an der Wand und bekam plötzlich einen großen Schreck. An der Wand waren große, hässliche, rote Flecken und sie löste sich unter ihrem Tuch auf.

So viel zu unzerstörbar. Entgeistert sah Charlie auf die Flasche in ihrer Hand und merkte erst jetzt, dass sie in der Aufregung Ehawees Ketchup ergriffen und ihn mit ihrem Putztuch verteilt hatte. Hastig behob sie die angerichtete Bescherung mit dem richtigen Putzmittel. Um die Dellen in der Wand zu verdecken, verrückte sie eine Bodenvase.

»Ihr seid bestimmt alle neugierig, was sich hierunter verbirgt«, richtete der Hausherr das Wort an seine Gäste. »Sobald meine Töchter hier sind, werdet ihr es erfahren. In wenigen Minuten ...«

Was er noch sagte, konnte Charlie nicht mehr verstehen, da sie in die Küche geschickt wurde, um neues Zans zu holen. Auf dem Weg dorthin, hörte sie aus einem anderen Zimmer ein leises Weinen und Schluchzen.

Das geht dich nichts an, dachte sie. Geh vorbei. Aber die Laute aus dem Zimmer klangen so verzweifelt, dass ihre Schritte sie automatisch dort hineinführten, fast als hätten sie einen eigenen Willen.

Bei dem Raum handelte es sich offenbar um ein kleines Wohnzimmer, das leer zu sein schien.

Das konnte nicht sein! Langsam ging Charlie den Geräuschen nach, die sie zu den langen, dunkelgrünen Vorhängen vor hohen Fenstern führten. Mit einem Ruck zog sie sie zurück. Auf dem Boden saß ein dunkles Mädchen, das immer wieder schluchzte.

»Hey«, sagte Charlie vorsichtig und setzte sich neben die etwa Fünfjährige. »Kann ich dir helfen?«

»Niemand kann mir helfen.« Die Kleine zog die Beine an und verbarg ihren Kopf.

»Vielleicht nicht, vielleicht schon. Aber das kannst du nur herausfinden, wenn du mir sagst, was dich quält.« Tröstend legte Charlie dem Kind einen Arm um die bebenden Schultern.

Große Augen sahen sie an. »Du bist eine Helle.«

»Weißt du, manchmal haben auch Helle gute Ideen«, sagte Charlie und sah, wie das Mädchen über ihre Worte nachdachte.

Sie sah sich das Zimmer derweil genauer an. Wie überall in dem Haus war der Reichtum deutlich zu sehen. Eine Couch aus edlem Stoff, elegante Glompsteinhalter sowie Skulpturen der Familie.

Das Pendant zu den irdischen Porträts, vermutete Charlie, die das Mädchen neben sich dort erkannte. Der Hang zum Beschönigen scheint überall gleich zu sein, da sich weder der stolze Bauch des Hausherren noch die etwas krumme Nase seiner Frau bei den Figuren wiederfinden.

»Also gut, aber du darfst mich nicht verraten. Mein Name ist Cuna.« Das Kind hatte sich durchgerungen, mit ihr zu sprechen.

»Versprochen.« Charlie kreuzte die Finger übereinander, was zu einem erstaunten Blick des Mädchens führte.

»Mein Vater möchte, dass meine Schwester und ich bei einer Vorführung mitmachen.«

»Und ihr wollt das nicht?« Charlie hatte in ihrer Schule in Amerika immer gerne bei Theateraufführungen mitgemacht, doch das sollte jeder für sich entscheiden.

»Meine Schwester schon, sie freut sich richtig, aber ich will das nicht.« Erneut kullerten dicke Tränen über das kleine Gesicht.

»Kannst du deinem Vater nicht sagen, dass du das nicht willst?« Charlie stellte die Frage, obwohl sie die Antwort ahnte.

Cuna schüttelte hektisch den Kopf und zog den Vorhang wieder ein Stück vor sich. »Auf keinen Fall! Dann wäre ich schwach, fast wie eine Helle. Er würde mich zwingen, es jeden Tag zu machen, damit ich eine gute Dunkle werde.«

Sieh an, auch in dieser Welt ist nicht alles rosig. Charlie hatte Mitleid mit dem Kind. »Vielleicht kannst du ja so tun, als wärst du krank und könntest deswegen nicht mitmachen.« Vorsichtig zog sie den Vorhang wieder auf.

»Und das funktioniert?« Große hoffnungsvolle Augen sahen sie an.

Charlie nickte. »Wenn man es richtig anstellt.«

»Na endlich!« Jemand nahm ihr ungehalten die Flaschen ab.

Eine weitere Zurechtweisung blieb Charlie nur erspart, weil der Hausherr wieder das Wort ergriff. »Meine jüngste

Tochter muss ich entschuldigen. Sie fühlt sich leider nicht gut, wahrscheinlich hat sie zu viel vom Buffet genascht. Aber dafür wird meine älteste Tochter die Demonstration umso eifriger durchführen.«

Er nickte einem Mädchen zu, das dem weinenden Kind ähnlich sah, aber etwa drei bis vier Jahre älter war. Mit einem Ruck zog sie das Tuch zur Seite, um stolz das Verborgene zu zeigen.

Ein begeisterter Aufschrei kam von den Gästen, während die Bediensteten versuchten, ihr Entsetzen zu verbergen. Charlie, George und Ehawee starrten fassungslos zu der auf dem Käfigboden hockenden Hellen. Sie wirkte wie ein in die Enge getriebenes Tier und blickte mit einer Mischung aus Wut und Angst um sich.

»Ihr seht hier eine besonders exotische Helle, die außergewöhnlich auf Schmerz reagiert. Fang an«, forderte der Dunkle seine Tochter auf.

Sie nahm einen langen Stock und näherte sich langsam dem Käfig. Ein leises Wimmern entfuhr der Gefangenen.

Das erlebt sie nicht zum ersten Mal, erkannte Charlie. Sie weiß, was auf sie zukommt. Kann ihr denn niemand helfen?

In den Augen der Gäste war keine Abscheu, sondern nur gespannte Erwartung zu erkennen. Von denen würde bestimmt keiner eingreifen. Das Mädchen steckte den Stock zwischen die Stäbe und stieß unvermittelt zu. Sie traf den Oberschenkel, von dem aus ein grüner Lichtblitz durch den Raum zuckte. Die Helle machte sich so klein wie möglich, dennoch wurde sie in rascher Folge immer wieder am Rücken, an der Seite oder an den Armen getroffen. Jedes Mal schossen bunte Blitze umher, die von begeisterten »Oohhhs« und »Aahhhs« der Gäste begleitet wurden. Die Schmerzensschreie der Gefangenen kümmerten niemanden. Ehawee schüttelte sich angewidert, so dass sich ihre Zöpfe bewegten.

»Hyänen«, sagte George leise, der unbemerkt neben die Mädchen getreten war.

»Das ist furchtbar. Wir müssen ihr helfen.« Bittend sah Charlie ihren Freund oder Ex-Freund, so genau wusste sie es im Moment nicht, an.

George nickte grimmig. »Ich werde mir etwas überlegen.«

»Wir müssen nun eine kleine Pause einlegen«, sagte der Hausherr. Sofort ertönten enttäuschte Protestrufe. »Keine Sorge, sie bleibt in der Nähe. Später wird es noch eine zweite Runde geben.«

Unter großem Applaus wurde der Käfig herausgeschoben und die Tochter verabschiedet, die sich stolz in alle Richtungen verbeugte.

George hatte beobachtet, in welches Zimmer er geschoben wurde. Mit dem Vorwand, saubere Gläser zu holen, war er in die Küche gegangen. Dort durchsuchte er die Schubladen nach etwas, mit dem er die Gefangene befreien konnte. Viel Zeit blieb ihm nicht, wenn er ihr helfen wollte. Bald würde sie zur »zweiten Runde« abgeholt werden, und wohin sie danach verschwinden würde, war ungewiss. Doch nirgendwo entdeckte er ein richtiges Werkzeug. Dann musste ein Messer reichen. Mit dem Tablett in den Händen verließ er die Küche. Anstatt in den großen Saal zurückzukehren, schlüpfte George in den Raum, in dem der Käfig stand. Die Gefangene zuckte zusammen, als er das Tuch herunterzog. Sie saß zusammengekauert auf dem Boden und starrte ihn ängstlich an.

»Hab' keine Angst, ich will dir helfen.«

Schweigend verfolgte die Unbekannte, wie er probierte, mit der Klinge die Schrauben zu lösen. Da hörte er Schritte, die sich der Tür näherten. Er versuchte, sie schneller herauszudrehen, rutschte aber immer wieder ab.

Das dauert viel länger als gedacht. Ihm wurde bewusst, dass er es nicht schaffen würde, sie da herauszuholen. Was kann ich noch tun? Er reichte der Gefangenen sein Werkzeug. »Du musst dich selbst retten.«

Doch sie sah ihn nur teilnahmslos an und machte keine Anstalten, danach zu greifen.

Sie traut sich nicht, weil sie eine Falle vermutet. Verzweifelt sah George sich nach einer neuen Möglichkeit um. Er schob das Messer unter die Bodenplatte des Käfigs, die an einer Stelle eine leichte Wölbung hatte und soeben Platz dafür bot.

»Dann rette dich selbst«, sagte er und konnte sich noch hinter einem Sofa verstecken, bevor die Tür geöffnet wurde. Zwei Dunkle traten herein, um den Käfig wieder herauszuschieben. Ihre Gesichter zeigten die Vorfreude auf die weiteren Qualen des Mädchens.

Fred machte sich auf den Weg, um das dreieckige Bild in Empfang zu nehmen, nachdem er zuvor mit Fatma und Sying in die Stadt gekommen war. Als Dunkle waren sie von den Wächtern nicht aufgehalten worden und hatten sich problemlos bewegen können. Da sie niemanden fragen wollten, mussten sie trotz Sanas Wegbeschreibung etwas suchen, bis sie vor dem richtigen Anwesen standen.

Madu war auf Anraten der Hellen in Zan geblieben. Sie meinten, dass er mit seiner extrem dunkelgrünen Haut nur unnötig Aufmerksamkeit erregt hätte. Erklärt hatten sie das nicht.

Samal hatte grob geschätzt, dass er mindestens drei Stunden, eher länger, für eine Kopie brauchen würde. Da die

Zeit fast vorbei war, quetschte Fred sich durch eine Lücke im Zaun und lief durch eine parkähnliche Gartenanlage zum Haus. Da diese von Glompsteinen hell erleuchtet wurde, musste er aufpassen, nicht entdeckt zu werden. Er wartete vor dem Fenster zum Arbeitszimmer, zumindest hoffte er das, denn diese seltsamen Haustentakel waren verwirrend. Aber Sanas gezeichnete Karte war sehr genau gewesen und er hatte sie sich gut eingeprägt. Seine Sorge war unbegründet. Nach fünfzehn Minuten öffnete sich das Fenster. Samal schob eine Rolle durch den Spalt, die neben Fred auf den Boden fiel. Sie war schwerer als erwartet, so dass er sie hinter sich herziehen musste. Mit dem Gepäck war der Rückweg viel anstrengender. Aber ungesehen gelangte er bis zu Fatma und Sying, die hinter einem Zaun auf ihn warteten.

Froh, dass schon einmal dieser Teil ihres Plans funktioniert hatte, brachen die drei nach Zan auf. Jetzt mussten Samal und ihre Freunde nur noch den Abend heil überstehen.

Charlie und Ehawee liefen, nachdem Samal schon länger im Arbeitszimmer war, immer wieder an der Tür vorbei und klopften leise an. Sie hatten mit ihm verabredet, dass er darauf mit einem Klopfen reagieren würde, sobald er fertig war. Beim dritten Versuch erhielten sie endlich die gewünschte Reaktion. Jetzt mussten sie Samal unbemerkt aus dem Raum schleusen. Eine günstige Gelegenheit ergab sich, als der Käfig erneut in den Saal geschoben wurde. Die Gäste strömten dorthin und richteten ihr Augenmerk darauf.

Auch wenn ich den Grund dafür hasse, eine bessere Chance werden wir nicht bekommen, dachte Ehawee und holte den Schlüssel. Alles lief wie zuvor ab. Charlie schob den Teewagen bis vor das Arbeitszimmer. Sobald Ehawee die Tür aufgeschlossen hatte, verließ Samal den Raum, verstaute seine Sachen auf der unteren Ebene und schob den Wagen weiter.

Sie hörten dabei die Schmerzensschreie, die aus dem Saal drangen. Die Freunde waren froh, dass sie der Quälerei nicht unmittelbar zusehen mussten. Die Party dauerte noch lange. Glücklicherweise verzichtete der Hausherr auf eine weitere Vorführung der Gefangenen. Das geschah weniger aus Sorge um die Helle, als vielmehr aus Angst, sein neues Spielzeug zu verlieren.

Als die letzten Gäste sich verabschiedet hatten, konnten die Freunde mit Samal nach Zan zurückkehren. Sana blieb mit den anderen Hellen im Haus, um die Spuren der Feier zu beseitigen.

»Konntest du der Gefangenen helfen?«, konnte Charlie George endlich gefahrlos fragen, nachdem sie die Stadt verlassen hatten.

»Ich bin mir nicht sicher. Ich hoffe es.«

Sie bohrte nicht weiter nach, weil sie daran glauben wollte, dass ihr Freund es geschafft hatte.

Obwohl sie von den Anstrengungen des Abends erschöpft waren, beeilten sie sich. Zum einen wollten sie unbedingt erfahren, ob sich der Aufwand gelohnt hatte und das Bild den Grabeingang zeigte. Zum anderen konnten sie die Angst nicht abschütteln, dass der Bildertausch aufgefallen war und jeden Moment dunkle Wächter hinter ihnen auftauchen würden. Als sie nach dem langen Fußmarsch in dem Dorf ankamen, waren sie erleichtert und stürmten in die Bibliothek.

»Wisst ihr schon, wo sich der Eingang befindet?«

»Funktioniert es?«

»Passt das Bild in die Konstruktion?«

Nudara hob lachend die Hände, als die Fragen von George, Ehawee und Charlie auf sie einprasselten. Samal sah sie auffordernd an. »Am besten bringe ich euch zum Gerim. Dann könnt ihr es selbst sehen.«

»Ihr seid schon da!«, rief Fatma erstaunt, als sie sah, wer mit Nudara auf sie zukam.

Herzlich begrüßten Madu und Sying, die mit Masor vor dem Bild standen, ihre Freunde. »Ihr müsst euch ziemlich beeilt haben. Wir sind ebenfalls noch nicht lange zurück.«

»Habt ihr schon etwas herausgefunden?«, fragte Charlie, die unbedingt gute Nachrichten hören wollte.

»Es war etwas knifflig, das Bild zwischen die Stangen zu spannen, vor allem weil wir die Stangen wieder in Form biegen mussten. Aber wir hatten große Hilfe.« Masor zeigte auf Madu, Sying und Dix, die vor Stolz sichtlich platzten.

»Ja, wir haben es geschafft«, mischte Madu sich ein, der die Spannung nicht länger aushielt. »Wir wollten das Gerim gerade auslösen.«

Gemeinsam zogen sie das Bild mit den Stangen zu den einzelnen Randsymbolen. Zuerst versuchten sie die hellen, dann die dunklen Zeichen. Dann immer abwechselnd. Alles erwies sich als falsch, weil das Z nie über einem möglichen Eingang stehen blieb. Offenbar hatte Konar niemanden auf den falschen Weg und damit in den sicheren Tod schicken wollen. Erst als sie die Reihenfolge ausprobierten, die Nudara ihnen aufgemalt hatte, hatten sie Erfolg. Gespannt ließen sie nach dem letzten Symbol die Konstruktion los und sahen zu, wie sich das dreieckige Bild über dem großen Bild hin- und herbewegte und schließlich zur Ruhe kam. Von dem Podest neben dem Bild konnten sie deutlich das Z über einem der Löcher des Berges sehen. »Wir haben den Eingang gefunden!«, jubelte Sying.

Überglücklich gingen die Freunde zurück in ihre unterzananischen Zimmer. Am liebsten hätten sie weitere Pläne geschmiedet, doch sie schliefen fast im Stehen ein. Die vergangenen Tage waren anstrengend gewesen. Nachdem sie ein klares Ergebnis hatten, sank ihr Adrenalinspiegel. Todmüde, aber zufrieden fielen sie in ihre Betten. Bereit, am nächsten Tag ein neues Abenteuer zu erleben.

Die Verbotene Zone

Fatma, George und Sying standen zusammen mit dem Läufer Lifar am Rand der Verbotenen Zone. Schon der Weg dorthin war abenteuerlich gewesen. Um zu verhindern, dass Helle sich dort aufhielten und sich ihrer Kontrolle entzogen, patrouillierten die Dunklen an der Grenze. Zusätzlich hatten sie ein Kopfgeld auf jeden Hellen ausgesetzt, der in der Verbotenen Zone gefunden wurde. Daher gab es einige Dunkle, die sich als Jäger in diesen Bereich wagten. Nur mit Lifars Hilfe, der verschiedene Wege und Tricks kannte, waren sie sicher hineingelangt.

Um Zeit zu sparen, hatten sie sich nun aufgeteilt. Während Charlie, Ehawee, Madu und Fred Konars Grab aufsuchen wollten, versuchten George, Fatma und Sying das Rätsel des Orakels zu lösen.

Nudara und Masor hatten zuvor wochenlang diskret Erkundigungen in Zan und den anderen Dörfern eingeholt, ob jemand etwas von »einer Brücke, die ins Nichts führte« oder »einem halberfrorenen Dorf« gehört hatte. So waren sie zu dem Schluss gelangt, dass sich diese Orte in der Verbotenen Zone befinden mussten. Glücklicherweise hatte sich Lifar dazu bereit erklärt, die Freunde dort hinzuführen.

Jetzt wiederholte er eindringlich seine Anweisungen, die er ihnen auf dem Weg mehrfach aufgezählt hatte: »Wenn wir die Stadt durchqueren, bleibt genau hinter mir. Was ist, wenn ich Haken schlage oder etwas überspringe?«

»Dann machen wir das auch«, antworteten Fatma, George und Sying wie aus einem Munde.

»Und was noch?« Lifar zog eine Augenbraue hoch.

»Wir fassen nichts an, ohne dich vorher zu fragen.«

»Genau. Jeder Läufer hat seine eigenen Markierungen und Wege. Alles, was ich mache, hat einen Sinn. Verstanden?«

»Ich bin mir nach den neunundneunzig Mal nicht sicher. Können wir das noch mal durchgehen?«, frotzelte George.

»Du hältst das hier wohl für einen Witz?« Drohend baute Lifar sich vor ihm auf. »Aber so etwas wie hier habt ihr noch nie erlebt. Ich habe nur zu oft gesehen, wie jemandem etwas Schlimmes passiert ist, weil er sich nicht an die Regeln gehalten hat. Bist du dazu in der Lage?«

»Ja. Es tut mir leid«, gab George kleinlaut zurück und hob beschwichtigend die Arme.

»Dann los.«

»Aus der Nähe wirkt die Stadt noch trostloser«, sagte Fatma. »Von Weitem hat sie nur verlassen gewirkt, aber nun erkennt man, wie zerstört sie wirklich ist.«

Es gab zahlreiche Hochhäuser, die zwar kein New York-Niveau erreichten, aber zwischen zehn und dreißig Stockwerken aufwiesen. Einige Häuser waren zertrümmert, andere sahen bis auf die zersplitterten Fenster intakt aus. Damit konnten sie umgehen. Verstörender war der Anblick gebogener oder verdrehter Gebäude. Vor ihnen hatten sich ein Hochhaus so weit zur Seite geneigt, dass es nach allen Naturgesetzen hätte umstürzen müssen. Das Haus daneben war so gedreht, dass es den Eindruck vermittelte, als sei es ausgewrungen worden. Bei anderen Gebäuden schwebten ganze Etagen losgelöst in der Luft. Die Gruppe durchquerte und durchsuchte die Stadt nach Hinweisen. Begonnen hatten sie in ehemaligen Schulen, Büchereien und Museen, sofern sie zugänglich waren. Danach hatten sie Räume in verschiedenen Häusern durchkämmt. Doch sie kamen der Lösung auch nur einer Zeile des Gedichtes nicht näher.

Schließlich sagte George: »So kommen wir nicht weiter! Wir könnten wahrscheinlich noch hundert Jahre hier alles erforschen und hätten immer noch nicht jede Ecke gesehen. Es muss eine andere Möglichkeit geben.« Frustriert trat er wieder auf die Straße und sah Lifar hilfesuchend an, der ihm gefolgt war.

»Glaubst du, wenn er eine andere Idee hätte, hätte er sie uns nicht schon längst mitgeteilt?«, sagte Fatma. Sie stutzte, als sie den unbehaglichen Blick des Läufers bemerkte.

»Es gibt tatsächlich etwas, das du uns bisher verschwiegen hast«, stellte sie erstaunt fest.

Lifar rang mit sich. »Es gibt tatsächlich eine Möglichkeit, aber dafür müsste ich einen heiligen Eid brechen.«

»Ein Eid ist wichtig«, sagte George ernst, »aber ist er den Preis wert, der auf dem Spiel steht? Einen ganzen Planeten mit seinen Bewohnern zu vernichten?«

Wann war es erlaubt, ein gegebenes Versprechen zu brechen? Durfte man so etwas überhaupt?

Wir machen das ja nicht, um uns zu bereichern, oder aus nichtigen Gründen, dachte Sying. Er muss uns helfen. Doch wie wird er sich entscheiden?

»Also gut, es gibt …« Lifar brach jäh ab, als er ein Geräusch hörte.

Sie drehten sich um. Nur wenige Meter von ihnen entfernt standen drei Dunkle!

Monte Foram

Wir sind da«, sagte Dix. Er hatte Charlie, Ehawee, Madu und Fred bis zum Monte Foram geführt. Ursprünglich hatte Masor sie begleiten wollen, war aber von dringenden Angelegenheiten aufgehalten worden.

Konzentriert verglichen die Freunde das Bild in ihrer Hand mit dem Berg vor sich. Es war erstaunlich, wie detailgetreu es war.

»Da vorne muss der Eingang zum Grab sein.« Madu zeigte auf eine kleine Öffnung in fünfzehn Meter Höhe.

»Du hast recht«, bestätigte Charlie und wandte sich dann an Dix. »Vielen Dank. Du hast uns hervorragend bis hierher gebracht. Jetzt lauf schnell zurück.«

»Seid ihr sicher, dass ich nicht mitkommen soll?«, fragte Dix aufgeregt und ein wenig bittend.

Ehawee sah ihn streng an. »Wir haben deiner Mutter versprochen, dich spätestens hier zurückzuschicken.«

»Na gut. Aber wehe, ihr kommt ohne brauchbare Informationen zurück.« Mit diesen Worten verabschiedete Dix sich.

Die anderen begannen den Aufstieg, der unerwartet leicht war. Aus der Nähe betrachtet war die Öffnung kleiner, als gedacht. Aufrechtstehend würden sie nicht dadurch passen.

»Da ist wohl der Krabbelgang angesagt!«, kommentierte Madu, und beäugte das Loch skeptisch.

»Ich kann zuerst hineingehen und die Lage auskundschaften«, bot Fred an und stand schon im Eingang.

»Es ist nur eine Vermutung, dass dieser Gang ohne Fallen ist«, wandte Ehawee ein.

»Umso besser, wenn nur einer von uns geht.« Bevor jemand protestieren konnte, lief er in den Gang hinein.

Die anderen drei konnten nur abwarten.

»Ich lebe noch.« Erleichtert hörten sie nach einiger Zeit die Worte, Sekunden später sahen sie Fred auch. »Ihr müsst den Gang ein gutes Stück entlangrobben, danach vergrößert er sich und endet in einer großen Höhle. Am Ende geht es in eine Gruft. Weiter bin ich nicht gekommen. Die Tür ist verschlossen und ich konnte sie nicht bewegen.«

»Du bist so schnell bis zur Grabkammer vorgedrungen?« Charlie konnte es kaum glauben.

»Geradezu meisterhaft«, frotzelte Madu.

Fred winkte ab. Seine Freunde hatten ihm seine Angeberei zwar verziehen, zogen ihn aber noch gerne damit auf.

»Das ist endlich mal eine gute Nachricht! Es muss nicht immer schwer sein. Also, auf geht's.« Madu folgte Fred bäuchlings in den Gang, Charlie und Ehawee folgten den beiden. Sie krochen über den harten Felsboden, der an einigen Stellen scharfe Kanten aufwies. Nach dem ersten Meter wurde es merklich kühler, und sie waren froh, ihre Jacken angezogen zu haben. Es roch nach nassem Stein und Moder. Als sie sich endlich aufrichten konnten, waren sie sehr erleichtert.

Trotzdem ist es merkwürdig, dachte Charlie. Alles war so gut versteckt und dann soll man einfach zum Grab durchgehen können? Aber vielleicht mache ich mir ja wirklich zu viele Gedanken. Wenig später betraten sie die Höhle im Schein einer ihrer Leuchtsteine und sahen auf der anderen Seite den Eingang zur Gruft, von dem Fred gesprochen hatte. Der kleine Kerl lief mit Madu im Schlepptau dorthin.

Doch als der Junge wenige Schritte gemacht hatte, ertönte ein fürchterliches Krachen und Poltern. Erschrocken sprang er zurück.

»Der Gang stürzt ein«, schrie Ehawee und sie drückten sich an die Wand.

Eine enorme Staubwolke quoll ihnen entgegen, brachte sie zum Husten und nahm ihnen die Sicht. Als der Staub sich gelegt hatte und sie wieder sprechen konnte, vergewisserte sich Charlie: »Geht es euch gut?«

Erleichtert erhielt sie von allen eine positive Antwort.

»Auf diesem Weg kommen wir nicht mehr nach draußen.« Ehawee zeigte auf den riesigen Geröllhaufen, der die Verbindung zum Gang versperrte. »Vermutlich sieht es dahinter nicht besser aus.«

»Hoffentlich gibt es noch einen weiteren Ausgang. Habe ich das etwa ausgelöst?« Madus Stimme klang unbehaglich.

»Ich weiß es nicht.« Die Nirmanerin betrachtete den Boden, der aus vielen Steinfliesen bestand.

»Auf einigen Platten ist etwas eingeritzt. Aber was es ist, ist schwer zu erkennen.« Fred stand auf einer Fliese und begutachtete sie stirnrunzelnd.

»Vielleicht stehen da Informationen, wie man auf die andere Seite kommt«, mutmaßte Madu.

»Aber warum ist bei mir nichts passiert? Ich bin doch schon zweimal herübergelaufen«, wunderte sich Fred.
»Du bist zu leicht«, war Ehawee sich sicher. »Dein Gewicht reicht nicht, um diesen Mechanismus auszulösen. Das heißt, wir müssen die Zeichen unbedingt entziffern.«

»Aber wie? Ich erkenne zwar Vertiefungen, aber weiß trotzdem nicht, was sie bedeuten«, sagte der kleine Pilz.

»Ich habe eine Idee.« Aufgeregt verdeckte Charlie ihren Leuchtstein und wartete gespannt. Zuerst dachte sie, sie hätte sich geirrt, doch dann leuchteten einzelne Stellen auf dem Boden auf. Nun konnten sie auf den Platten die Symbole der sechs Gründerfamilien erkennen.

»Woher wusstest du das?«, fragte Madu bewundernd.

»So etwas Ähnliches habe ich mal in einem Film gesehen.«

»Was? Es gibt einen Film über einen fremden Planeten mit durchgeknallten Herrschern, auf dem ein Grab einen Hinweis auf eine Zeitmaschine enthält, mit deren Hilfe ein anderer Planet gerettet werden soll? Und das Ganze mit einem großartigen, afrikanischen Helden und einem sprechenden Pilz?«

Charlie lachte. »Wohl kaum. Der Plot wurde als zu unrealistisch abgelehnt.«

Ehawee stand vor der ersten Reihe der Fliesen. »Es sieht so aus, als wäre jedes Zeichen mehrfach vorhanden. Und einige Platten sind einfach nur glatt, ohne Vertiefungen. Wie kommen wir also rüber?«

Sie dachten nach, schließlich sagte Madu: »Erinnert ihr euch, als Nudara uns die Tätowierungen vollständig aufgemalt hat, die die richtige Reihenfolge beim Gerim waren? Vielleicht spielt es keine Rolle, aber vielleicht ...«

»... vielleicht ist das die Reihenfolge, in der wir auf die Fliesen treten müssen«, ergänzte Charlie. »Finden wir es heraus.«

Mutig trat sie auf das erste Zeichen. Die Freunde hielten den Atem an und blickten ängstlich zur Decke und zu den Wänden. Nichts geschah! Von Symbol zu Symbol arbeitete Charlie sich durch den Raum. Da sie nach dem sechsten noch nicht auf der anderen Seite angekommen war, fing sie wieder bei eins an. Das erwies sich als richtig . Ehawee und Madu waren direkt hinter ihr, als sie plötzlich stoppte.

»Bei den letzten beiden Reihen leuchtet nichts mehr. Irgendetwas scheint diesen Effekt im Laufe der Zeit zerstört zu haben. Leider kann ich ohne Licht nicht die richtige Platte identifizieren. Wir müssen springen.«

Mit einem Satz landeten sie und Madu sicher auf der anderen Seite, wo sie von Fred erwartet wurden. Ehawee war bei ihrem Sprung etwas weggerutscht, so dass sie kurz auf einer der letzten Fliesen aufkam – mit verheerenden Folgen. Felsbrocken aus der Höhlendecke donnerten auf den Boden. Nur mit einem schnellen Sprint die Treppe herunter zur Gruft konnten sie sich retten. Dort standen sie, wie von Fred vorhergesagt, vor einer verschlossenen Tür.

Gejagt

Die Gesichter der Dunklen verzogen sich zu einem hämischen und boshaften Grinsen, als sie auf die Freunde zurannten.

»Das sind Jäger!«, zischte Lifar. »Die dürfen uns auf keinen Fall erwischen. Lauft!«

Der Zananer stürmte los. Die Freunde folgten ihm augenblicklich, sodass die Kugeln der Dunklen, die diese nach ihnen geworfen hatten, sie nur knapp verfehlten. Die gleiche Munition hatte auch Lifar an seinem Gürtel, die er ihren Verfolgern jetzt entgegenwarf. Sie verursachten kleinere und größere Explosionen, wenn sie auf dem Boden aufprallten.

Als sie zuvor durch die Stadt gelaufen waren, konnten die Freunde sich nur auf seine Schritte konzentrieren, um Flecken und Gefahren auszuweichen. Etwas ganz anderes war es, unter Druck und im schnellen Lauf den richtigen Weg zu finden. Und den Wurfgeschossen ihrer Verfolger mussten sie auch ausweichen. Als die Jäger immer näherkamen, drehte Lifar sich um und warf eine größere Kugel gegen ein Haus. Es stürzte zusammen und die Trümmer versperrten den Weg. Das verschaffte ihnen etwas Luft. Doch es würde nicht lange dauern, bis die Dunklen das Hindernis überwunden hatten. Daher gönnten sie sich keine Pause, sondern hasteten weiter.

»Hier lang.« Lifar sprang durch eine vermeintlich stabile Wand und war verschwunden, ohne dass die Wand zerstört wurde oder er von ihr abprallte. Sying hechtete hinterher, doch George stolperte davor ein wenig zur Seite und …

… steckte fest. Er konnte seine Füße keinen Millimeter mehr bewegen. Fatma, die direkt hinter ihm war, blieb abrupt stehen.

»Lauf weiter!«, rief er ihr zu.

»Aber die Jäger werden gleich hier sein.«

»Genau, es bringt nichts, wenn sie dich auch fangen. Mir wird schon etwas einfallen.«

Unter Protest sprang Fatma durch die Wand. George zerrte weiter an seinen Schuhen, doch diese schienen regelrecht mit dem Untergrund verschmolzen zu sein. Und die Dunklen kamen näher! Fieberhaft suchte er nach einem Ausweg. Als ihm endlich etwas einfiel, schüttelte er über sich selbst verwundert den Kopf. Dass ich auf so etwas Naheliegendes erst jetzt komme, ist kaum zu glauben! Wenige Sekunden später sprang er durch die Mauer, wo die anderen ihn erleichtert begrüßten.

»Wie konntest du dich befreien?«, fragte Fatma erstaunt, als ihr Blick auf seine Füße fiel.

George stand barfuß vor ihnen. »Ich dachte mir, Schuhe werden überbewertet!«

Daraufhin mussten alle lachen.

»Die Jäger waren dicht hinter mir und werden bestimmt gleich hier sein. Wir müssen zusehen, dass sie es nicht durch Wand schaffen«, drängte George.

Suchend sahen sie sich um.

Wo sind wir denn hier gelandet?, wunderte er sich. Das ist die mit Abstand seltsamste Straße bisher.

Die Bäume, die Straße und die Häuser waren gewellt. Einige waren eingestürzt und hatten Schutthaufen hinterlassen. Doch was die Freunde auch daraus hervorzogen, war so seltsam gebogen, dass es für ihre Zwecke nicht geeignet war. Da fiel Syings Blick auf eine größere Platte aus einem scheinbar harten Material, das er nicht kannte. »Wie wäre es damit? Es ist das Einzige, was gerade ist.«

Lifar klopfte dagegen: »Das ist Ewa. Das ist perfekt! «

»Daraus wurden doch die Herrenhäuser in Anoz gebaut?«, wollte Fatma erstaunt wissen.

»Genau. Das ist unser Glück, denn diese Substanz findet sich nur sehr selten außerhalb der Villengebiete der reichen Dunklen.« Der Läufer war äußerst zufrieden mit ihrem Fund.

Gemeinsam hielten sie die Platte, die erstaunlich leicht war, direkt hinter den Mauerdurchlass. Es dauerte nicht lange, bis sie einen starken von einem Schmerzensschrei begleitenden Aufprall verspürten. Nur mit größter Anstrengung gelang es ihnen, das ungewöhnliche Objekt aufrecht zu halten.

»Das wird den Jägern zu denken geben. So schnell versuchen sie diesen Weg nicht wieder.« Lifar gab die Anweisung die Platte hinzulegen. »Wir sollten besser zügig die Stadt verlassen.«

Unglücklicherweise dauerte es nicht lange, bis die Dunklen erneut auf sie stießen. Offenbar kannten auch sie geheime Wege und Tricks. Bei dem Versuch, sie abzuschütteln, warf Lifar ihnen weitere Kugeln entgegen und bog in eine Straße mit hohen Häusern ein. Diese endete an einem großen Platz mit einem Springbrunnen. In dieser seltsamen und zerstörten Stadt wirkte es bizarr und unpassend, dass er fröhlich vor sich hin sprudelte. Doch dahinter ging es nicht weiter. Eine hohe Mauer versperrte den Weg. Sie waren in einer Sackgasse gelandet.

»Verflixt, die Mauer muss neu sein. Genauso wie das Bestreben der Jäger zusätzliche Fallen zu bauen«, fluchte der Läufer, dessen Annahme kurz darauf bestätigt wurde.

»Überraschung.« Die Jäger waren am Anfang der Straße erschienen. »Wir haben uns gedacht, wir gestalten die Stadt ein wenig mehr zu unseren Gunsten.«

Diesmal schossen die Jäger einen Feuerstrahl auf die Gruppe ab, die sich eng an die Häuserwände drückte. Die Feuerzunge trennte Fatma von den anderen.

»Die nächste Flamme wird sicherlich breiter. In die Häuser«, schrie Lifar seinen Begleitern zu.

Während er, George und Sying gemeinsam in ein Gebäude liefen, suchte Fatma allein in einem Haus auf ihrer Seite Schutz vor dem Feuer.

In der ersten Etage blieb Lifar nachdenklich stehen.

»Sollen wir uns in dem Raum dort verstecken?«, fragte George.

»Auf keinen Fall. Wartet einen Augenblick«, sagte der Zananer und ging auf die geschlossene Tür zu, so dass seine Schuhe deutliche Abdrücke im Staub hinterließen. Bei seinem Rückweg trat er genau in seine Spuren, so dass es aussah, als wäre er hindurch gelaufen. »Weiter nach oben.«

Von der höheren Etage sahen sie durch die Stäbe des Treppengeländers, wie zwei Jäger ihnen nachkamen. Einer von ihnen zeigte auf die Fußspuren. Als er die Tür öffnete, wurde er direkt in den Raum gesaugt.

»Einer weniger«, sagte Lifar zufrieden.

»Wieso, wo ist er?« Sying blickte ängstlich nach unten.

»Keine Ahnung. Ich weiß nur, dass niemand, der dadurch getreten ist, jemals wieder aufgetaucht ist. Aber die Gefahr ist noch nicht vorbei. Der zweite Jäger sieht nicht so aus, als würde er den gleichen Fehler machen.«

Mit dieser Einschätzung lag Lifar richtig. Der verbliebene Jäger wandte sich nach kurzem Überlegen zur Treppe, um die oberen Etagen zu durchsuchen.

»Gibt es hier noch eine weitere derartige Überraschung?«, fragte George.

»Die gleiche nicht, dafür stoßen wir sicher auf andere schöne Dinge. Kommt mit!«

Sie eilten in der fünften Etage durch mehrere Räume, die wie eine Lagerhalle für Gaukler aussahen. Bälle und Jonglierreifen waren neben Dingen, deren Bedeutung sie nicht kannten, in Regalen gestapelt. Daneben standen kleinere Buden und eine verrottete Bühne, auf der abgewetzte Puppen lagen. In einem Zimmer Sying tatsächlich ein Karussell. Eine lange Stange, die daraus ragte, war vermutlich für Tiere gedacht, die es antreiben sollten.

Eine zananische Kirmes! Das Zirkuskind hätte sich alles so gerne angesehen. Doch dafür war keine Zeit.

Sie eilten weiter und stoppten, als sie sich selbst mehrfach vor sich stehen sahen. Unzählige Spiegel und Fensterscheiben zeigten ihre Gestalten unendlich oft.

»Ein Spiegelkabinett«, sagte George in dem Moment, in dem eine Kugel an ihm vorbeiflog und Glas neben ihm zerplatzte. Scharfe Scherben regneten herab. Sie hatten Glück, dass sie nicht getroffen wurden.

»Wir müssen weiter«, drängte Lifar. »Ich habe noch eine Kugel übrig, mit der ich den Jäger ausschalten kann. Bleibt dich hinter mir.«

Sie folgten ihm in das Labyrinth hinein und hörten hinter sich eine Scheibe zersplittern. Das endete jedoch, als der Jäger das Kabinett betrat, um sich selbst nicht zu verletzen.

»Lifar«, wisperte Sying, »weißt du, wo du lang gehst?«

»Ich habe nicht die geringste Ahnung. Ich versuche nur Zeit zu schinden, um eine Lösung zu finden.«

Großartig, dachte George und einen Moment später: noch viel großartiger. Der Gang endete auf einem größeren

Platz, der von Spiegeln umringt war. Aus jedem blickte ihnen der Jäger entgegen.

»Das müssen Spezialspiegel sein. Sie zeigen nicht uns, sondern etwas, was an einem bestimmten Ort steht. Einer von denen muss der echte Dunkle sein, vermutlich hinter einer Fensterscheibe. Die Frage ist nur, welcher.« Der Läufer schaute betreten auf seine letzte Wurfkugel.

Wie sollten sie entscheiden, gegen welchen Jäger er sie einsetzen sollte? Das Dilemma erkannte auch der Jäger, der die Situation sichtlich genoss. Anstatt seine Waffen einzusetzen, verhöhnte er lieber seine Beute. »Schon blöd, wenn man nicht weiß, was man mit seiner letzten Kugel machen soll.« Die Stimme dröhnte von überall her, so dass sie den Dunklen darüber nicht ausfindig machen konnten. Drohend zeigte dieser seine Waffen.

Es muss eine Möglichkeit geben, herauszufinden, welcher das Original ist. George sah sich jedes Spiegelbild aufmerksam an. Alles war gleich, natürlich. Wieso sollte es nicht so sein? Denk nach, George, feuerte er sich selbst an. An irgendetwas muss man es erkennen können. Schau genau hin.

»Genug geplaudert, macht euch bereit zu sterben.« Der Jäger klang unerbittlich und wählte eine Kugel aus. Er holte aus …

… das ist es! »Lifar, es ist der dritte Spiegel rechts von dir.« Ohne zu zögern, warf Lifar eine Kugel in diese Richtung. Glas zersplitterte und ein Jäger sank getroffen zu Boden.

»Woher wusstest du das? Ich konnte keinen Unterschied erkennen«, fragte Sying erstaunt.

»Es war sein Atem. Die Fensterscheibe beschlug leicht an der Stelle. Das habe ich im letzten Moment gesehen.« Er wandte sich an Lifar. »Gut, dass du sofort reagiert hast.«

»Es war die einzige Chance, die wir hatten. Jetzt sollten wir schnell den Jäger fesseln und Fatma suchen.«

Fatma war in der Zwischenzeit bis in die oberste Etage gelaufen. Sie hasste das Gefühl, auf der Flucht zu sein.
Ich hatte gehofft, so etwas nie wieder erleben zu müssen, dachte sie.
Ein Teil der äußeren Häuserwand war zerstört und es zog. Ein Balken ragte fast bis zum gegenüberliegenden Gebäude, in dem Lifar mit George und Sying verschwunden waren.

Wenn ich es schaffe, darüber auf die andere Seite zu balancieren, bin ich wieder bei den dreien, sprach sich Fatma Mut zu und setzte einen Fuß vor den anderen. Sie blickte mit einem mulmigen Gefühl auf den sieben Stockwerke unter ihr liegenden Boden. Auf einmal kam ihr der Träger viel schmaler vor, als er tatsächlich war. Nervös knetete sie ihre Hände. Als sie auf der anderen Seite an einem der Fenster den Rest ihrer Gruppe erblickte, fasste sie wieder neuen Zuversicht.

Aber warum schütteln sie den Kopf? Wollen sie, dass ich zurückgehe? Ein Geräusch hinter ihr unterbrach Fatmas Überlegungen.

Der Jäger folgte ihr mit einem boshaften Grinsen über die Häuserschlucht. Rasch ging sie weiter und erkannte nach wenigen Schritten, warum ihre Freunde so reagiert hatten. Sie hatte sich verschätzt! Der Abstand zwischen dem Ende des Balkens und dem Haus war weiter, als sie vermutet hatte. Dazwischen befand sich nur Luft, die einige Meter unter ihr seltsam flimmerte.

Da komme ich unmöglich herüber. Was soll ich nur machen? Nervös knetete sie ihre Hände.

Währenddessen beugte Lifar sich aus dem Fenster und rief ihr zu: »Vertraust du mir?«

Fatma nickte.

»Dann spring in die flimmernde Luft unter dir.«

Ähm, kann Lifar die Vertrauensfrage noch mal stellen? Das Mädchen schaute mit einem mehr als mulmigen Gefühl in die Tiefe. Sie wurde blass. Unter ihr war nur harter Boden, kein Baum oder Busch, der sie bremsen würde. Da kann ich nicht herunterspringen. Das schaffe ich nicht.

Sie sah über die Schulter. Der Jäger nahm eine Wurfkugel aus seiner Tasche. Wenn er mich damit trifft, falle ich. Panisch suchte sie nach einer Lösung, als mehrere Dinge gleichzeitig geschahen. Die Kugel flog auf sie zu, während von der anderen Seite ein eindringliches: »Fatma, du musst springen!«, ertönte.

Schicksalsergeben sprang sie ins Nichts und hoffte dabei inständig, dass Lifar wusste, was er sagte. Als sie die flimmernde Luft erreichte, verspürte sie einen leichten Sog und landete … im Wasser. Prustend tauchte sie auf und blickte sich um. Sie war in dem Springbrunnen gelandet, den sie zuvor gesehen hatten! Der Jäger, dem im letzten Moment seine Beute entwischt war, stieß einen erbosten Ruf aus. Dann sah sie, wie er ihr hinterher sprang.

Er ist gleich hier, ich muss hier raus! Die Erkenntnis traf Fatma wie ein Schlag, den sie fast zu hören glaubte. Hastig kletterte sie aus dem Brunnen. Erst mit Verspätung realisierte sie, dass es tatsächlich ein Geräusch gegeben hatte. Der Dunkle war in der Luft auf einen Widerstand gestoßen und fand sich nun einige Meter über dem Boden wieder. Bei dem unerwarteten Aufprall hatte er sich leicht verletzt, denn er humpelte ein wenig hin und her. Die gesamte Szenerie wirkte absolut unwirklich.

Fatma beschloss, nicht weiter darüber nachzudenken. Etwas, dass ihr in der Verbotenen Zone grundsätzlich ratsam erschien. Da kamen ihr Lifar, George und Sying entgegengelaufen, die sie herzlich drückten.

»Glücklicherweise kanntest du diesen Fleck! Aber warum ist der Jäger noch da oben?«, fragte Fatma Lifar.

»Das ist großartig, nicht wahr?« Begeistert sah er sie an. »Ich hatte gehofft, dass das der Fleck ist, der den ersten Springer sanft zu Boden gleiten lässt und beim zweiten undurchlässig wird oder verschwindet.«

»Gehofft?« George glaubte, sich verhört zu haben.

»Ein Freund hatte mir von dieser Anomalie erzählt. Die Beschreibung passte gut zu der Stelle vor uns.«

Während Fatma ihn entgeistert anstarrte, sagte Sying langsam: »Das heißt, du wusstest gar nicht, dass dein Plan funktioniert? Fatma könnte jetzt genauso gut zermatscht auf dem Boden liegen?«

Der Läufer schlug Sying lachend auf die Schulter. »Hört auf zu jammern, es ist doch alles gut gegangen. Und der zweite Jäger wird sicher eine Zeit brauchen, um seinen Kollegen da herunterzuholen.« Energisch schritt er voran. Die drei Freunde folgten ihm mit gemischten Gefühlen. Sie schwiegen eine ganze Weile. Sie verließen die Stadt und wanderten durch unbebaute Gegenden.

»Die meisten denken, dass es innerhalb der Verbotenen Zone kein Leben und keine dauerhaften Bewohner gibt, und wir Läufer lassen sie auch in diesem Glauben«, begann Lifar unerwartet. »Doch das ist ein Irrtum.«

Die Freunde horchten auf. Das waren wirklich Neuigkeiten!

»Aber bisher ist uns doch niemand begegnet!«, sagte Fatma. »In der gesamten Stadt ist niemand außer uns.«

»Das stimmt nicht. Es sind einige hier, und sie wissen, dass wir da sind. Aber sie wollen nicht gesehen werden und legen keinen Wert auf einen näheren Kontakt.«

»Warum erzählt ihr denn niemandem davon?«, wollte Sying wissen.

»Sonst würden sich viel mehr Zananer hierhin wagen und vermutlich dabei umkommen, da sie die Gefahren nicht kennen.«

»Aber wer lebt denn hier?«, fragte Fatma neugierig.

»Wir nennen sie die Verlorenen. Die meisten sind Nachkommen von denen, die den Krieg überlebt haben. Aber auch Ausgestoßene, die mit unserer Welt nicht mehr zurechtkommen, oder Verfolgte.«

»Und wo wohnen sie? Etwa in den Häusern in der Stadt?« In dieser gruseligen Stadt zu leben, konnte George sich nur schlecht vorstellen.

»Einige bleiben für sich, verstreut in der gesamten Verbotenen Zone, unter anderem auch in dieser Stadt. Die Mehrheit hat sich jedoch an einem geheimen Ort zusammengeschlossen. Die Verlorenen kennen diese Gegend natürlich in- und auswendig. Wenn uns jemand helfen kann, dann finden wir ihn dort.«

»Das heißt, wir müssen dorthin?« Sying war aufgeregt.

»Den genauen Platz der geheimen Stadt kennen nur wenige Läufer. Selbst Masor weiß nur, dass es sie gibt, aber nicht wo sie sich befindet. Diejenigen, die davon Kenntnis haben, mussten einen heiligen Eid schwören, den Standort niemals zu verraten. Ich hätte nicht gedacht, dass ich der Erste sein werde, der ihn bricht.«

Überrascht und dankbar sahen die drei Freunde Lifar an. Sie hatten nicht mehr damit gerechnet, dass er sie wirklich zu den Verlorenen führen würde.

»Aber ihr müsst mir versprechen, niemandem davon zu erzählen.« Abwartend sah er die Freunde an.

»Was ist mit Charlie, Madu, Ehawee und Fred?«, fragte George.

»Ich weiß nicht. Je mehr von dem Geheimnis wissen, desto wahrscheinlicher wird es, dass es herauskommt. Ein Sprichwort bei uns sagt, ›wenn zwei etwas wissen, ist es kein Geheimnis mehr‹.«

»Unsere Freunde würden auf keinen Fall etwas verraten!«, sagte Sying.

»Die Information könnte wichtig für unsere Mission sein«, ergänzte Fatma.

»In Ordnung, aber sonst niemandem mehr.« Man sah dem Läufer das Unbehagen bei dieser Entscheidung deutlich an.

Sie nickten.

»Gut, denn wir sind da!«

Konars Grab

Hustend drängte sich die Gruppe an die steinerne Tür. Eine große Staubwolke hüllte sie ein. Steinbrocken polterten die Treppe herunter und blieben kurz vor ihnen liegen. Ehawee und Madu hatten sich in die hinterste Ecke verzogen, während Fred unter der Jacke der Nirmanerin Schutz suchte. Charlie tastete mit geschlossenen Augen die Tür ab, in der Hoffnung eine Klinke oder einen Öffnungsmechanismus zu finden. Doch außer einigen Vertiefungen in der Tür, die sie nicht näher deuten konnte, entdeckte sie nichts.

Sie warteten, bis sich der Staub gelegt hatte und sahen sich dann ihre Umgebung an. Der obere Teil der Treppe war versperrt. Ihnen blieb nur der Weg durch die Tür. Die Einkerbungen, die Charlie ertastet hatte, entpuppten sich als kunstvolle Muster.

»Vielleicht gibt es wieder eine Sternvertiefung wie an der Wand in der Bibliothek«, überlegte Ehawee. So sehr sie auch suchten, sie fanden keinen Stern.

Fred lief auf dem Boden hin und her und betrachtete die untersten Verzierungen. »Das Einzige, was hier einem Stern nahekommt, ist dieser Abdruck einer Scherbe des Sterns.«

»Wo ist der, Fred?«, fragte Charlie.

»Direkt hier in der Ecke.« Der Pilz zeigte mit dem Finger darauf.

Charlie legte sich flach auf den Boden, neben sich den Glompstein, um ihn sich anzusehen. »Gib mir bitte deinen Stern«, sprach sie Ehawee an, die der Aufforderung umgehend nachkam. Die Scherbe müsste genau hineinpassen, dachte Charlie, nachdem sie beides verglichen hatte. »Schaut, ob ihr noch weitere findet. Vielleicht müssen wir den Stern diesmal auseinandernehmen.«

Es dauerte etwas, aber dann hatten sie vier weitere Stellen gefunden. Die Scherben waren so raffiniert in das Türmuster eingearbeitet, dass sie nur schwer zu identifizieren waren.

»Lasst es uns versuchen«, sagte Madu, bei dem sich langsam ein leichtes Beklemmungsgefühl einstellte.

Vor über einem Jahr hatte er einige Zeit bewegungslos in einer Höhle mit einem riesigen Kraken verbringen müssen, um an ein Stück des nirmanischen Sterns zu gelangen. In buchstäblich letzter Minute, als er schon glaubte, ertrinken zu müssen, hatte er mithilfe des Anführers der Marianer entkommen können. Seitdem mochte er keine engen und verschlossenen Räume. Es fühlte sich für ihn so an, als würden die Wände immer näher auf ihn zukommen. Seine Atmung wurde hektischer und kalter Schweiß bedeckte seine Haut.

Ehawee nickte und nahm den Stern in ihre Hand. »Solvite«, flüsterte sie, und er zerfiel in seine fünf Einzelteile. Nacheinander legte sie die Scherben in die Vertiefungen. Nach der letzten leuchtete das Muster auf.

»Und jetzt?« Madu drückte gegen die Tür, die wie eine Drehtür aufschwang, so dass auf beiden Seiten eine Öffnung entstand.

Schnell schlüpften die Freunde hindurch. Ehawee entfernte die Scherben, bevor die Tür zurückschwang und sie dabei fast einquetschte.

»Das war knapp!«, keuchte sie, setzte den Stern wieder zusammen und hing in sich um den Hals.

»Was ist das?«, fragte Madu erschrocken und machte das Zeichen gegen das Böse.

Da niemand daran gedacht hatte, ihren Leuchtstein mitzunehmen, war es in dem Raum dunkel. Zumindest fast, denn zwei leuchtende Augen starrten sie an. Hastig holte Charlie ihren zweiten und letzten Leuchtstein aus der Tasche. Ein kollektives, erleichtertes Seufzen war zu hören, als sie feststellten, dass ihnen von den Augen keine Gefahr drohte. Was die Sache aber nicht weniger unheimlich machte, da sie zu einem Toten gehörten, der auf einem Schrein im Schneidersitz saß.

Die restliche Höhle sah vollkommen normal und unspektakulär aus. Die Wände waren glatt, da an ihnen stetig Wasser herabrann. Ein gut zwei Zentimeter hoher Wasserspiegel hatte sich am Boden angesammelt. Langsam traten sie näher.

»Konar!«, hauchte Fred.

»Ist das eine Mumie?«, fragte Madu unsicher und machte das Zeichen gegen das Böse.

»Ich glaube nicht«, antwortete Charlie und runzelte die Stirn. »Eine Mumie ist umwickelt. Der sieht noch einigermaßen mensch ... ich meine zananisch aus.«

»Aber ganz normal wie zu Lebzeiten wirkt er auch nicht«, meinte Ehawee.

Konars Haut spannte sich hart und faltig um seine Knochen. Das, was sie zuerst für seine Augen gehalten hatten, waren in Wirklichkeit glänzende Steine, die in seine Augenhöhlen gelegt worden waren und täuschend echt aussahen. Gekleidet war er in die gleiche dunkelgrüne Robe, die auch der Hohepriester Rhem trug.

»Habt ihr gesehen, was er in den Händen hält?« Ehawee zeigte auf eine Papierrolle. »Ich bin sicher, da finden wir einen Hinweis auf die Zeitmaschine. Wir müssen sie holen!«

Niemand rührte sich. Der Gedanke, der Leiche näher zu kommen und sie sogar zu berühren, hatte etwas Abschreckendes.

»Mensch, Leute!« Charlie erbarmte sich, zog vorsichtig das Pergament hervor und rollte es auf.

Die Verlorenen

Wir sind da? Hier?«, wollte Sying irritiert wissen. Die Frage war durchaus berechtigt, denn abgesehen von einigen Bäumen hinter ihnen, erstreckte sich nur ein großer See vor ihnen. Lifar drehte sich zu den Freunden um.

»Wir sind in der Nähe der verborgenen Stadt. Wartet hier, denn die Verlorenen sind Fremden gegenüber äußerst misstrauisch. Uns Läufer kennen sie teilweise schon seit Jahrzehnten, aber alles Neue macht ihnen Angst. Wenn sie sich dazu entscheiden, mit uns zu reden, starrt sie nicht an, egal wie sie aussehen. Die Folgen des Elementenwürfels sind bei ihnen deutlich erkennbar.«

Dankbar für die Verschnaufpause setzte George sich auf den Boden. Das letzte Stück des Weges war zwar nicht anstrengend gewesen, aber seine Füße hatten gelitten. Er war gefühlt auf jeden spitzen Stein getreten, den es in der Verbotenen Zone gab.

Was täte ich nur für ein neues paar Schuhe, dachte er und rieb sich seine schmerzenden Fußsohlen.

Staunend beobachteten die Freunde, wie Lifar in den See ging und nach einigen Schritten unter der Wasseroberfläche verschwand. Da sie nichts tun konnten, setzten Fatma und Sying sich zu George und warteten.

Nach einer Weile standen die Jungen auf, um kurz hinter den Büschen zu verschwinden. Da geschah etwas Erstaunliches. George beschleunigte enorm und prallte unsanft gegen einen Baum. Verblüfft rappelte er sich wieder auf und rieb sich die schmerzende Seite. »Was war das denn?«

»Es sah aus, als wärst du plötzlich an einem anderen Ort gewesen«, sagte Fatma. »Das ist hier bestimmt ein weiterer Fleck.«

»Dann gehe ich lieber zu einem anderen Baum«, meinte Sying und wandte sich der gegenüberliegenden Seite zu.

»Halt, warte, vielleicht gibt es hier noch andere Flecken«, rief Fatma ihm noch hinterher, doch es war zu spät.

Sying hatte das Gefühl, in einer zähen Masse festzustecken. Trotz immenser Kraftanstrengung kam er nicht weiter. Nur seine rechte Hand konnte er bewegen. Aus dem Augenwinkel sah er Fatma und George hektisch hin- und herlaufen.

Für die zwei sah es aus, als wäre der Chinese mitten in der Bewegung erstarrt. Fatmas erster Impuls war es, Sying an der Hand zu fassen und zurückzuziehen.

»Nicht anfassen!« Lifars Stimme duldete keinen Widerspruch.

Wieso ist er schon zurück?, dachte George, bevor er seine Aufmerksamkeit wieder auf Sying richtete.

»Was genau habt ihr an nicht bewegen und aufpassen nicht verstanden?« Wütend sah der Läufer sie an.

Betreten schauten sie zu Boden. Lifar zog fluchend ein Seil aus seiner Tasche und warf eine Schlaufe über Syings Hand. Mit vereinten Kräften zerrten sie daran, aber Sying kippte nur langsam in ihre Richtung. Erst als sein Oberkörper den Fleck verlassen hatte, ging es schneller voran. Als er endlich frei war, sanken sie erschöpft zu Boden.

»Danke, dass du mich gerettet hast.« Der Chinese reckte und streckte sich, froh über die wiedergewonnene Bewegungsfreiheit.

»Ein Glück, dass du da warst«, sagte Fatma erleichtert zu Lifar, dessen Gesicht immer noch finster aussah.

»Hast du etwas vergessen oder warum bist du umgekehrt?«, fragte George verwundert.

»Oh, ich war mehrere Stunden weg. Die Zeit im See läuft schneller als hier oben. Überhaupt müsst ihr euch in dieser Gegend in Acht nehmen. Hier gibt es einige Zeitparadoxen.«

»Danke für die Warnung«, sagte George trocken.

Jetzt erst fiel ihnen etwas anderes auf.

»Du bist überhaupt nicht nass«, stellte Fatma fest und fasste erstaunt Lifars Arm an, als könne sie ihren Augen nicht trauen. »Wie …?«

»Das werdet ihr gleich sehen. Es hat mich viel Überzeugungskraft gekostet und ohne Masors Schreiben, das er mir mitgegeben hat, hätte ich es wohl nicht geschafft. Sie werden euch zumindest anhören. Aber ich muss euch warnen. Sollte ihnen nicht gefallen, was ihr zu sagen habt, werdet ihr diesen Ort nicht mehr verlassen.«

»Das nenne ich traumhafte Aussichten«, meinte George und sah in die ängstlichen Gesichter seiner Freunde.

Fatma straffte die Schultern. »Nun, dann müssen wir sie eben von uns überzeugen.«

Auch Sying nickte, also drehte Lifar sich um und ging erneut in den See hinein.

»Er hält uns wohl für Fische«, knurrte George, folgte ihm aber, genauso wie Sying und Fatma. Letztere nur mit äußerst zwiespältigen Gefühlen, da sie sich im Wasser überhaupt nicht wohl fühlte. Als sie die ersten Schritte hinein machten, bemerkten sie, wie das Wasser vor ihnen zurückwich. Für einen Außenstehenden musste es so aussehen, als wären sie vollkommen untergetaucht. Um ihren Mund blieb allerdings auf diese Weise eine Luftblase, so dass sie ohne Probleme atmen konnten.

Diese Veränderung kann nur der Elementenwürfel hervorgerufen haben, überlegte George. Genauso muss er den Auftrieb verändert haben, da wir mühelos über den Boden gehen können.

Das Wasser um sie herum verzerrte ihre Sicht. Trotzdem machten sie vor sich ein großes Objekt aus. Während sie sich diesem näherten, versuchte Sying irgendwelche Pflanzen oder Tiere zu erkennen. Doch da war nichts.

Vielleicht ist es auch besser so, dachte er. Ein Seeungeheuer hätte uns noch gefehlt.

Von einem Augenblick zum nächsten befanden sie sich in dem Gebilde. Einer riesigen Kuppel aus Korallenverflechtungen, wie sie jetzt feststellten. Im Inneren war es vollständig trocken, und sie nur von normaler Luft – soweit sie das beurteilen konnten – umgeben. Sie brauchten einen Moment, um sich an die Veränderung zu gewöhnen. Dann registrierten sie Einzelheiten. Im Hintergrund sahen sie ein Dorf und vor ihnen eine Gruppe Vermummter, die lange Speere auf sie richteten.

Gefangen

Ist das ein Kelch?«, fragte Fred.

»Ein Kelch, ein Becher oder vielleicht ein Pokal«, vermutete Ehawee.

Sie betrachteten die farbige Abbildung auf dem Papier, das Charlie aus Konars Hand gezogen hatte. Ein Pfeil zeigte auf einen dicken Sockel, darauf thronte ein kunstvolles Z. Auf dessen oberem Querbalken ruhte eine breite Schale. Alles war hell- und dunkelgrün gesprenkelt.

»Der Stein ist bestimmt in dem Sockel versteckt«, sagte Madu aufgeregt. »Vielleicht weiß Masor, was das ist.«

Charlie nickte und steckte das Papier in ihre Tasche. »Dann zur nächsten und aktuell wichtigsten Frage: Wie kommen wir hier wieder raus?«

Auweia! Darüber hatten sie gar nicht nachgedacht! Sie waren überall von Felsen umschlossen.

»Vielleicht hatte Konar nicht damit gerechnet, dass der Rückweg versperrt ist, und es gibt keinen zweiten Ausgang.« Der Raum wurde Madu mittlerweile viel zu eng.

»Das glaube ich nicht«, erwiderte Charlie, auch um sich selbst zu beruhigen.

Nachdenklich sah sie sich um. Im Schein des Leuchtsteins nahm sie eine Bewegung des Wasserspiegels wahr. Es floss in Richtung des Schreins und verschwand darunter.

Natürlich! Es muss einen Abfluss geben. Ansonsten wäre die Höhle schon komplett geflutet.

»Wir müssen den Schrein verschieben«, forderte sie die anderen auf. »Ich glaube, darunter befindet sich eine

Öffnung.« Sie steckte den Leuchtstein in ihre Jackentasche, um die Hände frei zu haben. Dadurch erhellte nur ein schwacher Schein die Umgebung, der durch ihre Kleidung drang.

Während sie Konar in Gedanken um Verzeihung baten, drückten sie gemeinsam gegen den Schrein. Er ließ sich zunächst nur millimeterweise verrücken. Dann rutschte er auf einmal so schnell zur Seite, dass die Freunde davon völlig überrascht wurden. Kopfüber stürzten sie in die frei gewordene Öffnung im Boden. Mit einem großen Platschen landeten sie fünf Meter tiefer im Wasser und tauchten prustend wieder auf.

»Fred!« Panisch sah Ehawee sich um und erblickte ihn strampelnd neben sich. Da um sie herum überall nur glatte, hohe Wände und Wasser waren, setzte sie ihn erst einmal auf ihren Kopf.

»Wo sind wir?«, fragte der kleine Pilz.

»In einem unterzananischen See«, antwortete Ehawee.

Die Hoffnung auf Rettung wich einer erneuten Panik.

»Na toll. Anstatt oben zu verrotten, werden wir jetzt eine Etage tiefer ertrinken«, rutschte es Madu heraus. Doch als er die Gesichter seiner Freunde bemerkte, schob er hinterher: »Entschuldigung, das habe ich nicht so gemeint.«

»So schnell geben wir nicht auf.« Charlie zog rasch den Leuchtstein aus ihrer Tasche, so dass sie mehr von ihrer Umgebung erkennen konnten. Der unterirdische See war von glatten Steinwänden umgeben, die mit Bildern bedeckt waren. Nirgendwo war ein Vorsprung oder eine Nische zu sehen, wo sie sich hätten ausruhen können. Sie fanden auch keine Stelle, an der sie stehen konnten.

»Was glaubst du, wie lange ihr noch schwimmen könnt?«, fragte Fred Ehawee leise. Er war mittlerweile auf ihre

Schulter geklettert und hielt sich an ihrem Haar fest. Das bedeutete, dass sich seine Füße im Wasser befanden.

»Ich weiß es nicht. Aber ich habe das Gefühl, dass Schwimmen noch nie so anstrengend war.«

Den anderen ging es genauso. Obwohl sie erst ein paar Minuten im Wasser waren, hatten sie fast keine Kraft mehr.

.

Torke

Die Bewaffneten trugen bodenlangen Umhänge, die ihre Körper komplett verhüllten, und Masken, die nur Augen und Mund freiließen und hell- und dunkelgrün bemalt waren. Für ihre Ausrüstung verwendeten die Verlorenen alles, was sie finden konnten. Die Umhänge bestanden aus den unterschiedlichsten Textilien. Die Speere waren teilweise aus Holz oder anderen Materialien gefertigt, auf den Spitzen steckten scharfkantige Steine oder bedrohlich wirkende Gegenstände. Die Verlorenen wirkten unheimlich auf die Freunde.

»Wir bringen euch zu Torke. Folgt uns!«, erklang es dumpf hinter einer der Masken. Gemeinsam gingen sie durch das Dorf. Dort umgab sie ein buntes Sammelsurium, was sie unwillkürlich in eine fröhliche Stimmung versetzte. Dieses Gefühl war angesichts der Bedrohung und ihrer Umgebung ziemlich seltsam.

»Die Häuser sehen aber hübsch aus. Die Form erinnert mich an Iglus bei uns auf der Erde«, sagte Fatma erstaunt.

»Sie bauen die Hütten aus dem lehmigen Boden des Sees«, erklärte Lifar. »Dann bekleben sie sie mit allem, was sie finden können, oder malen sie an.«

Das Ergebnis konnte sich sehen lassen. Alle möglichen Farben strahlten ihnen entgegen.

Wenn ich es nicht besser wüsste, würde ich dies für einen Außenposten der Levitaner halten, dachte George, der gerne an seine Zeit in den nirmanischen Sümpfen zurückdachte. Abgesehen von der seltsamen und farbenfrohen Kleidung natürlich, auf die er dankend verzichten konnte.

»Allerdings schlafen die Verlorenen nicht dort, sondern da oben.« Lifar zeigte an die Decke der Kuppel.

Erst jetzt bemerkten sie die zahlreichen Objekte, die direkt unter der Wölbung hingen und Bienenkörben ähnelten.

Der Läufer beantwortete die unausgesprochene Frage: »Die Verlorenen schlafen dort für den Fall, dass ihre Stadt von den Dunklen gefunden wird und sie nachts überfallen werden. Dort oben befindet sich ein Notausstieg.«

Die scheinen hier an alles gedacht zu haben, staunte Sying.

Ihre Eskorte stoppte. Als sie den Grund erkannten, machten die Freunde erschrocken einen Schritt zurück. Vor ihnen stand der hässlichste Mann, den sie je gesehen hatten. Alles in seinem Gesicht schien verrutscht zu sein und seine Haut war mit dickwulstigen Narben übersäht. Es war ihnen unangenehm, ihn anzuschauen. Nachdem Lifar ihnen einen bösen Blick zugeworfen hatte, rissen sie sich zusammen.

»Darf ich euch den Anführer der Verlorenen vorstellen? Torke, das sind George, Fatma und Sying.«

Letztere grüßten freundlich, während Torke sie nur finster anstarrte. Dann sagte er: »Lifar hat mich irgendwie überredet, euch zu empfangen. Nur deshalb seid ihr überhaupt hier. Also, was wollt ihr von uns?«

George trat mutig vor. »Wir suchen einen bestimmten Ort in der Verbotenen Zone. Das ist seine Beschreibung.« Er reichte dem Anführer ein Blatt. Obwohl George es nicht wollte, zuckte er leicht zusammen, als sich ihre Hände berührten.

Der Verlorene grinste höhnisch. »Du willst mich nicht ansehen und noch weniger anfassen, oder?«

Man hätte eine Stecknadel fallen hören können. Alle hielten den Atem an.

Lifar wollte intervenieren. »Ich denke ...«, doch Torkes gehobene Hand ließ ihn verstummen.

George sah dem Anführer fest in die Augen. »Es tut mir leid. Aber genauso ist es.«

Ein anerkennender Blick huschte über dessen Gesicht. »Du bist wenigstens ehrlich und hast Mumm. Das spricht für euch.« Er trat ein paar Schritte zurück und las sich die Beschreibung durch. »Warum wollt ihr an diesen Ort?«

»Wir glauben, dass dort ein Teil der vor Jahrhunderten verschwundenen Zeitmaschine versteckt ist«, sagte Sying.

Abrupt blickte Torke auf. »Ihr wollt die Zeitmaschine zusammensetzen? Dabei werden wir euch auf keinen Fall helfen. Mächtige Dinge wie diese oder der Elementenwürfel sollten überhaupt nicht existieren.« Er drückte George das Papier wieder in die Hand. »Ihr könnt gehen.«

Als ihn plötzlich jemand am Arm fasste, drehte er sich überrascht um und sah sich Fatma gegenüber. »Du hast recht. So mächtige Dinge sollte es nicht geben. Aber unsere Wünsche gehen leider nicht immer in Erfüllung. Und eines dieser mächtigen Dinge hat schreckliches Leid über eine Welt gebracht, zum zweiten Mal. Der Elementenwürfel hat Nirma vernichtet. Alle Bewohner«, sie schluckte kurz, »unsere Freunde, sind gestorben. Und die einzige Hoffnung, dies wieder rückgängig zu machen, ruht auf dieser Zeitmaschine. Was hättest du gemacht? Oder deine Vorfahren, wenn sie damals die Möglichkeit dazu gehabt hätten? Hätten sie nicht auch versucht, alles zu ändern, die Verbotene Zone wieder in ihre Heimat zurückzuverwandeln, ihre Liebsten zurückzuholen und die Schwerverletzten zu heilen?« Fatma legte ihre Hand auf Torkes entstelltes Gesicht.

»Würdest du diese Chance nicht nutzen, wenn sie sich dir böte?«

Man sah, wie Torke mit sich rang. Schließlich nahm er George das Pergament ab. Nach einem Blick darauf sagte er: »Wenn ihr mir versprecht, die Zeitmaschine nur zu diesem Zweck zu benutzen und sie zu vernichten oder wenigstens wieder vor allen zu verstecken, werde ich euch sagen, was ich weiß.«

»Wir versprechen es«, sagten George, Fatma und Sying gleichzeitig.

»Ich weiß nicht, was mit dem doppelten Zeichen von Zanano gemeint ist, aber ich kenne die Gegend, die beschrieben wird. Mema wird euch hinführen.« Eine der Bewaffneten trat näher. Torke wechselte kurz mit ihr ein paar Worte. Mema nickte und stellte sich neben Lifar, der sich über ihre Begleitung sichtlich freute und ihre Hand drückte.

»Danke«, sagte Fatma.

»Ich erwarte, dass ihr geht und nie hierher zurückkehrt.« Ohne ein weiteres Abschiedswort verschwand der Anführer in seiner Hütte.

Gefährliche Rutschpartie

Vielleicht ist es die Aussichtslosigkeit unserer Lage oder die Kälte, sinnierte Charlie. Selbst auf Nirma habe ich mich nie so hilflos gefühlt. Wenn wenigstens das Wasser nicht weiter auf uns einprasseln und endlich versiegen würde. Nie hätte ich gedacht, dass das Letzte, was ich in meinem Leben sehen werde, steinzeitliche, zananische Malereien sind. Resigniert schweifte ihr Blick darüber. Alles genau wie zuvor.

Moment mal! Charlie spürte, wie Adrenalin sie durchflutete und ihre Lebensgeister zurückkehrten. »Hey Leute, schaut auf die Bilder.« Vor lauter Aufregung hatte sie den Mund zu weit geöffnet und sich verschluckt. Nach zwei vergeblichen Versuchen zwang sie sich, dreimal tief ein- und auszuatmen, bevor sie weitersprach. »Hat sich in der Zeit, in der wir hier unten sind, irgendetwas an den Bildern verändert?«

»Verändert? Was meinst du?«, fragte Ehawee, die hellhörig geworden war.

»Ich sehe genauso viel von den Bildern wie am Anfang. Bei der Menge Wasser, die von oben herunterkommt, müsste der Wasserspiegel doch längst gestiegen sein.«

»Das bedeutet, dass das Wasser irgendwo abfließen muss.« Auch Madu verspürte neue Energie.

Wie sie seit ihrem Abenteuer auf Nirma wussten, konnte Madu am längsten von ihnen die Luft anhalten. Er tauchte tief hinunter und tastete sorgfältig den Rand ab. Zwischendurch kam er immer wieder an die Oberfläche, um Luft zu holen. Charlie suchte ebenfalls nach einem Abfluss.

Ehawee konnte wegen Fred nicht helfen, so dass den beiden nichts anderes übrigblieb, als abzuwarten.

»Erinnere mich daran, dass ich Gerzin bei unserer nächsten Außenmission um einen Taucheranzug bitte«, murrte Fred. »Natürlich erst, wenn wir die Zeitmaschine entdeckt und Nirma gerettet haben.« Die Stimme des kleinen Pilzes war am Schluss nur noch ein Flüstern.

»Wenn wir hier heil rauskommen, gebe ich dir höchstpersönlich Schwimmunterricht«, versprach Ehawee. Angestrengt versuchte sie, nicht an Nirma zu denken oder daran, was es für ihre Welt bedeutete, wenn sie scheiterten.

Madu unterbrach ihr Geplänkel mit Fred und tauchte prustend neben ihr auf. »Ich habe etwas gefunden«, verkündete er atemlos. »Es gibt da drüben, ungefähr drei Meter tief einen Gang. Und in fünf Metern ist eine Strömung, durch die das Wasser in ein weiteres Loch auf der gegenüberliegenden Seite fließt. Da konnte ich aber nicht näher heran, sonst hätte mich die Strömung direkt hineingezogen.«

Sie freuten sich darüber, dass Madu mögliche Ausgänge gefunden hatte. Aber welchen Weg sollten sie versuchen? Von der richtigen Entscheidung hing ihr Leben ab. Vorausgesetzt einer der Wege führte überhaupt nach draußen.

Für Charlie gab es nur eine Antwort. »Ich bin für die Strömungsvariante. Egal ob wir drei oder fünf Meter tauchen, danach werden wir nicht mehr lange die Luft anhalten können. Das Schwimmen mit der Strömung bringt uns schneller voran.«

»Und was ist mit mir? Ich kann weder schwimmen noch lange die Luft anhalten«, fragte Fred traurig.

Das war in der Tat ein Problem.

»Meine Jacke soll wasserfest sein«, sagte Madu. »Zumindest hat Sana mir gesagt, sie sei zwar nicht besonders bequem, dafür würde ich aber auch nie nass werden. Fred, du könntest in meine Tasche klettern. Sie ist zwar klein und die Luft reicht nicht sehr lange, aber es ist eine Chance.«

»Sogar die einzige, die ich sehe«, meinte Charlie.

Mit vereinten Kräften und mit vielen guten Wünschen steckten sie Fred in Madus Jackentasche. Das war gar nicht so einfach, da sich alles über der Wasseroberfläche abspielen musste. Als die Tasche wieder verschlossen war, gönnten sie sich eine kurze Verschnaufpause.

»Ich denke, wir müssen los«, sagte Ehawee. »Ich kann nicht mehr und Fred hält es da drin auch nicht lange aus.« Vorausgesetzt die Tasche ist wirklich wasserdicht, fügte sie in Gedanken hinzu.

»Dann sehen wir uns bald draußen. Wir schaffen das!«, waren Charlies letzte Worte, bevor sie Madu und Ehawee hinterher tauchte.

Nach einigen Metern bemerkten die drei Freunde die Strömung, die sie in eine Öffnung in der Wand zog. Sie ließen sich dorthin treiben und wurden dann rasch durch enge Gänge mit vom Wasser glattpolierten Wänden gespült.

Das ist fast wie in einer Röhrenrutsche, versuchte Charlie sich zu beruhigen. Nur dass man sich da sicher ist, nach wenigen Sekunden wieder atmen zu können.

Die Strömung wurde immer stärker, so dass sie mittlerweile mit hoher Geschwindigkeit durch den Berg schossen.

Ehawee bekam Panik. Ich kann nicht mehr. Ich muss atmen. Überall ist Wasser. Ich brauche Sauerstoff. Sie presste noch einige Sekunden die Lippen zusammen. Dann dachte sie nur: vorbei, bevor sie den Mund öffnete und …

… sich ihre Lungen mit frischer Luft füllten.

Sie hatte genau im richtigen Moment den Berg verlassen und flog durch die Luft. Bis sie realisiert hatte, dass die

Enge um sie herum verschwunden und sie nicht tot war, landete sie wieder im Wasser. Prustend tauchte sie auf und sah sich panisch um. Erleichtert erkannte sie Madu und Charlie neben sich.

Fred! »Madu, wir müssen aus dem Wasser!«

»Nichts lieber als das.« Mit letzter Kraft schafften sie es ans Ufer, wo Ehawee sich sofort an Madus Tasche zu schaffen machte und einen leblosen Fred herausholte.

»Oh nein, er ist tot! Was haben wir nur gemacht?«, schluchzte sie laut auf.

Erschrocken blickten ihre beiden Freunde auf den kleinen Pilz. Charlie hielt ihr Ohr über sein Gesicht, dann lächelte sie. »Er atmet. Schau! Aber er hat eine große Beule am Kopf. Wahrscheinlich hat er sich bei der Rutschpartie den Kopf angestoßen und ist deshalb bewusstlos.«

»Er lebt! Nirma sei Dank.« Erschöpft sank Ehawee zu Boden. »Wir haben es tatsächlich geschafft, ich kann es kaum glauben.«

Fast wie auf ein geheimes Kommando drehten sie gleichzeitig ihre Köpfe und schauten zu dem Berg, wo in etwa zehn Metern Höhe Wasser aus dem Berg in den Fluss floss.

Charlie schüttelte sich. Nicht zu fassen, dass ich mich bisher nur getraut habe, vom Dreier zu springen.

Als die Anspannung der vergangenen Stunden nachließ, überkam alle eine bleierne Müdigkeit und sie spürten die Kälte. Sie waren mitten in einer Winterlandschaft gelandet und knieten, wie ihnen erst jetzt bewusst wurde, nass im Schnee.

Madu schlug zitternd die Arme um sich. »Wir müssen hier weg, irgendwohin ins Warme. Sonst schafft die Kälte noch das, was das Wasser nicht geschafft hat.«

Das halb erfrorene Dorf

Bevor sie die Kuppel verließen, sprach George Mema an. »Ich habe noch eine Bitte.« Er zeigte auf seine nackten Füße. »Hast du vielleicht ein paar Schuhe für mich?«

Die Zananerin runzelte die Stirn. »Du hast aber große Füße! Ich werde sehen, ob ich etwas finden kann.« Sie durchsuchte mehrere Hütten und kam kurze Zeit später mit einer Tasche wieder. »Es sind ausgefallene Schuhe, weil sie von einigen unserer Kinder gebastelt wurden, aber es sind die einzigen, die dir passen könnten.«

Als George das Paar aus der Tasche zog, lachte Sying laut los. Das war ein seltener und ungewohnter Gefühlsausbruch des kleinen Chinesen.

»Ich weiß nicht, wie du das immer machst, George«, prustete er. Lifar und Fatma verbissen sich nur mühsam ein Lachen.

»Glaub mir, Mema, ich bin in Bezug auf komische Kleidung Schlimmeres gewohnt«, beruhigte George die Frau, die irritiert in die Runde sah.

Die Schuhe waren von den Kindern offenbar nach dem gleichen Prinzip wie die Häuser verschönert und mit allem Möglichen beklebt worden. Besondere Freude hatten ihnen dabei glitzernde Steine bereitet. Das Highlight bildeten aber zweifelsohne die bunten Federn, die sowohl an den Zehen als auch an den Fersen angebracht waren und von dort buschig in die Höhe ragten.

George zog sie an und seufzte erleichtert. »Auf alle Fälle besser, als barfuß zu laufen.«

Sie hatten gerade den See verlassen, als aus dem Wald vor ihnen ein Mann trat. Er trug eine Lederhose und ein längeres Oberteil, zahlreiche Waffen bedeckten ihn. Den unteren Teil seines Gesichtes verbarg er mit einem Tuch.

»Ein Jäger«, zischte Lifar und griff zu seiner Waffe.

Mema hielt seinen Arm fest. »Lass mich das machen.« Unvermittelt ließ sie ihren Umhang und die Maske fallen. Die Umstehenden schnappten nach Luft. Ihr Aussehen war ungewöhnlich, aber im Gegensatz zu Torkes auf eine interessante Art. Ihr Körper war farblich diagonal geteilt. Die eine Hälfte schien hellgrün, die andere dunkelgrün zu sein. Ihr Gesicht war bis auf ein dunkel umrahmtes Auge hellgrün. Ihre Haut war mit einem feinen Glitzer überzogen. Am eindrucksvollsten waren aber ihre Augen. Anstelle einer grünen, braunen oder blauen Farbe waren kleinste Glitzerteilchen zu sehen, so dass sie wie Edelsteine funkelten. Das war den Freunden zuvor gar nicht aufgefallen. Memas Anblick weckte offenkundig den Jagdinstinkt des Mannes.

Langsam ging er auf die Gruppe zu. »Du bist ein besonders schönes Exemplar. Ich werde für dich einen hervorragenden Preis erzielen.«

»Einen Preis erzielen? Was meint er damit?«, fragte Fatma entsetzt.

»Einige Dunkle halten sich Verlorene als Gefangene. Als eine Art Gruselkabinett zur Belustigung ihrer Gäste.« Lifars Stimme klang traurig und kampfbereit zugleich.

»Das ist ja furchtbar! Das dürfen wir auf keinen Fall zulassen.«

George fiel die Gefangene auf der Feier in der dunklen Stadt ein. Über ihr Schicksal hatte er nichts mehr erfahren. Sie war eine Verlorene, wie er jetzt erkannte.

Mema ging ein wenig zur Seite. Die anderen wollten ihr folgen, doch der Jäger warf ihnen plötzlich etwas vor die Füße, das in atemberaubendem Tempo um sie herumwirbelte. Nur Sekunden später waren sie von den Knöcheln bis zu den Schultern verschnürt und konnten sich nicht mehr bewegen.

»Das ist ein Razer«, sagte der Läufer. »Es wird schwer, sich daraus zu befreien.« Er versuchte genauso wie Sying, seinen Arm aus den dicken Seilen hervorzuziehen, aber ohne Erfolg. George und Fatma standen ebenso hilflos da, Rücken an Rücken gefesselt.

»Wie sollen wir Mema denn jetzt noch helfen?« Der kleine Chinese blickte zu der Verlorenen hinüber. Er zerrte so heftig an den Seilen, dass er das Gleichgewicht verlor und unsanft auf dem Boden landete.

An Lifars besorgten Blick erkannten sie, dass er das Gleiche dachte.

Der Jäger passte sich Memas Bewegungen an, wurde mal langsamer, mal schneller, genau wie die Verlorene, die im letzten Augenblick zurückwich oder Haken schlug.

»Das alte Spiel von der Katze und der Maus«, sagte George. »Warum benutzt er bei ihr nicht auch einen Razer?«

»Das würde ihm den ganzen Spaß nehmen«, antwortete Lifar. »Er will jagen, es genießen.«

Die Zananerin kam der Stelle, an der Sying zuvor festgesteckt hatte, gefährlich nah. Der Jäger kam ebenfalls näher. An seiner Körperhaltung sah man, dass er seine Beute nicht entkommen lassen würde. Ansatzlos sprang er sie an. Die Freunde waren überrascht, doch die Verlorene hatte damit gerechnet. Ihre Haut leuchtete auf und der Dunkle fiel durch sie hindurch. So schnell konnte er nicht abbremsen und stolperte einige Schritte weiter. Es sah grotesk aus, wie er von einem Moment zum nächsten in der Bewegung erstarrte.

»Mema hat das geplant. Sie hat ihn absichtlich zu diesem gefährlichen Fleck gelockt«, erkannte Sying erstaunt.

»Deswegen werdet ihr in der Verbotenen Zone keine rote Warnsteine finden«, erklärte Lifar. »Die Verlorenen, die die Flecken kennen, haben sie immer wieder entfernt, um sich einen Vorteil gegenüber den Jägern zu verschaffen.«

»Aber hast du nicht von Warnhinweisen in der Stadt gesprochen?«, fragte George.

»Ja, doch das sind eigene Zeichen der Läufer, nur für diejenigen zu erkennen, die sie gesetzt haben.«

Mema kam auf sie zu und befreite sie von dem Razer. Endlich konnten sie sich wieder bewegen.

»Cooler Trick«, sagte Sying und streckte sich genüsslich.

»Manche Veränderungen können auch zum Vorteil sein«, gab sie mit einem Augenzwinkern zurück.

Lifar umarmte die Frau erleichtert. Sie erstarrte erst, bevor sie die Umarmung erwiderte.

Die beiden mögen sich mehr, als sie zugeben wollen, dachte Fatma.

Gemeinsam machten sie sich endlich auf den Weg. Mit der Verlorenen als Führerin kamen sie rasch und problemlos vorwärts, bis Lifar besorgt in den Himmel schaute.

»Ich habe die Wolken auch schon gesehen«, sagte Mema, die seinen Blick bemerkt hatte.

»Ich kenne einige Höhlen in der Nähe. Dort können wir uns unterstellen.«

Sie erhöhte das Tempo enorm, woraufhin Fatma meinte: »Es ist nicht schlimm, wenn wir nass werden. Ich bin zwar nach meinem Aufenthalt im Springbrunnen gerade erst getrocknet. Aber von uns aus können wir gerne langsamer gehen.«

»Glaub mir, in diesen Regen möchtest du nur ungern geraten. Er kann aus Wasser sein, manchmal ist er aber auch aus Säure. Leider weiß man vorher nicht, welche Art Regen es ist.«

Nach dieser Erklärung beeilten sich alle nur zu gerne und waren froh, als sie die Höhlen erreichten. Dann klatschten die ersten Tropfen mit einem zischenden Geräusch auf den Boden. Mit einer gewissen Faszination beobachteten sie, wie die Säure sogar Krater verursachte. Es bildeten sich mehrere Rinnsale, von denen eins auf ihre Höhle zusteuerte. Rasch errichteten sie einen Sandwall, bevor die Säure sie erreichen konnte.

Der kleine Chinese machte seiner Anspannung Luft und rief: »Zu spät, du erwischst uns nicht.«

»Pst«, zischte Mema und hielt ihm mit einer Hand den Mund zu. »Wir müssen leise sein. Hier ist Tüssler-Gebiet und diese Tiere wollen wir wirklich nicht auf uns aufmerksam machen.«

»Was sind denn Tüssler?«, fragte George.

Mema zeichnete einen in den Sand der Höhle.

»Ach so, Tausendfüßler meinst du. Die gibt es auch bei uns zu Hause, nur ohne das Beißwerkzeug. Es sind sogar schon mal einige über mich gekrabbelt.«

»Nein, das sind keine Tüssler. Die sind mindestens einen Meter hoch und über zehn Meter lang. Sie verlassen nur selten ihre gewohnten Gänge, vornehmlich wenn sie etwas aufschreckt. Und noch seltener verirren sie sich in die Stadt.«

»Sicherheitshalber werden wir leise sein«, flüsterte Fatma, die diesen Tüsslern auf keinen Fall begegnen wollte.

»Was soll das doppelte Zeichen von Zanano eigentlich sein? Wonach suchen wir?«, rätselte George, während sie auf das Ende des Regens warteten.

Mema schüttelte ratlos den Kopf. »Ich habe das erste Mal von euch davon gehört.«

»Das einfache Zeichen von Zanano ist jedenfalls ein Z«, stellte Lifar fest.

»Vielleicht müssen wir ein Kästchen oder irgendetwas anderes finden, auf dem zwei Zs gemalt sind«, schlug Fatma vor.

»Vielleicht erkennen wir es auch ganz leicht, wenn wir vor Ort sind«, meinte Sying. »Wir müssen die Augen offenhalten.«

Wenig später versiegte der Regen und sie gingen weiter.

»Da vorne ist die Brücke, die ins Nichts führt.« Mema deutete unnötigerweise auf die Konstruktion vor ihnen. »Und dort oben liegt das halberfrorene Dorf.«

Jetzt zeigte sie auf eine Ansammlung von Hütten, die so geschickt in einen Berg eingearbeitet waren, dass sie sie nicht sofort gesehen hatten. Interessiert musterten die Freunde die Umgebung.

Das sieht hier aus wie im Bilderbuch, nur mit kleinen Schönheitsfehlern, dachte Fatma.

Vor ihnen lag ein grünes Tal, durch das sich sanft ein Fluss schlängelte. Auf der anderen Seite stand auf einer Anhöhe eine verwitterte Windmühle, deren gebrochene Flügel traurig herabhingen und leicht im Wind hin- und herschwangen. Die Brücke selbst bestand aus dicken, schwarzen Holzbohlen und sah stabil aus, wenn man von dem Umstand absah, dass sie mitten über dem Fluss aufhörte. Rechts von ihnen lag eine bizarre Felsformation. Sie gingen zuerst die Brücke hinauf bis zu der Stelle, an der sie abbrach. Doch nirgendwo fanden sie einen Hinweis auf das doppelte Zeichen von Zanano oder entdeckten etwas Ungewöhnliches.

»Wenn ihr heute noch zum halberfrorenen Dorf wollt, sollten wir jetzt aufbrechen«, sagte Mema.

»Da es in dem Rätsel genannt wird, müssen wir unbedingt dahin«, antwortete George.

Die Verlorene nickte und ging auf die Felsen zu, die Freunde folgten ihr. Lifar bildete das Schlusslicht. Serpentinenartig wanderten sie höher, bis sie ein Plateau erreichten. Erste Häuser breiteten sich vor ihnen aus, wobei diese Bezeichnung übertrieben war. Was sie fanden, waren Ruinen, Überreste von Mauern und eingestürzte Dächer. Pflanzen wucherten über die Steine und überdeckten sie mit einer grünlichen Schicht.

»Die Natur holt sich ihren Platz zurück«, sprach Mema ihre Gedanken aus.

Als hätten sie auf ihrem Weg durch das Dorf eine unsichtbare Linie überschritten, wurde es deutlich kälter und ihre Umgebung änderte sich von einer Sekunde zur nächsten.

Das halberfrorene Dorf, dachte Sying und bekam eine Gänsehaut, die aber nichts mit den Temperaturen zu tun hatte.

Sie schienen in einem normalen Dorf zu stehen, das mit einer dünnen Eisschicht überzogen war, und eine alltägliche Szene vor sich zu sehen. Hübsche Häuser säumten den Weg, Blumen vor den Fenstern bereiteten ihnen ein herzliches Willkommen. Dennoch scheuten sie sich, weiter zu gehen. Denn sie sahen auch Tiere und, was am schlimmsten war, Zananer. Ein Urungo hockte auf einer Fensterbank und wollte abspringen. Vögel saßen auf Schornsteinen oder Bäumen, die Flügel emporgestreckt. Einige Dongs trotteten über die Hauptstraße. Unerträglich aber war es für die Gruppe, die Zananer zu sehen. Eine Frau stand mit einem Lächeln im Gesicht am Fenster ihres Hauses, die Hand zum Gruß erhoben. Ein alter Mann mit einem Karren kam ihnen entgegen. Drei kleine Kinder spielten zusammen, während eine Gruppe Ältere auf sie achtgab.

Der Anblick hätte so schön sein können, wenn sich nur irgendjemand bewegt hätte. Diese Dorfszene war für die Ewigkeit eingefroren, eine Botschaft aus einer längst vergangenen Zeit. Fatma liefen Tränen über die Wangen, auch George und Sying bekamen feuchte Augen.

»Es waren nur wenige Bewohner im Dorf, als der Elementenwürfel aktiviert wurde«, sagte Mema leise. »Die meisten waren auf den Feldern oder unterwegs zu den Armeen der Hellen, um sie mit Nahrungsmitteln zu versorgen. Unten im Tal wurde einiges angebaut und das Getreide in der Mühle zu Mehl verarbeitet.«

Diese Worte halfen ein wenig. Die Freunde wollten daran glauben, dass die meisten aus diesem Dorf dieser furchtbaren Auswirkung der Waffe entkommen waren.

George gelang es, sich wieder auf ihre Aufgabe konzentrieren. »Wir müssen weiter und nach dem doppelten Zeichen von Zanano suchen.«

Die anderen schluckten.

»Du hast recht. Es macht niemanden hier mehr lebendig, wenn wir stehenbleiben. Aber die Nirmaner können wir noch retten.« Entschlossen ging Fatma auf das erste Haus zu und trat hinein.

Eiszeit

Sie schleppten sich durch die unwirkliche Landschaft. Es lag Schnee, Bäume und Pflanzen wirkten wie Eisskulpturen. Seltsam war, dass es so aussah, als sei die Natur mitten im Frühling vom Eis überrascht worden. Die Blätter waren grün und bunte Blumen säumten den Wegesrand. Für diese bizarre Landschaft hatten die Freunde keinen Blick. Ihre ehemals nasse Kleidung hing gefroren an ihnen herunter, die Haare waren starr vom Eis und ihre Lippen blau. Dabei waren sie erst wenige Minuten unterwegs. Madu machte die Kälte besonders zu schaffen. Für ihn waren die Temperaturen und das Wetter in England schon grenzwertig, geschweige denn diese Eiszeit.

Er wird nicht mehr lange durchhalten, dachte Charlie besorgt. Wir müssen dringend einen Unterschlupf finden.

Fred war in der Zwischenzeit aufgewacht und abgesehen von einem dicken Brummschädel ging es ihm gut. Gegen die Kälte hatte er sich eng an Ehawee gekuschelt, doch da diese mittlerweile halb erfroren war, half das kaum.

Da hörten sie ein Kichern und ein Gackern. Es schien von überall her zu kommen. Genau wie die darauffolgende Stimme. »Kalt, es ist kalt ... wie viele Schritte schafft ihr noch? ... nicht viele ... es ist kalt, so kalt ...«

»Wer bist du? Komm her, wir brauchen Hilfe«, rief Madu dem Unbekannten zu.

Sie blickten sich um und sahen hinter den Bäumen eine Gestalt umherspringen. Entweder hatte der Unbekannte ihn nicht gehört oder er ignorierte ihn. Um ihm hinterherzulaufen, fehlte ihnen allen die Energie.

»Er ist verrückt, aber er muss von irgendwo hergekommen sein. Für die Kälte hatte er nur sehr wenig an und er schien nicht zu frieren«, stellte Ehawee fest.

»Stimmt. Dann muss sein Zuhause in der Nähe sein«, pflichtete Charlie ihr bei.

»Warum«, schnatterte Madu, »richten wir uns nicht nach seinen Fußspuren im Schnee? Dann wissen wir es.«

Sofort setzten sie seinen Vorschlag in die Tat um. Von der Stelle aus, an der sie die Gestalt zuletzt gesehen hatten, verfolgten sie die Spur zurück. Wenig später standen sie vor einem Baum mit gigantischen Wurzeln, die größer waren als sie selbst.

Sie gingen unter der Wurzel durch und ...

... standen in einer Höhle mit einer Quelle. »Unglaublich!« Die Luft war deutlich wärmer. Zusammen mit der natürlichen Isolierung des Baumes sorgte das Wasser in der gesamten Umgebung für eine angenehme Temperatur. Es lagen ein paar Kochtöpfe und Kleidungsstücke herum, außerdem gab es eine Schlafstätte. Ansonsten war die Höhle leer.

Die Wärme reichte aber nicht annähernd aus, um die Kälte aus ihren durchgefrorenen Körpern zu vertreiben. Während Charlie überlegte, ob sie in der Wasserstelle baden konnten, zog Madu sich schon bis auf die Unterwäsche aus.

»Was machst du da? Du weißt doch gar nicht, ob da irgendwas drin ist. Es könnte gefährlich sein«, sagte sie.

»Egal, es ist warm.« Mit einem Satz landete Madu im Wasser und mit einem Schrei sprang er nur Sekunden später wieder hinaus. Der plötzliche Temperaturunterschied war zu viel für seinen Körper. Die Wärme verstärkte die Durchblutung seiner Hände und Füße und verursachte starke Schmerzen, die erst nach und nach wieder abebbten.

Danach ging er langsamer hinein und konnte endlich die angenehme Temperatur genießen. Wenig später saßen Charlie und Ehawee neben ihm.

»Ich habe für den Rest meines Lebens die Nase voll von Wasser«, lehnte Fred dankend ab und beobachtete seine Freunde aus sicherer Entfernung.

Nach dem Bad wickelten sie sich in Decken und legten sich müde hin.

»Was ist mit diesem komischen Kauz?«, fragte Ehawee. »Was ist, wenn er wiederkommt?«

Sie bekam keine Antwort mehr. Ihre Begleiter waren schon eingeschlafen.

Vierfache Spiegelung

Wieder nichts!« Verärgert setzte George sich auf einen Stein und stützte seinen Kopf in die Hände.

Sie hatten das Dorf zweimal sorgfältig nach dem doppelten Zeichen von Zanano abgesucht, ohne den kleinsten Hinweis zu finden. Stattdessen hatten sie nur weitere erstarrte Personen oder Tiere entdeckt. Sie waren mit ihren Nerven am Ende.

»Wir haben nicht alles berücksichtigt«, meinte Fatma nach längerem Grübeln. »Es heißt: An der Brücke, die ins Nichts führt; am halberfrorenem Dorf, wo die Sonne sich viermal spiegelt, sucht das doppelte Zeichen von Zanano. Wo spiegelt sich die Sonne hier viermal?«

»Das werden wir heute nicht mehr herausfinden«, sagte Lifar. »Die Sonne hat sich den ganzen Tag nicht gezeigt und jetzt geht sie auch bald unter.«

Mema sah in den Himmel. »Morgen wird ein klarer Tag. Wir sollten unser Nachtlager aufschlagen und morgen versuchen, das Rätsel zu lösen.«

Da niemand im Dorf oder in seiner Nähe schlafen wollte, stiegen sie wieder bis zur Brücke hinab und richteten sich dort für die Nacht ein.

Fatma sammelte mit Mema Holz für ein Feuer und fragte sie: »Lifar und du, ihr scheint euch sehr zu mögen?«

Die Frau zuckte leicht zusammen.

»Entschuldigung, es geht mich nichts an.«

»Nein, schon gut.« Die Verlorene strich sich über die Haare. »Es ist nur ... wir sprechen hier in der Zone nicht oft über solche Dinge. Aber ja, wir kennen uns schon lange und wir mögen uns.«

»Aber ihr lebt nicht zusammen?«

»Lifar ist ein Träumer. Er stellt sich alles so leicht vor. Aber ein Leben, das auf die Verbotene Zone begrenzt ist, kann ich ihm nicht zumuten. Und wenn wir Kinder hätten, wie würden die wohl aussehen?« Sie schüttelte traurig den Kopf.

»Lifar kommt mir so vor, als könne er Folgen und Schwierigkeiten abschätzen«, wagte Fatma einen Einwand. Doch als Mema darauf keine Antwort mehr gab, wechselte sie das Thema. »Warum habt ihr die Dorfbewohner nicht beerdigt?«

»Es erschien uns nicht richtig. Die Generationen vor uns haben dieses Dorf unangetastet gelassen und wir haben es ebenso gehalten. Es ist ein Mahnmal und eine ständige Erinnerung an die möglichen Konsequenzen eines Konflikts.«

Die Sonne ging auf, erste warme Strahlen tanzten über die Schlafenden und weckten sie. Da sie nicht wussten, ob die vierfache Spiegelung nur zu einem bestimmten Zeitpunkt auftrat, wollten sie keine Minute des Tages verpassen. Sie sahen sich um, aber es gab keinen Hinweis. In dem Fluss unter der Brücke konnte man mit viel Fantasie eine Reflexion der Sonne wahrnehmen, mehr nicht. Murmelnd sagten sich die Freunde immer wieder das Rätsel vor.

»Warum ist von dem verlassenen Dorf und der Brücke die Rede?«, fragte Sying.

»Was meinst du damit?« George sah ihn auffordernd an.

»Warum heißt es in dem Rätsel nicht nur ›wo die Sonne sich viermal spiegelt‹? Vielleicht kann man von der Brücke und von dem Dorf die Stelle sehen.«

»Das könnte sein.« George lief voraus und die schwarze Brücke hinauf, während die anderen ihm folgten.

»Da vorne.« Sying zeigte aufgeregt zur Mühle. Auf dem Dach konnten sie zwei Reflexionen sehen, die zuvor nicht zu erkennen waren.

»Aber es sind nur zwei«, stellte Lifar enttäuscht fest.

Fatma packte seinen Arm. »Genau zwei. Wir stehen aber auch nur auf der Brücke. Wir müssen zurück ins Dorf.«

Kurz darauf blickten sie wieder aus dem halberfrorenen Dorf ins Tal. Tatsächlich konnten sie von hier aus zwei weitere Spiegelungen auf dem Mühlendach erkennen.

»Sie sind an einer anderen Stelle als die, die wir von der Brücke gesehen haben.« Fatma freute sich, dass ihre Idee richtig gewesen war. »An der Mühle spiegelt sich die Sonne viermal. Dort müssen wir hin.«

Mema wusste, dass die Verlorenen hier ein Floß versteckt hatten, um den Fluss zu überqueren. So dauerte es nicht lange, bis sie vor der Mühle standen. Den ganzen Tag durchforsteten sie das Gebäude. Sie kontrollierten jeden Pfosten, jeden Schrank, hoben Steine hoch und buddelten sogar in der Erde. Doch sie fanden nichts. Schließlich kletterte Sying über morsche Balken auf das Dach.

»In einigen sind glitzernde Steine eingelassen«, rief er zu den anderen herunter. »Vermutlich verursachen sie die Spiegelungen. Sonst kann ich nichts finden.«

»Gehörte zu der Zeitmaschine nicht auch ein besonderer Stein?«, vergewisserte sich Fatma noch einmal.

»Schon, aber am doppelten Zeichen von Zanano sollte sich genau der andere Teil befinden«, sagte George. »Wir müssen weitersuchen.«

Wieder und wieder hatten sie alles durchsucht, ohne auch nur den kleinsten Hinweis zu entdecken.

»Nichts, absolut nichts.« Frustriert trat George gegen einen Holzbalken.

»Vielleicht ist es nicht mehr da?«, überlegte Sying. »Es ist schließlich lange her, dass Konar die Zeitmaschine versteckt hat.«

George schüttelte den Kopf. »Dann hätte das Orakel uns bestimmt nicht dieses Rätsel genannt.«

Sie berieten sich einige Zeit und beschlossen, nach Zan zurückzukehren. Vielleicht hatte dort jemand eine Eingebung.

»Hoffentlich waren die anderen erfolgreicher als wir«, sagte Sying geknickt, als sie das Floß bestiegen.

Fatma blickte zurück. Eine schöne Gegend. Sie stellte sich vor, wie die Landschaft vor dem Einsatz des Elementenwürfels gewesen sein musste. Kinder liefen spielend umher, auf den Äckern wurde gearbeitet, das Korn wurde zur Mühle gebracht und verarbeitet. Ein idyllisches Bild entstand vor Fatmas Augen. Seufzend drehte sie sich um, um den anderen zu folgen. Mitten in der Bewegung hielt sie inne.

»Das darf doch wohl nicht wahr sein!«, rief sie.

»Was ist denn los?« Vier erstaunte Gesichter sahen sie an.

»Kommt mit. Ich weiß, wo das doppelte Zeichen von Zanano ist! Es war die ganze Zeit vor unserer Nase.«

KirMön

Madu öffnete die Augen und blickte direkt in ein anderes Paar. »Aahhh«, schrie er und fuhr hoch. »Aahhh«, schrien auch Charlie, Ehawee und Fred, die unsanft geweckt wurden. Und »aahhh« schrie auch der seltsame Kauz, der sich über Madu gebeugt hatte. Erschrocken sprang er auf einen Tisch, von dem aus er die Freunde misstrauisch beäugte.

Alarmiert sahen sich die vier um. Nur langsam ließ ihre Anspannung nach, als sie keine unmittelbare Gefahr entdecken konnten.

Das ist der gleiche wie gestern Abend, dachte Charlie und musterte den seltsamen Kauz. Er erinnerte sie an Quasimodo, den Glöckner von Notre-Dame. Zumindest hatte er genauso grobschlächtige Gesichtszüge und einen Buckel. Der weite Umhang des Fremden machte es unmöglich, die seltsame Form besser zu erkennen. »Ist das deine Wohnung? Wir haben uns nur aufgewärmt, weil es draußen so kalt ist.«

»Nicht kalt.« Quasi, wie Charlie ihn heimlich nannte, schüttelte den Kopf.

»Das soll wohl ein Witz sein. Es herrscht Eiszeit«, murrte Madu.

»Nicht kalt«, wiederholte Quasi und zog den sich sträubenden Jungen nach draußen. Das sah so lustig aus, dass die anderen ungewollt lachen mussten. Überrascht stellten sie fest, dass der Unbekannte recht hatte. Über Nacht waren der gesamte Schnee, die Eiszapfen und die Kälte verschwunden. Als hätte es den Winter nie gegeben, zeigte sich ein sonniger Frühlingstag mit blühenden Blumen und grünen Blättern.

»Das gibt es doch nicht«, staunte Ehawee. »Wie ist so etwas nur möglich?«

»Ich vermute, der Grund dafür ist der Elementenwürfel, oder?« Fragend sah Charlie den seltsamen Zananer an. Der grunzte nur und zuckte mit den Schultern.

»Ich bin mir nicht sicher, ob er solche Zusammenhänge überhaupt herstellen kann«, meinte Madu. »Vielleicht ist er ein Opfer des Würfels.«

»Wohl kaum, junger Mann!« Erschrocken zuckten sie beim Klang der strengen, fremden Stimme zusammen und sahen sich suchend um. Die Worte schienen aus Quasis Richtung zu kommen, aber der hatte seinen Mund nicht bewegt.

Als dieser jetzt seinen Umhang ablegte, staunten sie. Denn das, was sie für einen Buckel gehalten hatten, war ein weiteres Lebewesen, das mit Quasi verbunden zu sein schien. Sie sahen nur einen schmalen Oberkörper mit dünnen Ärmchen und einem unnatürlich großen Kopf mit einer auffällig hohen Stirn und langen Haaren.

Dann ist das wohl Modo, dachte Charlie und kicherte leise.

Dass der dünne Hals den Kopf überhaupt halten kann?, wunderte Ehawee sich. Er müsste doch abknicken. Aber nichts dergleichen passierte. Kluge Augen musterten sie.

Madu räusperte sich. »Entschuldigung, ich wollte nicht unhöflich sein.«

Das seltsame Wesen winkte ab. »Schon gut, deine Vermutung hat leider ihre Berechtigung. Aber auf uns trifft sie nicht zu. Wir sind KirMön. Von uns existieren so wenige, dass wir fast in Vergessenheit geraten sind.«

»Was sind denn KirMön?«, fragte Charlie.

»Dass ihr uns nicht erkannt habt, ist das eine, aber dass euch noch nicht einmal unser Name etwas sagt! Soweit ist es schon gekommen.« Das Wesen regte sich darüber so auf, dass seine Wangen sich rot verfärbten und überall an seinem Kopf Adern pulsierten.

»Wir sind nicht von hier«, sagte Ehawee schnell. »Ich bin mir sicher, dass die Zananer von euch wissen.«

Der KirMön stieß hörbar Luft aus und entspannte sich sichtlich bei diesen Worten. »Dann will ich euch die Einzigartigkeit der KirMön erklären. Dieser stattliche Zananer«, er zeigte mit beiden Händen auf Quasi, »gehört zu den Kiris. Sie sind nicht allzu schlau, dafür aber sehr kräftig, handwerklich begabt und hervorragende Jäger. Vor allem haben sie die Möglichkeit, sich mit Möniern, also meiner Spezies, zu verbinden. Wir bilden sozusagen den natürlichen Gegenpart. Wir sind äußerst schlau, aber — wie ihr selbst seht — nicht besonders muskulös oder wehrhaft.«

»Ihr lebt in einer Symbiose«, staunte Charlie.

»Genau. Mir fällt zum Beispiel ein hilfreiches Werkzeug ein und der Kiri baut es.«

»Warum hast du dich unter dem Umhang versteckt?«, wollte Madu wissen.

»Ich habe ein kleines Nickerchen gemacht. Es gibt oder besser gab auf Zanano mehrere symbiotische Lebensformen. Aber wir sind die einzigen mit einer tatsächlichen Verwachsung.«

Wow, das war ja interessant!

»Und ihr wohnt hier unter dem Baum«, stellte Madu fest.

»Ja, aber wir haben noch eine Wohnung in der Nähe der Gruben, weil wir das Holz der Flüsterwälder für unsere Werkzeuge und Möbel benötigen.«

»Wir haben uns verlaufen. Kannst du uns den Weg aus der Verbotenen Zone zeigen?«, fragte Fred, der sich bisher zurückgehalten hatte.

Überrascht bemerkte der Mönier erst jetzt den Pilz. »Erst Helle und Dunkle auf einem gemeinsamen Spaziergang ...« Madu verzog das Gesicht. Einen Spaziergang konnte man ihre Erlebnisse wirklich nicht nennen. »... und jetzt einer vom kleinen Volk! Ihr seid tatsächlich nicht von hier.« Er richtete sich auf, soweit das in seiner Position überhaupt möglich war. »Wir werden euch helfen, dafür wollten wir aber eure Geschichte hören. Das Leben hier ist eintönig geworden, da kann ein wenig Abwechslung nicht schaden.«

Unbehaglich sahen sie sich an. Konnten sie dem KirMön vertrauen? Was war, wenn er sie an die Dunklen verriet?

»Pah, ihr glaubt doch nicht im Ernst, dass wir mit den Dunklen gemeinsame Sache machen?« Der Mönier schien ihre Gedanken erraten zu haben. »Schaut uns an. Glaubt ihr, wir passen in das Bild, das die Dunklen von einem aufrechten, wahrhaftigen Zananer haben?«

Ein Punkt für den KirMön.

Charlie fasste sich ein Herz. Sie brauchten Hilfe und ihr Instinkt sagte ihr, dass sie diesem KirMön, so seltsam er auch scheinen mochte, trauen konnten.

»Alles begann vor über einem Jahr ...«

Das doppelte Zeichen von Zanano

Ein Stück weiter nach rechts, so ist es gut. Jetzt nur noch festbinden.« Fatma hatte Sying gebeten, an der Mühle hoch zu klettern, und gab ihm Anweisungen, um die Flügel zu rekonstruieren.

»Verrätst du uns, was das soll?« Mema verfolgte interessiert die Bemühungen der beiden.

»Abwarten«, kam die geheimnisvolle Antwort. Es dauerte eine Weile, bis Fatma zufrieden war und Sying wieder herunterkletterte.

»Fertig! Könnt ihr es sehen?« Gespannt schaute sie ihre Freunde an.

»Was sehen?«, wunderte sich der kleine Chinese. Sie standen vor der Mühle und blickten nach oben.

»Ihr müsst einige Schritte zurückgehen«, forderte Fatma die anderen auf.

Nachdem sich die Gruppe ein paar Meter entfernt hatten, konnten sie endlich erkennen, was ihre Freundin schon die ganze Zeit gesehen hatte. Die Hauptbalken der Windmühlenflügel bildeten zwei große Zs, deren Mittelpunkte sich in der Mitte der Flügel trafen.

Es entbehrt nicht einer gewissen Ironie, dass das doppelte Zeichen von Zanano an ein Hakenkreuz erinnert. Zu der Ideologie der Dunklen würde es ohne weiteres passen, dachte George.

»Du bist ein Genie!« Lifar drückte Fatma begeistert, deren Wangen sich vor Freude röteten.

»Wir haben also die beiden Zs. Aber wo ist nun die Zeitmaschine versteckt?«, grübelte Sying.

»Natürlich in der Mitte«, riefen Fatma und George wie aus einem Munde.

Wenig später war Sying das dritte Mal auf der Mühle, diesmal wurde er von George begleitet. Gemeinsam gelang es ihnen, die vordere Platte vom Treffpunkt der vier Flügel zu entfernen.

»Hier ist etwas drin«, rief George den anderen aufgeregt zu.

Vorsichtig holte er eine kompliziert aussehende, aber unerwartet leichte Konstruktion heraus. An einem Seil ließen sie sie herunter. Auf dem Boden betrachteten sie die Maschine genauer.

»An dieser Stelle fehlt bestimmt der Stein«, vermutete Sying und zeigte auf eine große Lücke.

»Dann wollen wir hoffen, dass Charlie und die anderen wissen, wo er ist. Vielleicht haben sie ihn sogar schon gefunden« sagte George.

Der Tüssler

Der KirMön hatte sie auf verschlungenen Wegen zu einer Stadt geführt, die sie durchqueren mussten, um die Verbotene Zone unentdeckt zu verlassen.

Stadt ist übertrieben, dachte Madu. Überreste oder billiger Abklatsch von dem, was es einmal war, passt besser.

Während Charlie, Madu, Ehawee und Fred hinter dem KirMön hertrotteten, beäugten sie die Umgebung. Im gleichen Moment sah die Nirmanerin eine kleine Gruppe am Horizont auftauchen. Statt die anderen zu warnen, rieb sie sich mehrfach verwundert die Augen.

»Das gibt's ja nicht«, murmelte sie vor sich hin und winkte der Gruppe zu.

»Na das nenne ich mal eine Überraschung!« Fred klopfte sich vor Freude auf die kleinen Knie, als er George, Fatma, Sying und Lifar entdeckte.

Kaum hatten sie sie erreicht, plapperten sie wild drauf los. »Wir haben die Zeitmaschine«, »wir haben das Grab von Konar gefunden«, »da war eine Windmühle«, »wir wären fast ertrunken.«

Erst langsam beruhigten sich die Gemüter und sie brachten sich nacheinander auf den neuesten Stand. George musterte den KirMön, der sich bis dahin im Hintergrund gehalten und erstaunlicherweise geschwiegen hatte. Bevor er fragen konnte, erklärte Charlie hastig, wer sich ihnen angeschlossen hatte.

»Ich habe schon von euch gehört«, sagte Lifar glücklicherweise, was der KirMön mit einem brummenden »Na, wenigstens einer« quittierte. »Aber ich habe noch keinen von euch gesehen.«

»Wir bleiben lieber unter uns und halten uns normalerweise von anderen fern.«

Charlie drückte George an sich und flüsterte leise: »Ich bin froh, dass dir nichts passiert ist.« Sie sahen sich tief in die Augen.

»Dann ist wieder alles gut zwischen uns?«, wagte er auszusprechen, was ihn schon so lange quälte.

Sie nickte und genoss glücklich Georges Kuss.

»Wenn ihr Turteltauben fertig seid, können wir endlich diesen ungastlichen Ort verlassen.« Lifars Stimme klang ungeduldig.

Ertappt fuhren die beiden auseinander.

»Wir wären besser auch heute ferngeblieben«, ließ der KirMön sich vernehmen. »Wenn mich nicht alles täuscht, ist da etwas Gewaltiges im Anmarsch.«

»Was ist das für ein Geräusch?«, fragte Madu im gleichen Augenblick alarmiert.

Vorsichtig spähte George in die Straße, aus der der Lärm kam. Ein Ungetüm näherte sich ihnen. Dass es auf seinem Weg die Fronten der Häuser demolierte und teilweise einriss, schien es nicht zu stören oder gar aufzuhalten.

»Ein Tüssler!«, warnte er seine Freunde. »Wir müssen sofort weg.«

»Aber Tüssler soll es in der Stadt doch gar nicht geben«, wandte Sying ein.

»Willst du das diesem Vieh erklären oder sollen wir lieber ein wenig Abstand zwischen uns und den Tüssler bringen?«, fragte George ironisch.

»Abstand ... definitiv Abstand!«, entschied Ehawee, nachdem sie einen kurzen Blick auf das Tier geworfen hatte.

Sie rannten den Weg zurück, den sie gekommen waren. Der Tüssler folgte ihnen. Der KirMön hatte die Führung übernommen. Er bog mit Charlie, Ehawee und Madu im Schlepptau genau in die Straße ab, die in eine Sackgasse mündete.

»Nicht da lang«, schrien die anderen ihnen hinterher, doch es war zu spät.

»Wir nehmen einen anderen Weg. Vielleicht kommt der Tüssler hinter uns her.« Lifar wählte die gegenüberliegende Gasse, aber der Tüssler folgte der ersten Gruppe, die erst am Springbrunnen bemerkte, dass sie in der Falle saß. An diesem Platz gab es keine Häuser, in die sie hätten fliehen können. Stattdessen wurde ihre Flucht durch eine Mauer gestoppt.

»Ups, der Weg war sonst immer offen. Vielleicht sollte ich häufiger hierherkommen. Entschuldigung«, sagte der Mönier bedauernd.

Das soll wohl ein Witz sein, dachte Madu. Wir werden gleich von einem Riesenungetüm gefressen und alles, was dem seltsamen Kautz mit seiner überlegenen Intelligenz einfällt, ist »Entschuldigung«? Er warf dem Mönier einen bösen Blick zu.

Sie wichen immer weiter vor dem Tüssler zurück, bis sie die kalte Mauer im Rücken spürten. Der Tüssler war direkt vor ihnen und hob seinen Oberkörper an, so dass seine vorderen Beine sich in der Luft bewegten. Sein Maul hatte er so weit geöffnet, dass Speichel daraus floss und vor den Freunden auf den Boden tropfte. Seine Greifzangen öffneten und schlossen sich bedrohlich. Der Tüssler schien sich Zeit zu lassen, als wüsste er, dass es für seine Beute kein Entkommen gab. Verzweiflung machte sich breit. Den Freunden konnte nur ein Wunder helfen.

Fred hielt es nicht mehr aus. Während der Flucht vor dem Tüssler hatte er sich in Ehawees Tasche verkrochen und lediglich erschrockene Schreie und panische Rufe gehört. Als er mitbekam, dass sie in der Falle saßen, wollte er ihrem Schicksal tapfer entgegensehen und nahm seinen Stammplatz auf Ehawees Schulter ein. Als er das gefährliche Tier so nah vor sich sah, schrie er es mit dem Mut der Verzweiflung an. »Hör sofort auf! Lass uns in Ruhe! Aus! Platz!«

Trotz ihrer Situation entfuhr Charlie bei den Worten ein Kichern, das sich umgehend in ein erstauntes Geräusch wandelte, als der Tüssler sein Maul schloss und sich auf den Boden legte.

Vor lauter Erleichterung darüber, dass sie noch lebten, traute niemand sich, sich zu bewegen. Wer konnte schon sagen, was den Tüssler wieder gegen sie aufbrachte? Nachdem sie sich minutenlang angestarrt und kaum zu atmen gewagt hatten, presste Ehawee leise zwischen ihren Lippen hervor: »Fred, sprich mit ihm. Er scheint auf dich zu hören.«

»Was soll ich denn sagen?«

»Zum Beispiel, dass er weggehen soll.«

»Ähm ...«, Fred räusperte sich. Da die unmittelbare Gefahr vorbei war, fühlte er sich unsicher. »Ich denke ... also, ich glaube ... du solltest nach Hause gehen, in deine Höhle oder wo immer du auch wohnst.«

Unverzüglich kam das Tier der Aufforderung nach. Da die Straße so eng war, konnte er sich nicht drehen. Da er seinen Zerstörungswillen offenbar auch abgelegt hatte, robbte es rückwärts den Weg zurück. Das sah so komisch aus, dass er gar nicht mehr angsteinflößend wirkte. Dennoch atmeten die Freunde erst erleichtert auf, als er aus ihrem Blickfeld verschwunden war und die Geräusche in der Ferne verhallten.

»Ich verstehe das nicht«, gab Fred verwirrt zu.

»Warum der Tüssler auf dich gehört hat, ist doch völlig egal«, sagte Madu. »Hauptsache, das Vieh ist weg. Von mir aus darfst du dich ab jetzt Meister nennen, so viel du willst.«

»Geht es euch gut?« Ängstlich kam Sying mit den anderen angelaufen. »Als wir gesehen haben, dass der Tüssler euch verfolgt, haben wir einen Riesenschreck bekommen und wollten euch helfen. Aber an dem Vieh sind wir nicht vorbeigekommen und auf unsere Angriffe hat es nicht reagiert.« Die Worte sprudelten nur so aus dem sonst so stillen Chinesen heraus.

»Und dann hat der Tüssler plötzlich den Rückwärtsgang eingelegt. Beinahe wären wir niedergewalzt worden. Wir konnten uns gerade noch in einen Hauseingang retten«, fügte Fatma hinzu.

»Wieso hat der Tüssler euch in Ruhe gelassen?«, fragte George verwundert und glücklich zugleich.

»Weil Fred es ihm gesagt hat«, antworte Ehawee lapidar, woraufhin sie noch verdatterter schauten.

Der KirMön räusperte sich. »Nun, in diesem Punkt kann ich vielleicht Aufklärung verschaffen. Ich schäme mich, dass ich nicht selbst auf die Idee gekommen bin.« Interessiert horchten sie auf. »Die Verbindung zwischen dem kleinen Volk und den Tüsslern ist nur noch wenigen bekannt, da es Ersteres ja schon lange nicht mehr gibt. Aber ich weiß darüber natürlich Bescheid.«

Charlie verdrehte die Augen. »Komm zur Sache!«

»Früher haben die Tüssler und das kleine Volk in Symbiose gelebt. Sie haben sich gegenseitig verstanden. Die Tüssler haben das kleine Volk beschützt und es zu verschiedenen Orten transportiert. Im Gegenzug hat das kleine Volk sich für die Belange der Tiere eingesetzt und sie regelmäßig von Parasiten befreit.«

George prustete los. »Fred, du bist ein Putzerfisch!«

Einige lachten laut. Da aber nicht alle die Anspielung verstanden, erklärte George sie kurz.

»Dieser Putzerfisch hat euch aber das Leben gerettet«, erklärte der Pilz würdevoll.

Wo er recht hatte, hatte er recht!

Und jetzt?

Ihre Rückkehr nach Zan verlief äußerst unspektakulär. Sie hatten Masor und Nudara Bericht erstattet und saßen nun gemeinsam in der Bibliothek. Der Mönier war auf dem Rücken des Kiris von der ganzen Aufregung so müde geworden, dass er unbedingt schlafen musste. Da der kräftige Kiri allein nichts Hilfreiches mehr beitragen konnte und es ihn zu seiner Baumhöhle zurückzog, hatten sie sich am Rande der Stadt von ihm verabschiedet.

Fred hatte sich für ihre Rettung vor dem Tüssler ausgiebig feiern lassen und diesmal gönnten sie ihm das von Herzen.

Danach wandten sie sich wieder der weiteren Planung zu. Vor ihnen ausgebreitet lag das Pergament aus dem Grab des Dunklen. Zumindest die Reste davon, da das Papier das unfreiwillige Bad nicht allzu gut überstanden hatte. Allerdings hatten sich die Freunde das Motiv gut genug eingeprägt, so dass sie es aus dem Gedächtnis aufzeichnen konnten.

Nudara räusperte sich. »Wir kennen den Pokal, der hier abgebildet ist, und wissen, wo er ist.«

»Aber das ist doch großartig«, sagte George. Als er die Gesichter von Masor und Nudara bemerkte, wurde er unsicher. »Oder nicht?«

»Ja und nein. Es ist natürlich toll, dass wir wissen, wo er ist. Allerdings ist es fast unmöglich, an ihn zu gelangen.« Nudara machte eine Pause. Die Spannung wurde unerträglich. »Die Residenz veranstaltet alle drei Jahre einen Wettkampf, an dem die besten dunklen Schüler teilnehmen. Die

Siegermannschaft erhält einen Pokal, der bei einer Siegerehrung überreicht wird und den sie für eine Nacht behalten darf. Danach wird er wieder weggeschlossen. Zum Glück sind die nächsten Spiele noch in diesem Jahr.«

»Dann müssen wir den Pokal in dieser Nacht stehlen«, meinte George.

Doch die Bibliothekarin schüttelte den Kopf. »Das geht leider nicht. Der Pokal ist durch einen mächtigen Zauber geschützt. Nur das Siegerteam kann ihn in dieser einen Nacht berühren, ohne sofort tot umzufallen. Irgendwie muss es Konar gelungen sein, den Stein in dem Sockel zu verstecken. Vielleicht hatte er einen Helfer aus der Siegermannschaft. Die einzige Möglichkeit an den Stein zu gelangen, besteht für uns also darin, den Wettkampf zu gewinnen.«

Ein großer Tumult brach aus, alle sprachen durcheinander.

»Wie soll das gehen?«

»Wir sind keine Schüler der Residenz.«

»Können wir überhaupt beim Wettkampf mitmachen?«

»Wann findet er statt?«

Beschwichtigend hob Masor die Hände. »Der Termin für den Wettkampf ist jedes Mal ein anderer und wird erst im Laufe des Schuljahres verkündet. Und ja, es gibt vielleicht eine Möglichkeit für euch, daran teilzunehmen. Zumindest für die Dunklen von euch. Ob auch Ehawee, Charlie und George als Helle bei den Spielen mitmachen können, müsst ihr dann herausfinden. Wir haben einen Plan geschmiedet, euch in die Residenz zu bringen. Aber die Wahrscheinlichkeit, dass er funktioniert, ist sehr gering.«

Die Freunde horchten auf. Dann sprach Ehawee das aus, was sie dachten: »Egal wie gering die Chance ist, dass wir den Stein bekommen, es ist auf jeden Fall besser als gar keine.«

Masor nickte. »Ich habe mir gedacht, dass ihr das so sehen würdet. Nur deshalb unterbreite ich euch diesen Vorschlag. Damit ihr ihn versteht, muss ich ein wenig ausholen. Ihr habt gesehen, unter welchen Bedingungen wir leben, wie wenig uns die Dunklen zum Leben lassen und welche Angst unsere Leute vor ihnen haben.«

Die Freunde nickten.

»Seit dem großen Krieg ist das Leben auf Zanano für die Hellen kein Vergnügen. Doch so extrem, wie ihr es erlebt, ist unsere Lage erst seit zehn Jahren. Sie ist das Ergebnis unseres Aufstandes.«

Überrascht sah George auf. »Davon haben wir bisher nichts gehört.«

»Das ist so, weil die Dunklen befohlen haben, nie wieder von diesem Ereignis zu sprechen. Verstöße dagegen werden mit dem sofortigen Tod bestraft. Es gab diesen Aufstand, den ich übrigens nicht gutheiße. Nicht die Tatsache, dass es ihn gegeben hat, sondern die Methoden, die das Resultat einer unzureichenden Planung waren.« Die Erinnerung nahm Masor mit. Nach einer kurzen Pause sprach er weiter: »Die Bediensteten des dunklen Dorfes Ganagos überfielen eines Nachts ihre dunklen Familien, töteten alle Männer, Frauen und Kinder und brannten es nieder. Dennoch hielt sich das Gerücht, dass einige dunkle Kinder von den Hellen entführt worden seien, um sie irgendwann gegen die Dunklen ausspielen zu können.«

Fatma stand abrupt auf und lief ein paar Schritte in der Bibliothek auf und ab. Sie hasste solche Geschichten. Überfälle, getötete Familien, entführte Kinder, das alles erinnerte sie zu sehr an ihre eigene Vergangenheit. Als Flüchtling hatte sie in ihrem Heimatland und auf der Flucht Gewalt erlebt.

Ich muss weiter zuhören, schalt sie sich selbst. Das hier ist zu wichtig. Sie setzte sich wieder. Auf die besorgten Blicke der anderen lächelte sie und nickte.

Masor fuhr fort: »Eines der angeblich entführten Kinder soll ein außergewöhnlich dunkles Kind gewesen sein.« Er blickte zu Madu »Man nahm an, dass es der Primus und somit ein zukünftiger erster Hohepriester war. Auch wenn die Entführungsgeschichte nicht stimmt, glauben viele Dunkle daran. Sie wären sicher hocherfreut, ihre Kinder wieder in ihren Reihen zu wissen, vor allem wenn eines von ihnen der Primus ist. Und wir besitzen zufällig noch das originale Namensbändchen von ihm.« Er legte ein ausgefranstes und schmutziges Band, auf dem aber deutlich noch ein Name zu lesen war, auf den Tisch.«

Aufgeregt sah Charlie ihn an. »Ich weiß, worauf du hinauswillst.«

Masor zwinkerte ihr kurz zu. »Wir werden Madu, Fatma und Sying als die entführten Kinder ausgeben, und sie in die Residenz einschleusen.«

Wow, das mussten sie sacken lassen.

»Und was ist mit Charlie, Ehawee und mir?«, fragte George.

»Ihr drei werdet als Bedienstete in die Residenz gelangen.«

Madu lachte, dass seine weißen Zähne nur so blitzten, als er Georges Snobgesicht bei dieser Ankündigung sah. »Also ich weiß nicht, wie ihr das seht. Aber mir gefällt der Plan.«

»George hat Pines Identität schon einmal angenommen, als er den Hellen bei der Ernte geholfen hat. Ehawee und Charlie werden zwei Helle, Fara und Cassara, ersetzen,

270

denen sie mit ein wenig Hilfe sehr ähneln werden. Ein Austausch sollte nicht auffallen.«

»Haben die Hellen denn nichts dagegen, wenn wir uns für sie ausgeben?«, wollte Ehawee wissen.

Masor grinste. »Ganz im Gegenteil! Denn es bedeutet für sie einige Monate Urlaub im Refugium, da sie während dieser Zeit nirgendwo gesehen werden dürfen.«

»Ich möchte auch mit«, sagte Fred. »Schließlich kann ich mich wegen meiner Größe leichter überall reinschmuggeln.«

»Natürlich bist du dabei. Wir müssen nur aufpassen, dass du nicht entdeckt wirst«, beruhigte die Nirmanerin ihren kleinen Freund.

Erleichtert nickte der Pilz. »Und wie geht's weiter?«

George stand auf. »Ganz einfach. Hiermit eröffne ich offiziell den nächsten Teil der Mission ›Rettet Nirma‹. Und eines sage ich euch: Nachdem wir hier schon so viel geschafft haben, werden wir auch dabei erfolgreich sein!« Jubel brach bei seinen beschwörenden Worten aus. In diesem Moment hatten sie nicht nur die Hoffnung, sondern auch die Gewissheit, dass die Rettung Nirmas gelingen würde.

Ende Teil 1

Die wichtigsten Personen und Tiere:

Von der Erde:

George — sechzehn Jahre, aus England, groß, leicht welliges, etwas zu langes braunes Haar, dunkelblaue Augen

Charlie — fünfzehn Jahre, aus Amerika, schlank, blasse Haut, rotblondes und leicht gelocktes, widerspenstiges Haar

Fatma — vierzehn Jahre, aus dem Mittleren Osten, leicht pausbackiges Gesicht, braune Augen

Madu — zwölf Jahre, aus Afrika, dunkle Haut, strahlend weiße Zähne, fröhliches und breites Lachen, kurze schwarze Haare

Sying — zwölf Jahre, aus China, schwarze Haare, drahtig, Zirkusjunge, halb blind

Von Nirma:

Ehawee — 15 Jahre, hellgrüne Haut, viele dünne schulterlange Rasterzöpfe

Fred — Fliegenpilz mit grünem Hut, gerne vorlaut

Gerzin — Weiser von Nirma

Aria — Hüterin

Sumpfhexe — magisch begabte, böse Hexe

Raspe — Gehilfe der Sumpfhexe, kann sich in eine Krähe verwandeln

Taku — zahmer Wolf, Freund von Ehawee, im ersten Abenteuer in eine Schlucht gestürzt

Kha-tings   - Känguruähnliche Tiere, die als Reittiere verwendet werden

Von Zanano:
Das Dorf Zan:

Masor	- Anführer der Hellen
Nudara	- Chefin der geheimen Bibliothek
Samal	- stummer Maler
Sana	- Mutter von Dix und Sim, arbeitet in den Herrenhäusern der Dunklen
Dix	- neunjähriger Junge, spielt gerne Gerim
Sim	- Zwillingsbruder von Dix
Molana	- alte Bewohnerin des Refugiums
Lifar	- Läufer, Kenner der Verbotenen Zone
Mork	- Anführer der Erntehelfer
Flaps:	- Urungo, Fell kann die Farbe wechseln, klaut gerne
Orakel	- seit tausenden Jahren in einem Eissplitter gefangene Helle

Verbotene Zone:

Torke	- Anführer der Verlorenen, entstelltes Gesicht
Mema	- hell- und dunkelgrün gemusterte Verlorene
KirMön	- Symbiont, der aus dem kräftigen Kiri und dem klugen Mönier besteht
Tüssler	- ähneln Tausendfüßlern, ist aber sehr groß und hat Greifzangen, lebt in einer Symbiose mit dem kleinen Volk

Die Dunklen:

Hara   - 1. Hohepriesterin der Dunklen
Rhem   - 2. Hohepriester der Dunklen

Wane   - waranähnliche Reittiere der dunklen Wäch-
            ter

Zu guter Letzt:

Geschafft!!! Das nächste Abenteuer meiner Protagonisten ist fertig und ich bin gespannt, wie es euch gefällt. Wer ist euer Lieblingscharakter? Ich persönlich kann mich gar nicht entscheiden, weil mir alle auf die eine oder andere Art ans Herz gewachsen sind.

Zuerst möchte ich mich aber ganz herzlich für die vielfältige Unterstützung bei meiner Familie bedanken, die mir mit Rat und Tat zur Seite gestanden und tapfer meine gelegentlichen Schimpftriaden – vor allem bei der Formatierung - ertragen hat.

Besonders erwähnen möchte ich auch meinen Testleserinnen Anja Sippel und Scarlett von Buchblogger4you, denen ich hiermit ebenfalls sehr danke. Eure Anregungen und Hinweise haben noch zu einigen Änderungen in meinem Buch geführt.

Genauso wenig wäre mein Buch ohne das professionelle Lektorat von Janine Biermann und die tolle Covergestaltung von Juliane Schneeweiss möglich gewesen.

Da ich als Selfpublisherin nicht die großen Werbemöglichkeiten eines Verlages habe, würde ich mich sehr freuen, wenn ihr mein Buch weiterempfehlen würdet. Wenn es euch gefallen hat, schreibt gerne eine Kritik bei Amazon, BoD, Facebook und/oder empfehlt es euren Freunden/innen. Lob und Kritik könnt ihr auch an mich richten unter alena.beek@gmx.de und ich hoffe, ihr seid wieder dabei, wenn es demnächst heißt:

Die Scherben von Nirma, Die Spiele von Zanano